書下ろし

# 火喰鳥《ひくいどり》

## 羽州ぼろ鳶《とび》組

今村翔吾

JN211747

祥伝社文庫

# 目次

# 序

　左門《さもん》の下顎《したあご》が小刻《こきざ》みに震え、歯の奥が擦れ合った。炎に包まれた店《たな》の屋根が崩れ落ち穴が空くと、その一穴《いっけつ》より天をも焦《こ》がす勢いの焔《ほのお》が立ち上《のぼ》る。両隣の店は、揺らめく赤と橙《だいだい》の侵食を受け、すでに類焼している。その光景はまさに地獄のように思え、生唾《なまつば》を呑みこんだ。熱気が周囲に猛然と迫り、息をするだけで喉《のど》を焦がすようである。

　先ほどから鐘《かね》は途切れることなく鳴り響いているが、未《いま》だ現場に火消の姿は無い。野次馬の言葉に耳を傾ければ、備蓄の油に引火し、出火から瞬《また》く間に広がったという。

　昨日はあちらで火事が起こった、今日はこちらで小火《ぼや》があったなどと、頻繁《ひんぱん》に耳にしていたものの、左門が現場を目《ま》の当たりにしたのはこれが初めてであった。私用でたまたま九段坂飯田町《くだんざかいいだまち》に来ていたとき、喧騒《けんそう》と悲鳴を聞いて駆け付けたのだ。

「火消が来たぞ！」

野次馬の一人が叫ぶ。砂煙《すなけむり》を立ててこちらに向かって来る一団が目に入った。羽《は》織袴《おりはかま》の者が交《ま》じっていることから、武家火消であろう。

「火喰鳥《ひくいどり》だ！」

別の誰かが声高に叫ぶと、衆から割れんばかりの歓声が沸《わ》き起こった。先頭を馬で疾駆《しっく》していた男は、現場に到着するなり迅速《じんそく》に指示を出し始めた。どうやらこの男が頭《かしら》であるらしい。低く良く通る声のため見紛《みまが》いそうになったが、よく見るとかなり若い。齢《よわい》十九の左門とそう歳は変わらぬであろう。

「これ以上、広げさせねえ！　俺が屠《ほふ》ってやる！」

指示を出し終えた頭がそう言い放つと、再び衆はどっと沸いた。

――人はこのように火に立ち向かえるものなのか。

頭の言葉に偽《いつわ》りはなく、火消たちは勇猛果敢に炎に立ち向かい、心なしか先ほどよりも勢いは削《そ》がれたように見えた。そうこうしているうちに他の火消も駆け付けてくる。大小様々な火消の組が炎に向かうが、最初に来たあの組が素人目《しろうとめ》に見ても頭一つ飛びぬけているように思えた。

馬上で指揮を執《と》る頭の元に、背を丸めた男が近づき、手を揉《も》みながら話し始めた。

周囲から漏《も》れ聞こえる話を聞くと、どうやらこの界隈《かいわい》の富商であるらしい。

「どうか先に西のお店を潰《つぶ》してくれませんか？」

頭は一瞥《いちべつ》して鼻を鳴らすだけで何も答えない。

「ただとは申しません。全て終わった後にはお礼も……」

頭の目がぎらりと光り、富商を睨《にら》み付ける。

「他を当たりな。俺は最も危ういところから消すだけだ」

富商はその迫力に押されてすごすごと引き下がり、他の火消を求めてゆく。

頭によって最初に助け出された人々の中には、煙を吸い込んで意識が混濁《こんだく》している者こそいたが、命に大事はないように見える。その中の一人が目を覚《さ》まして何やら叫んでいる。

「姫《ひい》様！　誰か姫様を見なかったか！」

気が狂《ふ》れたように繰り返している武士はどこかの家人《けにん》であろう。主君の娘の御守をしていたということか。

「どうした！」

頭は馬から颯爽《さっそう》と下り、武士の元へと駆け寄った。

「姫様が……ここの主人とは……隠れ鬼で」

武士は錯乱《さくらん》しているのか要領を得ない。

「しっかりしやがれ！　落ち着いて話せ！」

一喝した頭の口ぶりは、武士のそれというよりは町人のようであった。

武士の言うことを要約するとこうである。武士の主君と、この店の旦那《だんな》は懇意《こんい》の間柄であり、度々遊びに来ていた。今日も訪《たず》ねる予定だったが主君の都合で遅れることになり、主君の娘を先に連れて遊びに来ていたのだという。娘は隠れ鬼が好きで、ここに来るといつもせがまれ付き合っていた。その最中に失火して、武士は煙に巻かれて意識を失ったということらしい。

「わかった。俺に任せろ」

頭は躊躇《ためら》いなく言うと、手近な桶《おけ》を取って頭から水を被った。

——無茶だ……。

立ち聞きしていた左門は、紅蓮《ぐれん》の炎に覆《おお》われた店を呆然と見た。こんな中に人がいるはずはない。すでに娘はどこかに逃げおおせたのではないか。仮に取り残されていたとしても、万が一にも助かるまい。

「お主！　待て！」

考えていると、左門は思わず口走っていた。頭は怪訝《けげん》そうにこちらを見たが、すぐまたまだ足《た》りぬと思ったかもう一度水を被った。

「素人《しろうと》が口を出してはいかぬか！」

「別にそんなこと思ってねえさ」

「人がみすみす命を落とさんとするのを黙って見ておれるか！」

頭は左門に背を向けて燃え盛る店をじっと見つめ、ちらりと振り返ると、僅《わず》かに口元を緩《ゆる》めた。

「俺もそうさ」

頭は言い残すと、真紅《しんく》の炎に猛然と飛び込んで行った。かろうじて残る店の入口に吸い込まれる頃には、頭の肌や衣服は色彩を失い、黒い影になって朱《しゅ》に溶け込んでいった。左門は心が熱くなるのを感じて身を震わせ、その薄れゆく背をずっと見据えていた。

# 第一章　土俵際の力士

# 一

先ほど、謁見《えつけん》を終えたばかりの松永源吾《まつながげんご》の耳朶《じだ》に、御家老様の乾いた声がこびりついて離れないでいた。

「二百両にて遺漏《いろう》無きよう支度《したく》せよ……か」

下がる途中、長い廊下を歩きながらぽつりと呟《つぶや》いた。

——どだい無理な注文だ。

思わず口走りそうになるのをぐっと堪《こら》えた。そのような愚痴《ぐち》を案内《あない》の侍に聞かれてはなるまい。御家老様は名を何と謂《い》ったか。確か北条《ほうじょう》某《なにがし》であったように思うがはきとしない。

藩の重臣である江戸家老の名さえうろ覚えなのには理由がある。浪人をしていた源吾が新庄《しんじょう》藩に召し出されたのはつい先日のことなのである。そのため御家老に対面するのも初めてであり、もちろん屋敷の勝手も知らず、今先導してくれている侍の名さえ知らない。

明和《めいわ》七年（一七七〇）、喧《かまびす》しく鳴いていた蟬もすっかりなりをひそめ、心地良い風が吹き始めた秋の初め、出羽《でわ》新庄藩六万八千二百石、戸沢《とざわ》家の殿様が家臣として召し抱《かか》えたいと仰《おお》せであると聞き、何かの間違いではないかと思った。

「拙者《せっしゃ》は折下《おりした》左門と申す者。主君戸沢孝次郎《こうじろう》様の命《めい》を受け罷《まか》り越しました。是非とも当家にお迎えしたい」

源吾が住むおんぼろ長屋に、立派な身なりの侍が使者として訪れた。供の者は四名、並の待遇ではない。事態を理解出来ずに、何故《なにゆえ》拙者なのだと問い詰めても、

「松永殿のお力が必要なのです」

としか、答えてはくれなかった。

――怪しい。

これが率直《そっちょく》な感想である。自慢ではないが学問も剣も人並み以下である。そんな浪人風情《ふぜい》が何の根回しもなく召し抱えられるほど、世の中それほど甘くはない。妻の深雪《みゆき》も同様の感想を持ったらしく、怪訝そうにやり取りを眺めていた。戸沢家が大幅加増されたなどの噂《うわさ》はとんと聞かぬが、百歩譲って何らかの理由により大量に新規召し抱えをしなければならないとしよう。仮にそうだとしても、己《おのれ》に白羽の矢が立つわけがないと思っている。

「差し出がましいことを申しますが……旦那様の経歴をご存知で仰《おっしゃ》られています

か」

我慢出来なくなったのか深雪が横から口を挟んだ。その「経歴」とは誇れるものではない。簡単に言えば、さる旗本を馘《くび》になったのである。己《おのれ》では恥とも思っていないが、妻にここまでさらりと言われればいい気はしない。

——お主もよいと言ってくれたではないか。

源吾は恨めしそうに深雪に視線をやった。

「鉄砲組四千五百石の御旗本、松平隼人《まつだいらはやと》様の御家中におられた松永源吾殿と」

驚くべきことに戸沢家は源吾の過去も熟知している。ならば尚更《なおさら》怪しい。もしや気が狂れた殿様の試し斬りにでも使われるのではあるまいか。

「お役はいかがなもので」

「よき返事を頂いた後しか申せませせぬ」

何度訊《き》いても左門は頑《かたく》なに語ろうとはしない。そのように言い含められているようだ。

「お禄《ろく》は」

またもや深雪が口を出した。俸禄の多寡《たか》を尋ねるなど武士の奥としてあるまじきことではあるが、正直なところ源吾も気になっており黙認した。浪人になって早五年、夫婦で内職などに勤《いそ》しんではいるが、暮らしは貧窮《ひんきゅう》している。そこに降って湧《わ》いた仕官話。どれほど良くとも四十俵三人扶持《ぶち》の卒分《そつぶん》といったところであろうが、今の暮らしに比べればましである。たとえ子に引き継ぐことは出来ない一代抱席《いちだいかかえせき》の待遇だとしてもまったく問題はない。

なぜならば、二人の間に子はいない。源吾は齢三十、深雪は齢二十三、まだまだ若く先はある。それでも源吾はこれからも子を作るつもりはなかった。この困窮した暮らしが死ぬまで続くのだ。子を育てていく自信など湧こうはずもない。

「私と同様の御城使格、三百石をご用意しております」

「え」

源吾は思わず素《す》っ頓狂《とんきょう》な声を上げ、身を強張《こわば》らせた。

「よろしくお願い申し上げます」

深雪は深々と頭《こうべ》を垂れて勝手に了承してしまっている。

「待て待て。何か裏があるに決まっている。試し斬りや拷問《ごうもん》に使われるとか……」

源吾は、無礼極まりない発言をしてしまっていることに気付かないほど狼狽《うろた》えている。

「試し斬りでも、拷問にでも使って下さいまし。よろしくお願い申し上げます」

冷酷《れいこく》に言い放つ深雪に対し、左門は思わず噴き出した。

「奥様、ご心配は無用でござる。松永殿、よき返事を聞かせてもらえますでしょうか」

「暫《しば》し考える時を頂きたい」

これでは棚から牡丹餅《ぼたもち》どころか、棚から大判小判のような話である。源吾は俄《にわ》かに信じられずにいた。深雪が肘《ひじ》で脇を小突いてきた。

「戸沢様の心意気に応《こた》えずして何と致します」

——お主は禄に目が眩《くら》んだのであろう。

そうは思うが、流石《さすが》に口にするわけにもいかず目を伏せた。

「その……三百石とはまことで。三百石を俵《たわら》に直せば……」

元は五人扶持八十俵という身分であるため、俵に換算したほうが分かりやすい。

「三百四十二俵です」

深雪はすかさず言った。どのような構造になっているのかこの手の計算は異常に速い。

「お内儀は勘定《かんじょう》方が務《つと》まりそうですな」

よほど夫婦のやり取りがおかしかったのか、左門は笑い声で続けた。

「仔細《しさい》は申せませぬが、三百石の上士にてのお抱えは確約致します」

話そのものに怪しさは残るものの、鷹揚《おうよう》に語る左門は悪人ではないように見え、戸沢家の家風が窺《うかが》える。深雪の視線が痛い。早く受けよと無言の圧をかけてくるのだ。

「よろしくお引き回しくだされ」

襟《えり》を正し、源吾は頭を下げた。源吾の頭上を左門の洩らした息が越えてゆく。きっと深雪はまた噴き出してしまうほど大仰《おおぎょう》に喜んでいるのだろう。


謁見を終え、源吾は何故己が抱えられたのかはっきりした。己の唯一とも言える特殊技能を、戸沢家は知っていた。

「まさかまた火消に携《たずさ》わるとは」

己の手の甲を見つめた。二寸四方肌が縮《ちぢ》れた痛々しい火傷《やけど》の痕《あと》がある。

——定火消御役《じょうびけし》、松平隼人家中に火喰鳥《ひくいどり》あり。

そう持て囃《はや》されたのは五年以上前のことである。想像を絶するほどの体力を要する火消の寿命は短く、三十路《みそじ》を迎えればもう薹《とう》が立っていると言われても仕方ない。当時、二十代半《なか》ばであった源吾は火消として最も脂《あぶら》の乗っていた時期であった。

定火消は若年寄の配下に属し、江戸市中の防火、消火を司《つかさど》った。旗本、御家人が指揮を執り、鳶《とび》または臥煙《がえん》と呼ばれる荒くれ者の火消人足を使い、消火活動に奔走する。だが源吾は指揮を執るだけでなく、時には自《みずか》ら屋根に上って鳶たちを鼓舞し、また時には燃え盛る家の中に飛び込んで人を救った。瞬く間に火を消し止める手並みの鮮やかさと、鳶が鳥類であることから「火喰鳥」の異名を冠したのである。

確か最初にそのように呼んだのは平戸《ひらど》藩の侍であったように思う。何でも異国には焼けた炭をも呑みこむ、そのような鳥が実在するらしい。もっとも、当の源吾は勝手に鳳凰《ほうおう》のようなものだと思い込んでいた。

人気があったのはその手腕からだけではない。戦国武者のような凜《りん》とした顔立ちであった源吾が、独自に誂《あつら》えた派手《はで》な火事装束を身に纏《まと》い疾走する様に、皆一様に羨《せん》望《ぼう》の眼差《まなざ》しを送り、町娘などからは黄色い歓声が上がった。それから時は流れ、月代《さかやき》は伸び放題、今は見る影もなく落ちぶれた源吾を、戸沢家はなんと火消方頭取《とうどり》として召し抱えたいというのである。

江戸の消防組織は複雑怪奇であった。火事と喧嘩《けんか》は江戸の華といわれるように、江戸には頻繁に火事が起こる。小火を含めれば年に二千件を優に超える。中でも今から約百二十年前に起こった明暦《めいれき》の大火、いわゆる振袖《ふりそで》火事では焼死者十万七千四十六名という猛威を振るった。江戸城天守もこれで焼け落ち、以降再建されてはいない。

この頃、火事の折は武家、町人に拘《かか》わらず各々《おのおの》が自家のみを守っており、大火の場合は「奉書火消《ほうしょひけし》」と呼ばれるものが出動した。この奉書火消は、火事が起こった際、幕府が奉書を大名家に届け、大名家はそこから支度をして消火活動を行うというものである。そのため、ようやく出動したときには手遅れになっていることも度々あり、明暦の大火の折も奉書火消では被害を食い止めることはかなわなかった。

その教訓から幕府は消防に重きを置き、常設の「大名火消」を置いた。これも時代が下るにつれ「八丁《はっちょう》火消」「所々《しょしょ》火消」「方角火消」と多岐に分かれていく。

八丁火消とは読んで字の如《ごと》く自家の大名屋敷から八丁（約八七〇メートル）四方のみを守る私設消防隊である。小大名では五丁（約五四五メートル）、三丁（約三三〇メートル）など守る範囲はさらに狭くなるものの、全大名家の義務となっている。

所々火消は要所を張り付きで守る火消であり、江戸城本丸、西之丸などは勿論《もちろん》、紅葉山《もみじやま》、浅草《あさくさ》御蔵、増上寺《ぞうじょうじ》などに譜代《ふだい》の藩や、外様《とざま》の大藩が充《あ》てられることが多い。

最後に「方角火消」であるが、これは大きく大手《おおて》組、桜田《さくらだ》組に分けられ十万石以下の大名がそれぞれ四家ずつ所属する。火事が起こると江戸城の担当門を守護すべく、その方角より攻め寄せる火を消し止めるのが役目となる。

それで終わらぬのが、実にややこしい。大名火消の他に武家が務める火消として

「定火消」というものがある。四千石以上の旗本が選抜され、与力六騎、同心三十名を付与されて一組。十五組存在したが、予算の都合上、明和の現在では十組にまで削減されている。

削減のきっかけは、最も歴史が浅い「町火消」の存在にあった。町火消は今から五十年前に発足《ほっそく》した比較的新しい組織である。別名「いろは組」とも謂われ、いろは四十七文字と「ん」のうちの四十四組と、語呂《ごろ》の悪い「へ、ら、ひ、ん」の代わりに「百、千、万、本」の四組を入れ換えて加えた全四十八組の小組から成る。それをさらに八組の大組に分け、最も多い一番組などは二千名以上いるというから、一家百名強の定火消が衰退《すいたい》するのも納得出来る。昨今最も勢いのある消防組織である。

落日の定火消を支えていたのは、かつて源吾が仕《つか》えていた松平隼人家であった。それを戸沢家は知っていたのであろう。戸沢家は桜田組に属する方角火消であるが、事情により火消組織が壊滅し、急ぎその再建にあたらなければならないらしく、思い切って源吾を火消方頭取として召し抱えたのである。

「と、いう次第《しだい》だった」

源吾は深雪に語り掛けた。新庄藩はそれほど大きくはないが、この長屋よりも随分《ずいぶん》良い新居まで用意してくれている。ゆえに深雪はてきぱきと引っ越しの支度をしている。

「まあ、旦那様唯一の取柄《とりえ》ではないですか」

深雪の言葉には棘《とげ》がある。昔はこうではなかったが、今では一々癇《かん》に障《さわ》る物言いをする。深雪は背を向けたまま続けた。

「でも、受けてしまったものの、致仕《ちし》するという形で御断りするのでございましょう。そうですと、引っ越しの支度も無駄かもしれませんね」

自分で話していて気付いたようで、深雪ははっとして手を止めた。

源吾は二度と火消には戻らぬと心に決めていた。だからこそ貧窮しながらも、深雪の言うところの唯一の取柄を封印してきたのだ。

訳《わけ》は、恐ろしい。その一言に尽きる。もし助けられなかったら、人は自分を頼りにしてくれているのにそれを裏切ったら、と思うと身が震えるほど恐ろしくて堪《たま》らないのだ。そんな者が火消をするべきではない。そう思い定めていた。

「そのつもりだったのだがな……」

「だった？」

「現場に出ずともよい。火消組を立ち直らせる指導をすればよいということなのだ……」

「てっきりお断りになるものと思っていました。でもようございましたね」

深雪の手が再び動き始めた。背を向けたまま葛籠《つづら》に衣服を入れているため、その表情は分からない。きっと高禄を取り逃がさずに済んだことを喜んでいるのだろう。

「だが立て直すといっても問題山積だ。何しろ支度金は二百両だ」

「まあ大金」

「お前には分からねえかも知れねえが、まったく足りやしねえ。人も不足している。百十名の定員中、現在いるのはたった二十四名。今火事が起きれば全員焼け死んじまう」

源吾は江戸生まれの江戸育ち、幼少から町人である配下の鳶と過ごす時が長かった。さらに気兼ねない浪人暮らしであったことで、日常ではめっきり伝法《でんぽう》口調に染まっていた。

「ふうん」

興味なさげに返事をされる。しかし無視されるよりは幾分かましというものだ。

「火消七つ道具もまともにありやしねえ。それも含めての二百両だぜ」

火消七つ道具とは纏《まとい》、竜吐水《りゅうどすい》（放水具）、大団扇《おおうちわ》、梯子《はしご》、鳶口《とびぐち》、刺叉《さすまた》、玄蕃桶《げんばおけ》であり、それぞれ重要な用途がある。それが無くてはまともな消防活動は出来ないのである。

「松平家の予算は年一千両。与力、同心のお禄を別にだぜ？」

「過去のことを言っても仕方ないではありませんか。田沼《たぬま》様でしたならば、繰《く》り言を仰らずに逆境に立ち向かわれるでしょうね」

源吾は思わず舌打ちをしてしまった。軽輩から身を興《おこ》し、昨年老中格になった田沼意次《おきつぐ》のことを、深雪はひどく気に入っており、折につけ、その名を出す。深雪曰《いわ》く、開府以来の英傑ということなのだが、政《まつりごと》に疎《うと》い源吾にはよく分からない。

深雪は舌打ちにも何の反応も示さず、手を止めない。昔は士分であったことで、長屋暮らしの割に家財は多いのだ。

「まあ、何とかするさ」

これ以上の会話は無用と打ち切った。明日より勤めることになっているので、早く眠ろうと薄い煎餅《せんべい》布団に潜《もぐ》り込んだ。

——羽織を用立てねばな……

火消を辞めた時、もう二度と使うまいと、羽織も鳶口も捨てた。買うとなれば、深雪の嫌そうな顔が想像出来る。古道具屋で二束三文の物を求めねばなるまい。

そのような事を考えながら微睡《まどろ》みかけるたびに深雪が立てる物音に邪魔されるの

で、咳払《せきばら》いを見舞ってやったが、深雪はまったく意に介していないようである。

翌日、出仕した源吾を迎えたのは、あの折下左門である。

「拙者が松永殿の世話役となりました。今日よりよろしくお願い致します」

丸顔の童顔であるから年下かと思っていたが、歳は源吾よりも一つ上であるらしい。そんな左門は、先輩風を吹かさずに丁寧《ていねい》な応対をしてくれる。

「ちと尋ねづらいのですが……」

「火消がなぜ壊滅したかということですね」

口にしにくいだろうことを先読みして、左門は歩みながらに語り始めた。新庄藩は先主である戸沢正諶《まさのぶ》の時、領国に積雪の被害が大きく、幕府より三千石を借用して再建に当たった。そのため、幕府から藩政が宜《よろ》しくないとして出仕停止の処分を受けたという過去がある。

現藩主の戸沢孝次郎正産《まさただ》は父の死去により数え八歳で家督《かとく》を継ぎ、当年十三歳の幼主である。お目見えは済んだものの昔の失政の影響が大きく未だ官位も授かっていない。藩の財政を立て直しつつ、威勢を取り戻さなければならないが、正産が若年のため、江戸家老の一人北条六右衛門《ろくえもん》が執政となり倹約を中心とした藩政改革を推《お》し進めることになった。国家老でなく江戸家老が執政となるとは極めて珍しい。源吾はそのことに疑問を持った。

「北条様は新庄藩始まって以来の辣腕《らつわん》であらせられる」

左門はそう表現した。新庄藩は冷害の影響を受けやすい羽州《うしゅう》に領地を持つ。故に米だけで財政を立て直すことは厳しい。そこで六右衛門は養蚕《ようさん》や籠細工《かございく》などに力を入れ、江戸で自らが商人たちと丁々発止《ちょうちょうはっし》やり合い高値で売る。それでいて国元からの書類にも目を通し、的確な指示を飛ばしていた。まさしく新庄藩の政治財政を一手に握る執政であった。現に六右衛門が政務をとってより、財政は上向きになりつつある。そんな六右衛門が多くの費《つい》えを要する火消などをそのままにしておくはずもない。大いに予算は削減しつつ、幕府への絶好の宣伝材料になる火消の質は落とすな、という無理難題を押し付けたのである。

新庄藩火消組は優秀であり、実績もあった。しかし丁寧な勤め振りとは対照的に、一言で言えば華がなかった。故に町衆からの人気も薄く、幕府の目にも留まらず、六右衛門はそれでは金を掛ける甲斐《かい》がない、火消衣装にも金を掛けろと指示を出した。

それに真っ向から反対したのが、源吾の前任者である眞鍋幸三《まなべこうぞう》という男である。道具の消耗《しょうもう》は激しく、とても衣装に回す金は無い。それでは配下の安全が確保出来ぬ、一見無駄に見える装備にこそ費用を投ずるべきと主張した。

そこまで聞いて源吾は心の内で大いに同意した。昨今では火事装束だけでなく、馬《うま》鞍《くら》にまで金を掛ける武家火消も多い。粋《いき》な火消は人気となり、それが評価にもつながるのである。過去には大名自ら火事場に出て、三度のお色直しをした馬鹿殿までいた。それでは火消に来たのか、着替えに来たのかわかったものではない。

——町衆も悪いのだ。

町衆は火事を祭りのように思っている節《ふし》がある。あまりにも火事が多く起こりすぎ、江戸の人々はすっかり慣れ切ってしまっている。幕府は耐火に優れる瓦《かわら》屋根を推奨《すいしょう》するものの、焼ければまた建て直せばよいと未だに安価な萱葺《かやぶ》き、板葺き屋根が大半を占めていた。江戸っ子は宵越《よいご》しの金を持たぬというのも、焼ける前に使ってしまえという感覚から来ているのだ。そんな町衆は火消をまるで役者を見るかのように持て囃す。

「眞鍋殿は御家老に、徹底的に抵抗された。御家老と眞鍋殿は共に道場で剣を交《まじ》え、藩校で机を並べた御学友であった故、とことん話せば伝わると考えておられたようでな」

「で、眞鍋殿は退転されたのか」

「腹を召された」

左門の言葉に、血の気がひいてゆくのを感じた。前任者が誡になったからこそ、言われるがまま従うしかない新参を迎えたのだと見ていたが、まさか切腹とは思いもよらなかった。

「御家老の命でそのような仕儀に……」

「いや、眞鍋殿の意思である。鳶衆の中には御家老を怨《うら》み、本気で襲撃を企《くわだ》てる者もいたのだ……驚かぬようだな」

左門は意外そうに顔を覗《のぞ》き込んだ。

「荒っぽい鳶衆だ。あり得るだろうよ」

町人が武家に歯向かうなどは並の者ならば考えない。しかし鳶という人種は身分を考える感覚が極めて希薄で、もはや欠落しているとしか思えぬところがある。その反面、同種には血より濃い連帯感を持つ。それは時に命を落としうる火事場で、恃《たの》むものが己と仲間しかないということに起因しているのだろう。

「これ以上の軋轢《あつれき》は取り返しがつかぬと思われたのであろう。眞鍋殿は二通の遺書を書いて腹を切られた。一通は鳶衆に向けてで、我が一命をもって諫言《かんげん》する故、思い止《とど》まるように書かれていた」

「御家老へよ。その真意は御家老様のみぞご存知だ」

町人に囲まれてきた源吾にとっては、何も死ぬ必要はないではないかと愚《おろ》かしく感じる。無言でいると左門はさらに続けた。

「結果、眞鍋殿の思惑《おもわく》は半ば通《なか》じ半ば外れた。暴挙は諫《いさ》められたものの、腕で食っていける鳶の大半は退転し、同輩の中にも致仕する者が現れた。当人が思っていた以上に慕《した》われていたのだろう。当家の火消はそれで壊滅したのだ」

源吾は溜息を押し殺し、細く息を吐いた。

「それを二百両で再建しろと……」

「尚且《なおか》つ名を上げねばならん」

「難しい注文を仰る」

「松永殿をもってしてもそう思われるか」

「難しい。駄目元で俺を召し抱え、無理ならば首を挿《す》げ替えるということですな」

感情が昂《たかぶ》り、すでに言葉にも地金《じがね》が出始めている。

「大きな声では申せぬが……然では済まぬかもしれぬ」

「腹を切らされると。よくそれで俺を誘ったな」

「もう一通は？」

源吾はあまりの馬鹿馬鹿しさに怒りを通り越して思わず笑ってしまった。

「すまぬ。だが松永殿ならばやり遂《と》げてくれると信じているのだ。私は松永殿の働きぶりを見たことがある。それも一度や二度ではない」

「それは御縁のあることですな」

皮肉で言ったのだが、左門には通じぬらしく、熱を込めて語り続けた。

「その手並みに惚《ほ》れこんで何度も見に行った。松永殿ならば必ずや成し遂げられる」

左門は己の憧《あこが》れていた英雄と同朋《どうほう》になれたのが嬉しくて堪らないといった様子である。

源吾は返事をせず歩を進めた。すでにあの頃の己は遠くへ去ってしまった。同じように働けるはずはなく、指導のみで、現場に出るつもりはさらさら無かった。いずれは現場に復帰してくれるものと思っているようで、左門は目を輝かせている。そのような左門にそれをはきと言うのは申し訳なく、源吾はこめかみを掻《か》いた。

それでも受けたからにはやるだけのことはやろうと心に決めている。これで臆《おく》して逃げたならば深雪にまた小言を零《こぼ》されてしまうだろう。

新庄藩上屋敷は江戸城大手門より三十二丁（約三・五キロメートル）南の芝飯倉森《しばいいぐらもり》元町《もとちょう》（現麻布台《あざぶだい》）にある。屋敷の中に教練場が設けられ、普段は中屋敷に住まう配下も一堂に集められていた。一同を舐《な》めるように眺めた源吾は大きな溜息をつき、左門の耳元で囁《ささや》いた。

「折下殿、残ったのは青瓢箪《あおびようたん》のような者ばかりではないか」

気骨のある者は一様に戸沢家を辞したと見える。左門は顔色を変えずに正面を見据え、大音声《だいおんじよう》で演説を始めた。

「ここにおわすは、鉄砲組松平隼人様配下で先筒衆《さきづつ》組頭を務められた松永源吾殿でござる。殿様が見初《みそ》められ当家にお迎えすることに相成った。そなたらの頭取を務めて頂く」

火消の目は虚《うつ》ろである。これまでのごたごたのせいか、生気を失っているように見えた。左門は何か話せと目配せしてきた。

「えー、松永源吾だ。よろしくお願い致す」

源吾のお世辞にも上手《うま》いとは言えぬ挨拶《あいさつ》を受け、衆はばらばらに会釈《えしやく》した。その時である。教練場の木戸が勢いよく開き、転がるようにして一人の若侍が駆け込んできた。

「遅いぞ新之助《しんのすけ》！　何をしておった！」

左門は若侍を睨《にら》みつけながら言い放つ。

「申し訳ございませぬ。母が急病にて……」

新之助と呼ばれた若侍は肩を窄《すぼ》めた。

「今朝そなたの母上を見かけたが、潑剌《はつらつ》とされておったわ」

「申し間違えました。叔母でございます」

「見え見えの嘘《うそ》をつくな。そなたの叔母御は国元新庄におられようが」

――こんなやつまでいるとは。

源吾は肩を落とし、再び嘆息《たんそく》した。新之助は冷や汗を拭《ふ》きながらも足を止めない。衆に混ざるのかと思いきや、そこを通り過ぎ、やがて源吾の横に侍《はべ》った。何をしているのだと源吾が咎《とが》めるより早く、新之助は腰を曲げて礼を終えると人懐っこい笑顔を向けた。

「火消方頭取並、鳥越《とりごえ》新之助です。以後よろしくお願い申し上げます」

二

教練場のすぐ隣の座敷で源吾、左門、そして新之助の三名が居残った。武家社会とはつくづくおかしいものだと源吾は思う。前任者の頭取が腹を切ったならば、補佐役である頭取並が繰り上がればよいものである。しかしそうもいかないのが武家の愚かしさであった。家格により役職の極みが定められているのは何も戸沢家だけではない。鳥越家では頭取並が極みであるらしい。

ならば源吾のような新参を充《あ》て込んでもよいものか。家格を盛《も》ればどうにでもなる、というのが左門の答えであった。松永家の先祖は戦国期に梟雄《きょうゆう》の異名を取った大和《やまと》国持ち大名、松永久秀《ひさひで》であるということになっている。しかし実際のところは怪しいものであり、源吾自身信じてなどいない。権現《ごんげん》様が三河《みかわ》から身を興したとき、松永某という武士がいたことから、それが松平とは名ばかりの将軍家縁戚の家臣に収まったというのが真実に違いない。

今回、戸沢家が採用するにあたり、左門は大和松永氏の末裔《まつえい》という伝承のほうを触込み、家老たちはそれを信じたのか、信じていないのかは判らぬが「そういうこと」にしたのである。その点、出自が割れている戸沢家譜代の者のほうが家格を変えづらい。

「先ほどは失礼致しました」

謝罪する新之助は当年十九。身丈五尺八寸（一七四センチ）と大柄な源吾に比べれば見劣《みおと》りするものの、身丈五尺四寸（一六二センチ）と決して小柄ではない。それでも補《おぎな》えぬほど頼りなさ気に見えるのは、前髪を落としたてのように実年齢よりも幼く見えるからであろう。

「どうせ寝坊だろう」

「なぜそれを――」

はっとする新之助の目尻に目脂《めやに》がこびりついている。

「今回は許す。以後は認めんからな」

源吾は呆れ顔で言い付けた。

「松永殿、どう思われた」

左門が二人のやり取りに割って入った。

「源吾と呼んでくれ。俺も左門と呼ぶ」

一切の知己《ちき》がいない戸沢家中、左門だけには心を開かねばなるまいと決めていた。

「では改めて申す。源吾、どう見た」

「どうもこうもあるかよ。あんなやつらを率《ひき》いて火を防げるものか」

源吾が悪態をつくのをよそに、左門は懐《ふところ》をまさぐり、澄《す》み切った眼《まなこ》で袱紗《ふくさ》を差し出した。

「二百両では到底足りぬと聞き、些少《さしょう》だが受け取ってくれ。三十両ある」

「私は門外漢ゆえにいかほど費えがいるのかも知らなんだ。私には招き入れた責がある」

「受け取れるか」

左門は頑《がん》として取り下げようとしなかった。

「ありがたく受け取るよ」

源吾は片笑むと、袱紗を押し戴《いただ》き受け取った。新之助は無邪気に笑った。

「何だか上手《うま》くいきそうですね」

「新之助、お主は二百両で事足りると思ったのか」

いくら頼りなさ気な新之助だとて、二百両で賄《まかな》えると思うはずはない。

「それが……私はお役目のことはとんと……」

左門によると、新之助の父、鳥越蔵之介《くらのすけ》も御家老こと北条六右衛門、前頭取の眞鍋幸三と幼馴染《おさななじみ》であった。眞鍋が諫死したのち、蔵之介は頭取空席のまま、あくまで代行として瀕死《ひんし》の新庄藩火消を支えたという。

「ちと待ってくれ。御家老と眞鍋殿は剣や学問の同門だと申したな」

「そうだ。鳥越殿も同じ。御三方は同年の生まれで親しくされていた」

「それこそ家格が違いすぎやしないか?」

前回話を聞いたときから引っかかっていたことである。さらに新之助の父までが幼馴染で同門と聞いて確かめたくなった。通常、家格が違えば言葉を交わすことすら少ないのだ。

「大きな声では申せぬが……御家老は先代の妾腹《しょうふく》なのだ。御正室の勘気を恐れて他家に養子に出されておられた。しかし世継ぎ様が夭折《ようせつ》され、北条家へ戻された」

「納得がいった。続けてくれ」

鳥越蔵之介は人材不足の火消を率いてお役目に奔走《ほんそう》した。しかし今より二月《ふたつき》前、火事場で殉職《じゅんしょく》したのだという。

「二月前というと、赤羽橋《あかばねばし》のそばで起こったあの不審火か。確か狐火《きつねび》という……」

左門は眉間《みけん》に皺《しわ》を寄せて頷いた。狐火とは突如現れた正体不明の火付人である。その手口が巧妙かつ珍しく、たった二カ月の間で多くの命を奪い続けている。そのせいで最近では不審火とあらば、すわ狐火かと江戸を震撼《しんかん》させていた。赤羽橋の事件はその狐火が最初に行った火付けだと言われている。

皐月《さつき》（五月）の半ばの夕刻、赤羽橋近くの木綿《もめん》問屋「日野屋《ひのや》」から突如出火した。方角火消として一番乗りを果たした戸沢家は消火に当たり、大した被害も出ぬままに見事消し止めた。鎮火しても火消の仕事は終わらず、再出火しないように念入りに検分せねばならない。

すべての検分を終え、日野屋の土蔵だけが残された。土蔵は元来富裕層が火事から家財や商材を守るために作られ、極めて耐火に優れている。唯一の弱点は木で作られた戸であるが、これも火事が起こるや否《いな》や抱えの左官職人が駆け付け、隙間《すきま》なく土で塗り固めてしまい、大火であろうとも中身は守られる。蔵之介は土蔵の塗壁を壊して中身を検《あらた》めようとした。鳶口でもって小突き、小さな穴が空いたとき事件は起きた。

「土蔵から炎が噴き出し、鳥越様はそれに呑まれ、間もなく命を落としました」

左門が父の話をしているのに、新之助の顔色には一切の変化がない。それどころかどこか冷めた目で宙を見つめていた。

「なぜ鎮火していたにも拘わらず、土蔵が吹き飛んだのかは解らぬのだが……」

左門の問いに対し、源吾は明確な答えを持っていた。

「朱土竜《あけもぐら》」

それまで気のない顔をしていた新之助も、聞きなれぬ言葉にちらりとこちらを見た。

「火事場で我らが使う語だ。密室で燻《くすぶ》ったところを破ると、外気を一気に吸い寄せ、爆《は》ぜる。火事場の中でも最も恐ろしい現象の一つだ。だがしかし……腑《ふ》に落ちんな」

「と、言うと？」

左門の問いに即答はせず、暫《しば》し考えたのち源吾は口を開いた。

「蔵之介殿は聞けば火消一筋三十年というではないか。火消が忌《い》む朱土竜のことを知らぬはずはない。新之助はいかが思う」

「先ほども申しましたように、私は火のことは何も……早く学べと父には言われておりましたが、避けておりましたので……」

鳥越の家は代々火消頭取並を務めている。知らぬからと言って放棄するわけにもいかないのが武家というものである。

「新之助。俺が火消のいろはを叩《たた》き込んでやる」

「よろしくお願いします」

新之助は畏《かしこ》まって頭を下げた。だが、どうにも形だけのように見える。ぼんやり考えながら、話を本題に戻した。

「左門、頼みがある。今一度、御家老北条様に目通り願いたいのだ」

「すぐに段取りをつけよう」

即答した左門は、己に言い聞かせるように二度三度頷いてみせた。

吏僚《りりよう》というものの大半は尻が重いのが特徴だが、左門は例外であった。上屋敷にある北条六右衛門邸に呼びつけられたのは、面会を取り次いでもらうように依頼した二日後のことである。

暫《しばら》く待たされた後、六右衛門は現れた。前回は無理難題を押し付けられたことばかりに気が回り、顔もうろ覚えであった。六右衛門の歳は五十前後であろうか。痩《や》せぎすで口回りの深い皺《しわ》が印象的な老人である。

「何か頼みがあるのであろう。金ならば今以上は出さぬぞ」

予算を上げろと直談判《じかだんぱん》に来たと思ったのであろう。六右衛門は先手を打って言い切った。

「いえ、それは結構」

「では、名を揚げるのは無理だと弱音を吐きにきたか」

――くそ爺《じじい》め。

源吾には六右衛門は絵に描いたような悪家老に見えてきて、思わず心の内で罵《ののし》った。幼馴染のうち一人は諫死《かんし》、一人は殉職《じゅんしょく》したにも拘わらず、顔色も変えずなおも予算削減を断行しようとしているのだ。

「いえ、火消として必ずや名を揚げてみせましょう」

啖呵《たんか》を切ると、六右衛門は嘲笑《あざわら》うかのように鼻を鳴らした。

「では何だ」

「拙者のやりように一切の口出し無用に願います」

「それでいつ結果を出す。それまで十年待ってくれとでも申すのではあるまいな」

「二年……いえ一年と半で結構」

「よし。その言葉に相違ないな」

「男に二言はございません」

目を細めて六右衛門を睨みつけた。源吾は武士ではなく、敢《あ》えて男と言ってみせた。鳶と同じ釜《かま》の飯を食ってきた源吾も、身分に対する頓着《とんちゃく》は乏《とぼ》しい。火事場で信用出来るのは身分ではないのだ。六右衛門はそれを受け流すかのように再度鼻を鳴らした。


翌日から新生新庄藩火消組を生み出すべく評定《ひょうじょう》を開いた。評定といえば聞こえがいいが、内実は源吾と新之助の二人きりであり、場所も源吾の新居である。

「当家は方角火消を拝命して何年になる」

当家という語が板に付くのにはまだ時を要するようで、些《いささ》か違和感を持つ。

「確か宝暦《ほうれき》十三年（一七六三）からですので足かけ八年になるかと」

方角火消は十年以上長く務める藩もあるが、平均は五、六年である。戸沢家の火消が優秀であった証拠であろう。

「今はまだ秋口。夏は火事は少なく、今までは実状は洩《も》れずに済んでいるが、これから冬に向かうにつれ急ぎ体制を整えねばならん。難題は山積だが……まずは鳶の確保だろう」

「では急いで募《つの》りましょう」

「今更集まるものか」

源吾が吐き捨てたのには訳がある。鳶は基本的には一年契約の渡り奉公人である。そのため、より金銭的に好条件の家に流れる傾向にある。一方で決して好条件でなくとも、こぞって申込みのある家もいくつか存在する。江戸の火消の最精鋭とも言うべき「加賀《かが》鳶」などはそれの代表格であった。百万石の国力を有する加賀藩は、早くから国元でも独自の消防技術を磨《みが》きあげ、火事装束も絢爛《けんらん》で恰好が良い。民衆はもちろん、同職の鳶までもが憧れる火消集団である。

各藩、各旗本家では参勤の慌《あわ》ただしさが一段落した皐月《さつき》（五月）に鳶の確保を行う。よって冬に向かおうとしている今日《こんにち》に残っている鳶などは、

「落ちこぼれというわけさ」

新之助は握り拳を掌《てのひら》に打って納得した素振りを見せたが、慌てて頭《かぶり》を振った。

「ならばいかにして八十名も集めるのです！」

新之助は疑問を矢継《やつ》ぎ早《ばや》に投げかけてくる。

「定火消と方角火消の共通点は、定員だ」

八丁火消、所々火消は定員がまちまちである。それは武家の本質である軍役の延長であると考えられてきたからであり、石高によって定員は変わってくる。五十名が定員の小藩もあれば、加賀藩のように千を超える人員を抱えなければならない藩もあるのだ。それに対し定火消、方角火消は禄高の多寡《たか》に拘わらず百十と定められているのである。

「だからこそ俺の経験は方角火消にも通用すると思うのだが、実際のところ精鋭を配さねばならないのは、一番組の三十名だけだ」

源吾は寺子屋の師匠《ししょう》のように教えてゆく。もっとも、寺子屋の師匠にしては随分柄が悪い。

「消防は初動の一番組で七割が決する。つまり精鋭三十名さえ集めれば、あとは青瓢箪の寄せ集めでも鍛え方次第で何とかなるものだ」

「それで、御頭は集める伝《つて》が何かおありなのでしょうか？」

新之助は唸《うな》り声を上げ、源吾も腕を組んで天井を見上げた。

「何とかして探すしかなかろう。駄目で元々、口入れ屋のところに行ってみるか」

こうして何とも頼りのない二人きりの初評定は幕を下ろした。


翌日、源吾は新之助を伴って日本橋《にほんばし》に向かった。そこには顔馴染の口入れ屋がある。口入れ屋は人材斡旋《あっせん》を生業《なりわい》としている者達である。飢饉《ききん》で食うに困ると、田畑を捨てて江戸に出てくる者が多発する。彼らが真っ先に頼るのが、口入れ屋である。口入れ屋はそれらを抱え込み、男ならば人足などに、女ならば商家または遊郭《ゆうかく》などに配する。昨今では江戸に来る者は増加の一途を辿《たど》っているが、それでも足りぬほど江戸には働き口が多い。その原因の一端を担《にな》っているのが、頻繁に起こる火事である。焼失した町の再建は膨大《ぼうだい》な雇用を生む。つい先日、何者かが火事を薬の効用になぞらえ、皮肉った落書を立てたことが話題となった。

一、第一諸人《もろびと》の難儀によし
二、くひ物売買によし

三、古かねかひ（古鉄買）によし
四、材木屋によし
五、野宿するによし
六、囚人によし
七、諸品一トしきり値段を上るによし
八、諸職人によし
九、明店《あきだな》（空店）持たる家主によし
十、借銭多き人によし

と、いった内容で、多くが雇用に関することである点からも、火事との密接な関係が窺える。そのせいで農村では深刻な過疎《かそ》が起こり、江戸の人口は爆発的に増え続けていた。対策を講じようとした幕閣に対し、さらに江戸に人を集めこの好景気に拍車をかけるという正反対の政策を推《お》し進めている男がいる。深雪がご執心《しゅうしん》の田沼意次である。飛ぶ鳥を落とす勢いの田沼の政策により、さらに江戸に人が集まるだろう。

「人が増えるってことは、火事が増えるってことだ」

何も知らない新之助には一々教えてやらなければならない。

「火を使う人も多くなるのだから当然といえば当然か……」

「それだけじゃないぜ。見てみろ」

源吾は家屋と家屋の間にある開けた場所を顎《あご》で指した。

「空き地ですか」

「火除《ひよ》け地くらい知っているだろ。代々何で禄を食《は》んできてやがる」

人為的に空き地を作ることによって火が回らないようにしてある場所を、火除け地と呼ぶ。

「明暦の大火以降、火除け地を増やせ、道を広げろって幕府は縄張りを引いたが、江戸に人が溢れてきてそれも随分減っちまった。それにこの道……何か気付くことはねえか？」

「この通り……美人が多いですね」

源吾は新之助の頭に握り拳を見舞ってやった。

「馬鹿野郎！　桶。手桶だよ。水を張って、通りに置くように推奨《すいしょう》しているが、皆怠《おこた》ってやがる。かんかん照りが続くこんな時に火が起これば、水の調達は難しく燃え広がってしまう」

「へえ、なるほど」

新之助は諸手《もろて》で頭をさすりながら感心して目を丸くしてみせた。こうして新之助に教え続けるのは役目としてのことなのだが、あまりに物事を知らない新之助に辟易《へきえき》とさせられているのも事実であった。

「ところで、どんな者どもを集めるので？」

「そうだな。まず絶対欲しいのは……纏持ち。火事場における先陣だ。屋根に真っ先に上り、衆に目標を示す。さらに火の回りを報《しら》せる偵察役も兼ねている。火が回ってもぎりぎりまで踏みとどまる根性と、すぐさまかけ上げる俊敏《しゅんびん》さを持ち合わせた者がよい」

「御頭は纏持ちを兼ねていたこともあったのでしょう？」

「俺は現場には出ねえ。出来ねえ理由があるのさ」

源吾は己の右脚に視線をやると、自嘲気味に笑った。源吾の解説はさらに続く。

「次に壊し手。これは字の如《ごと》く鳶口や刺叉《さすまた》を使って壁を破り、柱を折って家をぶっ壊す。よって古今無双の怪力が相応《ふさわ》しい」

「ふむふむ」

「あと外してはならねえのが風読《かざよ》み。江戸の風向きは頻繁に変わる。加えて熱波の影響で風はさらに複雑になる。それを的確に読む、謂うなれば火消の軍師だ。これには些か心当たりがある」

「何だか大変ですね……」

新之助は他人事《ひとごと》のように呟き、そうこう言っている間に口入れ屋に到着した。「越《えち》前屋《ぜんや》」という大袈裟《おおげさ》な看板がかけられている。暖簾《のれん》を潜《くぐ》った源吾を明るい声が迎えた。

「源《げん》さんじゃねえですか。久しぶりだなあ。五年、いや六年ぶりか……」

「松太郎《まつたろう》も達者《たっしゃ》そうだな。親父《おやじ》さんいるか」

「源さんは知らなかったっけ。親父は一昨年病《やまい》で逝《い》っちまった」

源吾は、息を呑んだ。自分が引き籠っている間にも、世間は変わっていってしまっている。

「それは、存じ上げなかったとはいえ申し訳ない」

「いいさ。ようやく私も店主として板に付いてきたところですよ」

松太郎の歳は源吾よりも四つ下の二十六。口入れ稼業の三代目である。先々代が越前より出てこの稼業を始めた。先代には現役時代によく世話になっていたのである。

「仕事の話に来た」

「まさか火消に復帰するのかい？　またあの火喰鳥を見られるってことか！　源さん

の腕ならこの時期でも雇いたいってお大名や旗本はいるはずだ。少し待ってくれよ」

口早に言うと、松太郎は帳面を繰《く》ろうとした。

「火喰鳥ってなんです？」

「お前は黙っていろ」

首を捻《ひね》る新之助に釘を刺すと、源吾は鷹揚《おうよう》に語り始めた。

「松太郎。違う。俺が、雇う側なのだ。俺は今、戸沢様の禄を食んで火消頭取を務めている」

「戸沢様ってえと、方角火消桜田組の新庄藩か」

松太郎は、職業柄さすがに市井《しせい》のことには詳しい。

「ああ。それで頼みがある。大きな声で言えぬから、もそっとこっちへ来てくれ」

源吾はこそこそと松太郎に耳打ちした。

「えーーー！　戸沢様の火消は八十名の定員割れ!?　今火事が起こったらどうすんだよ。この時期にいい鳶なんて余っているもんか」

「声が大きい！　それを承知で何とかしてくれと頼んでおる」

「うーん……少々角が立つが他家の鳶に引き抜きをかける方法しかねえな。引き抜くとなりゃ、ちょいとお足は高くつくぜ。ご予算は？」

松太郎は人差し指と親指で輪を作ってみせた。

「百五十両」

「なっ――。戸沢の殿様は馬っ鹿じゃねえのか」

左門の餞別《せんべつ》も合わせて予算は二百三十両ある。だが、老朽《ろうきゅう》化の激しい火消道具を修理しなければならない今、これが限界である。松太郎は鼻先を掻きながら早口で話し始めた。

「よーく聞きなよ。鳶の相場は年三両。これが腕のいい者になると五両。中には十両取りの名人もいる。八十名だと最低二百四十両。他家から抜くとなればその倍は必要だ」

「親父さんはよく越前から人を引っ張ってきていたぞ」

松太郎は知っていたかといったふうにちっと舌打ちした。越前屋にはその出身から越前に縁故が多い。越前では雪のため二毛作が出来ず、海も荒れて漁に出られないことも多い。そのため農家や漁村では次男三男は出稼《でかせ》ぎに出るのが普通になっている。その大半は地理的に近い京に出るのだが、これを先代は江戸に呼び込んでいた。地方と江戸では物価に大きな開きがある。故に安く人足を雇うことが出来るという寸法なのだ。

「源さんも絡繰《からくり》を知っていて黙っているとは人が悪い。では算盤《そろばん》を弾《はじ》かせてもらいますよ」

松太郎はそう前置きするとおもむろに算盤を取り出し、先ほどよりも早口で話し出した。

「おっしゃる通り越前人は安く雇える。今の相場で一両三分五百文といったところでしょうか。掛けますと百六十五両。しかし越前から連れてくるとなりゃ旅費がかかるってもんで、それがしめて三十両。幕府から定められた税一割を掛けまして二百十四両二分。そこに私どもの取り分二割掛けます。さらに口入れの座への上納金一割を乗せて二百八十三両二百五十文とちょいちょいという見積もりです」

もう何が何だか、合っているのか間違っているのか皆目《かいもく》分からない。算術が苦手な源吾は唸り声を上げ、新之助は両手の指に加え、下駄を脱《ぬ》いで足の指まで繰っている。

「藩の勘定方を呼ぼうか」

「いや無理でしょう。勘定方の連中、新参の御頭を毛嫌いしていると聞きました」

そのやり取りを見た松太郎は、話題を変えてやり過ごそうと必死である。

「では、無かったことで。ところで勘定小町の奥方はお達者ですかな……あ！」

「あ」

源吾の声が松太郎の声を追いかけた。

「新之助！　家内を呼んで来い！」

「ご勘弁を!!」

松太郎は藪蛇《やぶへび》だったと慌てている。表に駆け出そうとする新之助に源吾は付け加えた。

「来なければ三百石は白紙になるぞと付け加えろ」

半刻ほどして新之助は深雪を連れて戻った。

「何事ですか。お昼寝しようと思っていたところでしたのに」

「新之助、説明してくれ」

惚《とぼ》けたところばかりの新之助にも取柄があったようだ。それは滅法記憶力が良いということである。先刻の松太郎の計算をすらすらと諳《そら》んじ始めた。

「えっとですね、まず人足一人が一両三分五百文で……」

新之助が説明している間、松太郎の額に珠《たま》のような脂汗が浮かんできている。

「なるほど。わかりました」

仔細《しさい》を聞き終えると深雪はそう言った。

「ご理解頂けましたでしょうか」

揉み手の松太郎に対し、深雪は咳払《せきばら》いを一つ見舞うと、堰《せき》を切ったように喋《しゃべ》りだした。

「まず人足一人一両三分五百文ならば、八十名分は百六十五両ではなく百五十両でございます。さらにそこに税、取り分、上納金と連《つら》ねて乗じておりますが、それでは税にまで三割二分を掛けていることに。さらに旅費に乗じる必要もなく、それぞれに乗じたものを和さねばなりませぬ。よってまことに必要な分は二百四十両きっかりと相成りますね」

「いやそれはその……では二百四十両で結構です」

松太郎は身を捩《よじ》り、新之助は驚愕《きょうがく》の目で見ている。深雪の舌鋒《ぜっぽう》は止まることを知らない。

「いえ、まだあります。そもそも旅費は三十両もかかりません。おおかた廻船問屋に相乗りさせ、船でも人足として利益を得るのでしょう？　よって十両で事足ります。松太郎さんも商《あきな》いですので二割の取り分は目を瞑《つむ》りますが、一つお心得違いがあります。田沼様が触れだされた座の強化のための上納金の制度、施行は翌明和八年からと添え書きされていたはず。よってこれも要りません。また同じ田沼様肝煎《きもい》りの法、商いにおいて故意に騙《だま》した者は身代《しんだい》相応の科料を取るとあります。越前屋さんの身代だと百両が相場、これを半分に負けてさしあげます。五十両の慰謝料として値引き頂き、しめて百五十五両となります」

深雪は源吾に流し目で合図を送った。

「百五十五両ならば出せる。よいか？」

松太郎は顔面蒼白で魂《たましい》が消し飛んだようになっており、何とか小刻《こきざ》みに頷いた。

「まだあります」

「まだあるのですか――」

ここまでくると松太郎のほうが可哀想《かわいそう》になってくる。

「口止め料に二両、ここまで来た私の御足代として一両、ここで頂いて帰ります」

「御足代、高っ！」

思わず叫んでしまった新之助をじろりと睨みつけると、深雪は微笑して付け加えた。

「ではお手配のほどよろしくお願い申し上げます」

深雪は三両を強奪《ごうだつ》し、笑顔で帰って行った。

「凄《すさ》まじい奥方ですね」

新之助は上目遣いで恐る恐る言った。茫然自失の松太郎、数晩は眠れぬ夜を過ごすことになるであろう。

三

深雪の活躍もあって、人員に関しては一先《ひとま》ず安心である。もっとも越前から連れて来るにはどれだけ急いだとしても二月はかかってしまう。この二月の間に組の柱となる人材を探さねばならない。これも松太郎に頼んでみたが、火事が多い江戸において、各藩による優秀な鳶の争奪戦は苛烈《かれつ》を極めており、これぱかりは金の問題ではなく無理だと断られた。

源吾は新之助を伴い、あてなく町を歩くのが習慣になりつつある。これはと思う者を見つけようとしているのだが、そう簡単に見つかるはずもない。柔らかな風が頰を撫でてゆく中、鋳掛屋《いかけや》の威勢のよい掛け声が背を追い越してゆく。

「私なりに考えてみたのですよ。今、芝神宮《しばじんぐう》で相撲《すもう》興行を行っているのをご存知ですか」

新之助が唐突に言いだした。まさかとは思うが、馬鹿馬鹿しくて返事をする気になれない。

「怪力無双の男達がこれでもかってほど沢山《たくさん》いますよ」

――力士が鳶《しか》に身を窶《やつ》すかよ。

源吾は顔を顰めながら話を聞いていた。力士と鳶ではまず稼げる額が違う。鳶の最高給与ともいうべき年十両を、力士は幕内に入れば稼ぎ出す。身分においてもそうである。相撲は神事であり、力士は神官のような側面も持っている。そのため、力士の中には武士待遇で帯刀を許されている者も多い。

「興行するに際して当家からも祝儀を出していますので、木戸御免で入れます」

ふうんと興味なさげに返事をした。といっても行くあてはなく、この時刻に帰宅したならばまた深雪に嫌味を零されるだろう。

「行ってみるか」

芝神宮に足を向けた。近付くにつれて相撲見物に行くと思われる人が少しずつ増え、境内ではすでに群れとなっていた。本来相撲の興行は春場所と秋場所の年二回である。今回のこれは特別興行で、世情不安定により邪気退散、または地域活性の意味合いでしばしばこのような小さな興行は行われる。

新之助の言っていた通り、木戸番に新庄藩の者だと告《つ》げるとすんなり通された。升《ます》席はどこぞのお大尽《だいじん》達によって埋め尽くされており、源吾達は筵《むしろ》の上に座ればよいらしい。

暫く待っていると興行が始まった。大勢の力士が居並ぶとそれは壮観である。取組の度に、時に歓声が上がり、時に悲鳴がこだまする。芝神宮の全体を熱気が覆《おお》っていった。

「面白いものだな」

「そうでしょう？　御頭、見てくださいよ。次のやつは一際大きいですよ」

新之助が指差すところへ目をやった。確かに大きい。身丈は六尺四寸（一九二センチ）といったところであろうか。目方も並ではない。四十五貫目（一六八キロ）はゆうに超えるのではないか。まさに巨人と呼ぶに相応しい。

「あいつ荒神山寅次郎《こうじんやまとらじろう》って言うみたいですよ。すごく強そうな四股名《しこな》ですね」

新之助は木戸で手渡された取組表を捲《めく》っている。四股を踏んで仕切りが済まされた。取組相手は源吾と同じくらいの身丈であろうか。決して小兵《こひょう》ではないが、寅次郎と比《ひ》すれば子どものように見えてしまう。

「発気揚々《はっけよい》……残った！　残った！」

行司は掛け声とともに軍配団扇《うちわ》をさっと手前に引いた。同時に寅次郎が猛進する。

難なく相手を粉砕《ふんさい》すると思われた。しかし、相手の力士は素早く体《たい》を開き、肩を叩《はた》き落とした。砂埃《すなぼこり》が舞い、四つん這《ば》いになった寅次郎の陰影が見える。行司が相手力士の勝ち名乗りを上げた。

「とんだ見かけ倒しでしたね」

新之助はつまらなさそうに言った。

「番付はどうなっている」

新之助は取組表を再び繰り出した。そこに番付も刷られているのである。

「あー駄目だ。最高前頭《まえがしら》二枚目までいっていたのに、今は前頭十四枚目。秋場所には十両に転がり落ちるのではないですか」

新之助は源吾よりだいぶ相撲に詳しいようである。そもそもここに連れてきたのも己が見たいという一心だったのだろう。

「落ち目のときは、何をやってもうまくいかねえもんだ」

源吾の脳裏《のうり》を一瞬よぎったのは過去の己の姿である。

「力士の寿命は短いですからねえ」

「鳶も一緒だ。気の緩みを持てば命を落とす。己の中に弛《たゆ》みを見つければ辞め時なのさ」

「そのようなものですか。心得ました」

「お前は一度も締まってないだろうが」

新之助は頭を掻きながら笑みを浮かべた。会話を重ねている間も取組は進んでいく。

「おっ！　今最も旬《しゅん》な力士が出ましたよ。前頭筆頭、達ヶ関森右エ門《だてがせきもりえもん》」

さほど詳しくない源吾でも聞いたことがある。二年前に齢十八で土俵に上がり、破竹の勢いで出世している仙台藩抱えの力士である。将来を嘱望《しょくぼう》され、藩より伊達関《だてがせき》の名を許されたが、恐れ多いとして達ヶ関とした。こちらも大兵《だいひょう》で、先ほどの寅次郎と同等の目方に思われた。

行司が握る軍配団扇が宙を切る。立ち合いの瞬間、達ヶ関の四肢は巌《いわお》のように見えた。達ヶ関は荒れ狂う猪《いのしし》のように猛然と突き進んだ。先ほどの立ち合いと同様に相手力士は体を開こうとしたが、達ヶ関は逃がさず、長い腕《かいな》で首根っこをむんずと摑むと、そのまま相手の頭を土俵に叩き付けた。いや突き刺したという表現のほうがしっくりくる。

「死んだのでは……」

新之助が心配そうに言ったとき、会場はひと時の静寂《せいじゃく》に包まれていた。しかしそれも束《つか》の間、うねるような歓声が広がり、歓喜の渦《うず》に巻き込まれていった。達ヶ関は起き上がろうとする相手力士に手を貸すとひょいと引き上げた。心技体揃《そろ》った素晴らしい力士である。

「すげえな。強いだけではないときたか」

「さっきの荒神某とはえらい違いですね。手形が欲しいなあ……」

力士は色紙に手形を押して、贔屓筋《ひいきすじ》に配る。破邪の効果があると言われ、家内に掲げもするが、集めること自体を目的にしている者もいる。

「祝儀が要るのではないか？」

「高いのかなあ……」

「深雪を呼んで訊いてみるか」

「結構です！　御足代のほうが高くつきますよ」

新之助は腕を交互に肩を抱き寄せ、震える素振りをしてみせた。

「一分金でも包めば十分じゃないのか？」

「御頭、一分貸して頂けませんか？」

白い歯を見せて悪戯《いたずら》っぽく笑う新之助を見て、源吾はまた溜息をついた。

興行の後、特設された掘立《ほった》て小屋に手形を求める客が押し寄せる。客は思い思いの祝儀を渡し、これも興行の重要な収入源になっている。一番人気はやはり達ヶ関である。その行列は大関、関脇、小結の三役力士よりも長く、二人は列の最後尾であった。

「きちんと返せよ」

「わかってますよ」

財布から一分金を取り出し手渡す。新之助は懐紙で丁寧に包む。いよいよ次が新之助の番である。他の力士たちはすでに列を捌《さば》ききり、祝儀を抱えて支度部屋に戻ろうとしていた。

「先にこれを持って行ってくれませんか」

達ヶ関は近くを通った力士に呼びかけた。

「己で持って行け」

呼びかけられた先輩力士は、華美な化粧廻《まわ》しを締めていることから、三役の力士のようである。

「多くて一人じゃ抱えられませんよ」

「なら二度に分ければよかろう」

「その間に盗まれたら何と致します」

先輩力士は祝儀を付け人にぞんざいに手渡すと、床几《しょうぎ》に腰をかけている達ヶ関の元にずいと詰め寄った。

「小結にその口のきき方はなんだ」

「威張っていられるのも今の内だ。次の秋場所では明け渡してもらいます」

先輩力士に浴衣《ゆかた》の襟《えり》を摑まれた達ヶ関はおもむろに立ち上がると、顔を寄せて睨みつけた。一触即発の事態に新之助はおろおろとしている。その時である。一人の巨漢が睨み合う二人の力士に割って入った。

「やめんか梶之助《かじのすけ》！ 頭を下げよ」

先ほどの取組で無様な負けを喫《きっ》した荒神山寅次郎である。

「兄さん、客の面前で本名を呼ぶのは無しだぜ」

「すまん……達ヶ関、ともかく謝るのだ」

先輩力士は憮然《ぶぜん》とした態度で腕を組んでいる。達ヶ関もしばらくは睨んでいたが、視線を外すと深々と頭を下げた。

「ご無礼を働き真《まこと》に申し訳ございません。平《ひら》にご容赦《ようしゃ》下さい」

「ふん。それで謝っておるつもりか」

その一言に達ヶ関の顔色が変じるのを、源吾は見逃さなかった。達ヶ関はいきなり強烈な張り手を繰り出した。ばちんという激しい音が辺りに響き渡った。が、捉《とら》えたのは先輩力士ではない。またもや間に入った寅次郎の顔面が張り手を受け止めたのである。

「後日必ず謝罪に伺《うかが》います。今日のところはこれで……」

寅次郎はそう言い残すと、達ヶ関を抱くようにして去って行った。

「ああ……私の手形……」

新之助は縋《すが》るような声で絞《しぼ》り出した。

「諦《あきら》めろ」

「いーえ、諦めません」

支度部屋まで押し掛け手形を貰《もら》うつもりなのだ。火消のことにもこれほど執念を燃やしてくれればよいのだが、と呆れてしまった。後を尾《つ》けると支度部屋に寅次郎らが入ってゆく。

「なぜ目上の者を敬《うやま》わんのだ……梶之助」

「先に度々嫌がらせをしかけてきているのは向こうだ」

などと、部屋の中から話し声が漏れ聞こえてきた。

「取り込み中のようだ。いい加減諦めてはどうだ？」

「いーえ、諦めませんよ」

まさかこの中に突入しようと言うのか。今までの新之助の行いを見ているとやりかねない。立ち聞きするつもりはないが、力士たちの声は大きくはっきりと聞こえてくる。

「お主にとって今は大事な時だ。無用な反感は買わぬほうがよい」

「兄さんこそ十両を飛び越して幕下に落ちかねない大事な時に、何て取組をしているのですか。言っては悪いが、馬鹿の一つ覚えのように突っ込みすぎなのですよ」

「そうだな。すまない。これからまた稽古《けいこ》をしてくるよ……」

寅次郎の声は哀《かな》しげで、それを最後に会話は止《や》んだ。木戸が開き、寅次郎が出てきた。

「申し訳ないが、ここは立ち入ることを禁じられていますので……」

ゆったりとした調子で話し始めた寅次郎に、新之助は間髪《かんはつ》入れず返答した。

「先ほど並んでいたのですが、あの騒動で……」

「そうでしたか。おい、梶之……達ヶ関。手形を貰えなかったお客様が来られたぞ」

「中に入ってもらって下さいな」

達ヶ関の声が飛んでくると、新之助の顔に喜色が浮かんだ。

「では儂《わし》はこれで」

寅次郎は軽く会釈《えしやく》をすると、その場を後にした。

「お前の執念が実ったな」

「何事も諦めないことが肝要ですよ」

得意顔の新之助を先頭に、部屋の中に入った。達ヶ関は立ち上がると、頭を下げた。

「先ほどはお恥ずかしいところをお見せ致しました。手形ですね？」

「はい！　拙者戸沢家中、火消頭取並鳥越新之助と申します」

名乗らずともよいものを、名乗ってしまうものだから源吾も続いて名乗った。

「上役と下役が並んで相撲見物とは、仲がよろしいのですな。二枚でよろしいですか？」

達ヶ関は豪快に笑い、半紙を取り出しながら尋ねた。

「はいっ！」

これも新之助のせいで断ることが出来ず、源吾は慌てて財布の中身を確認した。

「来場所は三役確定でしょうね」

「そのつもりでいますよ」

達ヶ関は袖《そで》をたくし上げ、朱を盥《たらい》に注いで支度を進めている。

「荒神……山でしたっけ？　あの方は幕下に落ちてしまうのですか？」

――余計なことを口にするな。

源吾は呆れかえった。初対面の人に尋ねる問いにしてはあまりにも無神経であろう。

「ああ、兄さんですか。あの人は私より十年も先輩なのですがね。そりゃあ昔は鬼のように強くて、私などまったく歯が立ちませんでしたよ」

「昔？」

新之助は間髪入れずに問うた。達ヶ関は嫌がることはなく、しんみりとした様子で語りだした。きっと、胸の内に秘めていた想いを障《さわ》りのない誰かに話したかったのだろう。

「荒神山寅次郎。あの人は本物の力士ですよ。近頃じゃ品位だ、品格だと角界も煩《うるさ》くなってきましたがね。一皮剝《む》けば元は田舎《いなか》の悪がきどもの集まりですよ。そんな中あの人は優しくてね。辛《つら》いとき何度も助けられました。でも相撲を取れば怪力無双。そりゃあ凄《すさ》まじい腕力《かいなぢから》で、がっぷり四つに組めば今の私だってわからない。でも一年半前、もう少しで三役って時に脚を壊してしまってね」

「あんな大相撲取れば怪我もしてしまうってものですよね……」

当人は意識していないだろうが、新之助という男はとにかく人の懐に入るのが上手い。

「それがね、取組ではなく喧嘩なのですよ。鳶との」

源吾はぎょっとした。すでに火消と名乗ってしまっているのだ。それを敏感に察したか、達ヶ関は手を左右に振って笑顔を作った。

「お役目が同じというだけで人を色眼鏡《いろめがね》で見るようなことはしません。ただ怪我を負《お》った兄さんはそういうわけにもいかないでしょうが……」

「お気の毒なことだ。我々も気をつけねばなるまい」

「些細《ささい》なことで私が定火消配下の鳶と揉めましてね。やつらは仲裁に入った兄さんの膝《ひざ》を……ぐわんとね。膝が駄目になっちまってから、負け越してばっかりだ。明後日の千秋楽、負けると幕下まで落ちてしまうかもしれない……そうなれば引退すると……」

「引退後は親方になるのですかね」

「故郷の近江《おうみ》に帰って田畑を耕すって言っていましたね。もう膝も限界なのにさ……大関になる夢を諦められずにずるずるとね。引導を渡してやるのも、弟子である私の務めですよ」

「そういうことか」

源吾は事の先が読めたが、新之助は理解出来ていないようだ。達ヶ関は掌《たなごころ》を思い切り広げると、盥に張った朱に漬け、ぐっと半紙に押し付けた。

「明後日の千秋楽。荒神山の相撲人生最後の相手は、私です」

達ヶ関は不敵に笑ったが、その目は口元とは対照的に妙に哀しげであった。


「荒神山寅次郎さんですね」

楽屋の木戸が開いた瞬間、新之助は詰め寄った。新之助は寅次郎を火消に誘うと言い張ったのだ。源吾は止めたが、普段は剽軽《ひょうきん》なこの若者は言い出したら聞かない頑固なところを持ち合わせていた。

「これは先程の。荒神山寅次郎は儂ですが、如何いたしました」

「私は戸沢家中の鳥越新之助と申す者。寅次郎さん、火消になりませんか⁉」

単刀直入にも程がある。源吾は寅次郎の顔が一瞬曇《くも》るのを見逃さなかった。

「どういう訳か分かりかねますが、儂は力士。火消になるなど思いもよりません」

当然のように断られたが、新之助はそれで怯《ひる》むような繊細な心は持ち合わせてはいない。

「千秋楽で負ければ郷里《くに》に帰ってしまうのでしょう?」

「誰からそれを……」

「あんたの弟子だよ」

源吾は横から口を挟んだ。それを聞くと、寅次郎は大きな肩をがっくり落とした。

「達ケ関ですか。余計なことを……」

「勿体《もったい》ない。寅次郎さんの怪力なら、きっと火消の壊し手が務まります」

新之助は熱く語るのだが、寅次郎には響かないようである。

「引退後のご心配をして頂くのはありがたいことです。しかし、私はまだ引退する気はない。国元の母は私が仕送りをせねば食っていけません」

「お母上はどこか具合が悪いのですか? 国元から呼び寄せればよいではないですか」

新之助が無神経に根掘り葉掘り尋ねたこともあり、寅次郎という男の背景が見えてきた。

寅次郎の歳は三十一、近江国石寺村《いしでらむら》の産である。四股名もその地に聳《そび》える荒神山から取った。父は幼い頃に亡くなり、躰《からだ》を壊した母のため、収入の大半を国元に送金していという。寅次郎は幼い頃から並の子よりも遥《はる》かに躰が大きく、化物だの、鬼の子だのと酷く苛《いじ》められたらしい。その度に母が苛めっ子らを追い払い、守ってくれたのだという。

「ええか、寅《とら》。お前の大《お》っきい躰はな、弱いもんを守るために神さんがくれたもんや。母ちゃんは知っとる。寅が誰よりも優しい心を持っとることを。ってね」

寅次郎は板に付いた上方訛《なま》りで真似《まね》をしてみせた。母のその言葉をきっかけに、力士を志《こころざ》したという。

「おっ母《かあ》は誰より優しく、誰より強い男になれと言った。大関になってその約束を叶《かな》えるまでは、引退するわけにはいかない。それに鳶なんぞになっては、おっ母に顔向け出来やしない」

胸を張り毅然《きぜん》と言い張る寅次郎の言葉には棘がある。やはり鳶という存在を快《こころよ》く思っていないようだ。

「お言葉だが、寅次郎さんよ」

「あなた様は」

「こいつの上役の松永源吾ってもんだ」

源吾は鋭い目つきで睨み据え、寅次郎は大きな躰を小刻みに震わせた。図体に似合わず小心なようである。

「鳶ってだけで一括《ひとくく》りにするんじゃねえよ。こちとら命懸けで江戸の町を守ってきたんだ。鳶こそ誰より優しくて、強いやつじゃねえと務まらねえ」

源吾は感情的になると伝法口調が目立ってくる。

「……そのようなつもりで申したわけではございません。お気を悪くしたなら謝ります」

不満げではあるが、言う通り、寅次郎に悪気はないであろう。

「あと余計なお世話だが。あんたの母上が言ったのはそういう意味じゃねえと思うぜ」

初対面の者にいきなり説教をされ、寅次郎は鳩が豆鉄砲をくらったように目を丸くしている。新之助が何かを話そうとするのを手で制し、なおも源吾は続けた。

「あんたは今のまんまで十分優しくて、強い男だと思う。だが一つ許せねえことは、母上のためって言い訳して相撲を取り続けていることだ。己が夢を諦めきれねえって、何故言わねえ。堂々と言い切ってみやがれ」

源吾が感情を昂らせたのには訳がある。自身もそうなのである。現場に立たないとはいえ、火消に戻ることに、暮らしのため、妻のためと言い訳しても、どこか己の心が躍っているのを感じている。図星だったのか、寅次郎も顔を茹蛸《ゆでだこ》のように赤く染めて反論してきた。

「そうだ！　儂は相撲が好きだ。大関の夢を諦められねえ。でもおっ母の言っていたことを叶えたいって想いも嘘じゃねえ。躰ばっかり大きくて他に取柄の無い儂にはこれしかないのだ。腕力は衰《おとろ》えてない。でも怪我をしてから素早く動けなくなって、組み合うまでに躱《かわ》されちまう。好きなことが思うように出来ない気持ちが、あんたに解るのか！」

「解る！」

源吾は大声で叫ぶと袴《はかま》をたくし上げた。右脚の脛《すね》のあたりで、いびつに骨が突出している。またそれ以外にも、肌が縮れたような火傷痕が無数にあり、見るも痛々しい。源吾は語調を弱めて含み聞かせるが如く話しかけた。

「俺は故あって一度火消を馘になった。だがそうでなくともう往年のようには走ることも、屋根に上ることも出来なくなっていたんだよ。色々あってな」

初めて聞く話に、寅次郎だけでなく新之助も聞き入っている。

「粋だ鯔背《いなせ》だって言われて、調子に乗った罰《ばち》が当たったのだろうな。今でも夢に見るほど炎が恐ろしい。それでも、戻ったからにはやれることはやってやる。だからあんたも励みなよ。土俵際こそ、力士の本領発揮だろう？」

寅次郎は下唇を嚙みしめて源吾を見つめていた。

「いいのですか？　誘わなくて……寅次郎さんなら絶対いい鳶になれるのに」

割って入った新之助の胸を源吾は軽く小突いた。

「いいんだよ。俺は諦めねえやつが好きなんだ。負けんなよ」

源吾は踵《きびす》を返しその場を後にした。新之助は少々名残惜《なごりお》しそうであったが、後に続く。

――このお節介焼きめ。

差し出がましいことを言ってしまったと後悔し、源吾は鬢《びん》のあたりを毟《むし》るように掻いた。これでは新之助と変わらないではないか。己でも町人のように、いやそれ以上に短気で情に脆《もろ》いことを知っている。その性質《たち》のせいで失敗したことも多々あった。そして後に自身を殴ってやりたい衝動に駆られる。今回もまさしくそれであった。

そのような心地であったから、寅次郎のことが少し気にかかり振り返った。寅次郎は中に入ろうとはせず、ずっと立ち尽くしている。仁王のように大きな躰は少し震えているように見え、赤く柔らかい夕日と、夏が去るのを惜しむような、蜩《ひぐらし》の囂《かまびす》しい鳴き声に晒《さら》されていた。

# 四

方角火消は大手組と桜田組にそれぞれ四家配されている。輪番で一家が待機し、残り三家は大火に至った時の備えとなる。本日、源吾たちは非番であった。

芝神宮は異様な熱気に包まれていた。千秋楽ともなれば客入りもいつもに増して多い。このような場所では万が一のときの避難経路を無意識のうちに考えてしまうのが火消の性《さが》であるが、取組表を握りしめた新之助の頭は取組のことでいっぱいのようである。

「寅次郎さん勝てるかなあ……」

いつの間にか新之助は寅次郎を応援しているので、源吾はくすりと笑った。寅次郎の心情を思えば無理もなかろう。

「厳しいだろうな。達ヶ関はあの体格でありながら、技も巧《たく》みに使うって評判だからな」

「寅次郎さんは押し一辺倒の、古い取組方の力士だからなあ……」

いよいよ取組が始まった。寅次郎の取組は結び前である。順を待ち、土俵下に着座する寅次郎の表情は、些か強張っているように見えた。それとは対照的に、瞑目《めいもく》して胸を張る達ヶ関は三役の力士よりも貫禄がある。取組が終わる度に観客の興奮は高まっていく。いよいよ寅次郎らの取組の前となった時、会場の熱気は最高潮を迎えた。

その時である。源吾は左右に首を振った。耳を澄ますと割れんばかりの喝采《かっさい》に混じり、微《かす》かに太鼓の音が聞こえてくる。

「新之助、太鼓の音が聞こえる」

「太鼓？　気のせいではないですか」

新之助はかぶりつくように土俵を注視している。しかし源吾の耳朶《じだ》は確実に音を捉えている。

「気のせいじゃねえ。火事だ」

火事は定火消、大名火消の太鼓によって報じられる。それを確認した後に町火消の半鐘《はんしょう》が叩かれ、火災の規模や火元の情報が伝播《でんぱ》されるのだ。その半鐘の音も聞こえてきた。

「連打……そう遠くはねえぞ！」

源吾は叫んだ。半鐘の叩き方にも様々な種別があり、一打ならば「火元遠し」、二打ならば「火消出動」、連打で「火元近し」、鐘の中で木槌《きづち》を擦り回す乱打ともなれば

「火焔間近《かえん》」の合図と決められていた。

「各々方！　聞いてくれ！」

源吾は立ち上がると周囲に呼びかけた。しかし注目してくれるのは源吾らの周囲だけで、この津波のような歓声の中では遠くまで届かない。

「落ち着いて西の木戸より出て、増上寺へ。そこからお城の方角へ進まれよ」

混乱する群衆の恐ろしさを源吾は熟知している。大きく深呼吸した後、出来うる限り落ち着いた声で言った。

「かなり遠くのほうで火事のようです。ここまで来ることは、万に一つもなかろうが、念には念を入れ、場所を移しましょう」

人々は、一瞬驚いたが、笑顔でゆったりと話したことが功を奏し、すぐに安堵の表情になった。

「丹羽《にわ》左京《さきよう》太夫《だゆう》家中の火消でござる！　各々方、西木戸から逃げられよ！」

そこに東木戸から火消が駆け込んで喚《わめ》いたから、一転して人々の顔色が変わり、悲鳴が駆け抜けた。恐怖というものは内容を知らずとも伝染していくようで、放射線状に混乱が広がっていく。会場は混乱の坩堝《るつぼ》と化した。

——台無しにしやがって。

源吾は舌打ちして衆を搔き分け、丹羽家の侍の元へ向かった。

「早く逃げろと言っておろうが」

「同じ桜田組の戸沢家中の火消だ。火元は⁉」

「浜松町《はままつちょう》南端にある商家の土蔵が吹っ飛んだ。南風に煽《あお》られてこちらに向かってお
る」

「新之助、家中の者を集めてこい！」

人混みに揉まれながら新之助は後ろに付いてきている。

「でも御頭、出られる状態じゃ……」

「青瓢簞でも、いねえよりかはましだ。急げ！」

新之助は進行方向を西木戸へ変えた。しかし人込みを遠慮してかその速度は遅い。

「とろとろするな！　搔き分けてもいいから早く行け！」

新之助は振り返ると、恨めしそうに見つめて人波を泳いで行った。風呂桶の底を抜いたかのように群衆は西木戸に吸い込まれていく。源吾は視界の端に異様な光景を捉えた。火消に促《うなが》されても退去せず、土俵の上で達ヶ関森右エ門と荒神山寅次郎が睨み合っているのだ。行司はひどく動揺して右往左往している。

「何をしている！　火が来ているって言っているだろ」

寅次郎は無言で前を見据えている。答えたのは達ヶ関である。

「土俵に上がったら最後、どちらかに土が付くまで終わりはありません。凶事により て止む無く取り止めたる時はその取組を無効とし、再び取組は行わぬ。それが決まりです。兄さんに引く気は無いようです」

丹羽家の火消は、付き合ってはおれぬ、と言い残して走り去った。

「鐘の音が聴こえないか。火はもうそこまで来ているのだぞ。命を懸《か》けてすることか！」

鐘は乱打に変わっている。そこはかとなく、焦げ臭さが漂ってくる。行司もそれに気づくと、軍配を放り投げ土俵から転げ降りて逃げ去った。寅次郎がようやく口を開く。

「松永殿と仰ったか。昨日の言葉、そのままお返し致す。こちとらこれに命を張っているんだ。荒神山一世一代の大一番、火事なんぞに邪魔されてたまるか！」

源吾は一瞬呆気《あっけ》に取られたものの、すぐに不敵に片笑《かたえ》んだ。

「面白《おもしれ》え。なら俺が意地でも火を防いでやる。命懸けの大一番、心ゆくまで取りな」

空《から》になった会場に、新庄藩の鳶が入ってきた。

「早いじゃねえか。新之助は？」

「桜田組の当家と毛利《もうり》家に応援の指示が出ました。鳥越様にはお会いしませんでしたが」

「あいつもとことん間の悪いやつだ。火はまもなく将監橋《しょうげんばし》を越えてくる。神宮南の家屋をぶっ壊せ。大物は丹羽、毛利に任せとけ。恥も外聞もねえ。火を防げれば何でもいい」

指示を出した源吾に、土俵の寅次郎から声が掛かった。

「待ってくれ。松永殿が行司代わりをしてくれ。それに火が来たら、誰が消すのだい」

「兄さん、悪いが勝負は一瞬で終わる。そしたらめでたく揃って逃げられるってもんだ」

達ケ関は弾《はず》んだ声で言うと爽《さわ》やかに笑った。

「わかった。見様見真似《まね》で勘弁してくれよ」

源吾は落ちていた軍配を拾い上げた。すでに白煙が充満し、二人の力士の陰影を縁《ふち》取るのみである。煙に、震え始める自分の腕を認めた。それを、腕を組むようにして無理矢理抑え込む。構える源吾の耳は、確かに二人の会話を捉えた。

「お前、わざと負ける気だったろう。偉くなったものだ。儂は、まだまだ負けけん」

か。

「気持ち悪いこと言うな。老兵に引導渡してやるよ」

言葉は辛辣《しんらつ》だが、二人とも笑っているような気がするのは源吾の気のせいであろうか。

「見合って、見合って……発気揚々……」

噎《む》せるほどの燻煙《くんえん》の中、土俵の土が擦れる音がする。

「残った！」

激しい音が立った。それは肌がぶつかる音というよりは、雷鳴のようであった。煙草《たばこ》を一服するほどの時のあと、どっと大地を揺るがす音がした。影は片方が立ち、片方が天を仰《あお》いでいる。寅次郎のぽつりと呟く声が聞こえた。

「大関になれ。お主ならば、必ずなれる」


浜松町が鎮火したのは、出火から一刻半（約三時間）後のことであった。桜田組の三家に加えて、各家の火消が出動しての鎮火劇であった。運良くそれぞれの消防拠点である「消し口《けくち》」がかち合わなかったことが大きい。拠点をどこに定めるかによって、防火の難易度が大きく変わる。よって、各火消が消し口を争うことが頻繁に起こる。通常は早く現場に到着した順に陣取っていくのであるが、大藩ともなれば小藩や町火消に因縁《いんねん》をつけて、立ち退《の》かせることなども度々ある。その喧嘩も、武士対町人のほうが始末も悪い。町人は、武士への日頃の鬱憤《うっぷん》を晴らすのは今だとばかりに反発するのだ。生死をかける火事場は人の本能を剝き出しにし、異様な高揚感が喧嘩の炎にも油を注ぐ。

火事の翌々日、源吾と新之助は達ヶ関森右エ門、そして荒神山寅次郎を見舞った。猛煙の中で相撲を取った二人は喉《のど》を傷《いた》めていたが、他に怪我はなく、数日中には完治するだろう。

「お二人とも無事で何よりです。頑張った甲斐《かい》がありました」

「お前は行き違いで間に合わなかっただろうが」

源吾は新之助に舌打ちを見舞い、二人の力士は巨軀《きょく》を揺らして笑った。

「しかし中々行司が板についていましたよ」

達ヶ関は軽口を言ってからかい、さらに笑いを誘う。寅次郎は瘧《おこり》が落ちたような晴れやかな顔をしていた。達ヶ関は咳払いをすると、改まって語句を続けた。

「松永様のおかげで、我々は悔いを残さずに済みました。改めて御礼申し上げます。本来はこちらから足を運ばねばならぬところ。不調法をお許し下さい。思い立ったが吉日とも申します。本日は我が兄弟子、荒神山よりお願いの儀があります」

達ヶ関が視線を飛ばし、寅次郎は力強く頷くと口を開いた。

「髷《まげ》を切り、結い直す覚悟を決めました」

「そうか……相当の覚悟で決めたことなのだろう。長きに亘《わた》りご苦労なことだったな」

にやりと笑いかける新之助を見てはっとした。この場で最も鈍感《どんかん》なのは己であるらしい。

「松永殿、いや御頭の元に置いて下さいますか」

寅次郎は福々しく微笑《ほほえ》むと頭を下げた。

「いいのか？　俺はてっきり近江に帰るもんだとばかり思っていた」

「弱き者を守る。御頭を見て真の火消はまさしくそれを地で行くものだと思いました」

「違いねえ」

「神さんがくれたこの大きな躰。役に立つと言うなら末席に加えて下さい」

「寅次郎さんが加われば百人力ですよ！」

新之助は歓喜し、源吾は頷いた。

「わかった。よろしく頼む」

「兄さん、よかったですね」

　達ヶ関は己のことのように喜んでいた。部屋から引き払うため二、三日は必要だというが、善は急げということになり、火消屋敷に案内することになった。源吾ら三人が往来を歩くと、やはり視線を集めるのは堂々とした体軀の寅次郎である。母におぶわれた赤子は驚きのあまり泣き出し、寅次郎があやそうと近づくと、さらに泣き喚くような一幕もあった。

「ところでよ、一つ訊いてもいいか」

「なんでしょうか。御頭」

　寅次郎に御頭と呼ばれるのはまだ妙な気がして、源吾はこめかみを掻いた。

「あの取組。勝ったのはお前なのだろう？　ならまだ相撲をやれたんじゃねえのか」

「またまた。あいつが儂なんぞに負けるわけはないですよ。なんたってあいつは……」

　そこまで言うと寅次郎は言葉を止め、晴天を仰ぎ見た。

「大関になる男ですよ」

　僅《わず》かに浮かぶ雲は、風に流れ西に向かっている。これらは途切れることなくきっと近江の空まで届くであろう。

# 第二章　天翔《あまか》ける色男

一

火消屋敷の側《そば》に長屋が併設されている。ここに鳶たちは住まい、一大事の時は直《ただ》ちに屋敷に駆け付けるのだ。寅次郎がここに移ってきて十日経った。現在寅次郎の住まいでは突貫の普請が行われている。常人離れした巨軀で狭い長屋は不便だと、源吾は特別に二人分の部屋をぶち抜いて一室とするように指示した。寅次郎は恐縮したが、ならば二人分働けと納得させた。

実際、寅次郎の働きぶりは二人分以上であった。大人が五人がかりで蹌踉《よろ》めきながら運ぶ丸太でも、寅次郎は槍の如く難なく小脇に抱える。恐るべき腕力の持ち主といえよう。

教練は三日に一度、ずぶの素人である新之助、寅次郎にはそれ以外に毎日朝早くから日が正中するまで特別教練を行う。火の回りを抑《おさ》える法、どの建物から壊せば鎮火するか、家屋のどこを壊せばよいかなど、火事場では存外頭を使う。さらに補佐役である新之助には指揮法も叩き込まなければならない。毎日の教練が終わると新之助は

「ああ、嫌だな。明日も教練か……」

などと、早くも来《きた》る翌日の教練を思い気鬱《きうつ》になっている。新之助は物覚えこそ滅法良いが、どうにも気が入っていない。そのため、頭では解っていても失敗ばかりし、その度に怒鳴《どな》り散らされて項垂《うなだ》れる。日々この繰り返しであった。

午後からは世話役である左門との打ち合わせや人材の確保に奔走する。本日も左門と会う約束になっているが、家老に反抗した火消を新庄藩の人々は腫物《はれもの》を触るように扱うので、その視線を避けるために打ち合わせの場所はもっぱら源吾の自宅を使っていた。出席者は源吾、左門、補佐役の新之助、そして壊し手の頭に育てようとしている寅次郎である。

「頼まれていた物を持って来た」

左門が車座となった中央に置いたのは幾枚かの読売である。

「すまねえ。過去の物まで遡《さかのぼ》って集めるのは苦労したろう」

「十年前の物はさすがに手に入らなかったが、七年前までは集められた」

源吾が紙を広げると銘々それを覗き込んだ。

「番付……ですか？」

馴染み深い寅次郎はすぐにそれと察したようである。

「ああ。でも相撲の番付じゃねえ。火消番付だ」

相撲の格付けに始まった番付であるが、ある時を境に諸事様々なものに格付けする番付遊びが庶民の中で流行し、観光名所や温泉地、食い物にまで番付が組まれ発刊されている。そのほとんどが子ども騙しのようなお遊びであるが、中には案外役立つものもある。

「効率よく集めるにはやはり引き抜くより他ねえ。だからこうして番付を集めてもらった。番付には火消としての役割も記されている」

新之助と寅次郎の感嘆の声が重なった。

「火消の番付は年に一度。いきなり幕内入りして、次には外れているようなぽっと出は必要ない。三年、出来れば五年、常に評価の高い火消を狙う」

何か大きな手柄《てがら》を立てると、庶民は持て囃し番付も上がる。しかし実力の伴わないものは以降振るわず、やがて淘汰《とうた》される厳しい世界である。

「良い考えですね。どれどれ……」

新之助が手に取ったのは最も新しい明和七年、すなわち今年の番付表であった。

「東の大関が大音勘九郎《おおとかんくろう》、西の大関が畑山監物《はたやまけんもつ》。続いて関脇が進藤内記《しんどうないき》、に組の辰一《たついち》。小結が万組の武蔵《たけぞう》、に組の宗兵衛《そうべえ》……」

「もっと下でいい。三役を取るような連中はそう簡単に鞍替《くらが》えしねえし、こっちも抱え込む銭がない。それに武士身分は俺や新之助のように家禄を受けている。故に他家に移ることはない。狙い目は町火消だ」

「餅《もち》は餅屋というわけだな」

左門は腕を組みながら首を伸ばして覗き込み、感心している。新之助は遊んでいるかのように楽しげに紙をめくる。

「では最も古い七年前、宝暦十三年いってみましょう！　なになに……東の大関、松永源吾……お、御頭⁉」

「だからこそ源吾を当家に迎えたのだ」

左門は興奮冷めやらぬ新之助に言い含め、源吾は俯《うつむ》いて頭を掻きむしった。

「御頭がそんなに凄《すご》い方だとは。ただの鬼かと思っていました」

「ただの鬼とは何だ。いいから続きを読め」

源吾の言葉を受け、新之助は再び番付表に視線を落とした。

「西の大関が大音勘九郎。あれ、この方今も……」

「勘九郎のことはどうでもいい。続けろ」

源吾はあからさまに嫌な表情を浮かべて新之助に催促《さいそく》した。

「関脇が石部仁左衛門《いしべじんざえもん》、い組の金五郎《きんごろう》、小結がさ組の五助《ごすけ》、と組の又吉《またきち》、岩崎平馬《いわさきへいま》

「……」

新之助が読み重ねている最中、源吾の目にある名が飛び込んできた。

「この方、お前の御父上ではないか？」

東の前頭七枚目に戸沢家鳥越蔵之介とある。急いで他の年のものも確認したが、どの番付にも幕内として記載されていた。

「面識は無いが、御父上は優れた火消だったということだな」

「そうですか」

新之助は興味なさげに言った。以前もそうだが、新之助は妙に父への関心が乏《とぼ》しいように見える。かといって腹に一物を抱えているといった様子でもない。

「御父上の血を引いているのだ。必ず良い火消になれ」

「そうですね……」

「そうすれば女子《おなご》も放っておかないぞ」

「はいっ！　では各々方、すべて目を通しましょう」

源吾は軽口のつもりで言ったのだが、新之助は調子を合わせて急に明るさを取り戻した。

――やはり妙だな。

熟練の鳥越蔵之介がなぜ朱土竜を見破れなかったのかということである。誰しも過《あやま》ちはあるということなのか。源吾はそう結論づけて番付に目を通し始めた。四半刻ほどすると深雪が番茶を淹《い》れて運んできてくれた。

「すまんな。今日は遅くなる。飯も炊《た》いてやってくれ。大喰らいがいるので多く頼む」

「はい。わかりました」

深雪は素直に返事をすると甲斐甲斐しく番茶を置いていく。

「奥方、お気になさらずに。私は妻がいるので帰宅致します」

「まあ、折下様もご一緒に召し上がっていってください」

「このところお役目でまともに帰れてもいません。次の機会によろしくお願い致します」

鄭重《ていちょう》に断る左門を深雪は好ましげに眺め、奥へと引っ込んだ。さらに一刻、隅々にまで目を通し、発言したのは左門であった。

「この男、七年前に十両。そこから毎年着実に番付を上げ、今では西の前頭三枚目だ」

左門の指に視線が注がれる。馬喰町《ばくろちょう》を本拠に構える「に組」の甚助《じんすけ》とある。

「花纏《はなまとい》か」

「はなまとい……って何でしょう」

怪訝そうな顔付きで新之助が尋ねた。

「に組の甚助。花纏の通り名を持つ纏持ちだ」

源吾は解説を始めた。纏は各家、各組を表す象徴であり、戦陣でいうところの馬印にあたる。故により目立つようにと、どんどん意匠《いしょう》が華美になっていき、中には二間（約三・六メートル）を超える吹き流しを付ける者まで現れた。紙製の吹き流しは当然火が付けば燃える。取り回しをしくじり引火させてしまう者、踏みつけて足を滑《すべ》らし屋根から落下するような者まで多発した。深刻に見た幕府は、決められた形の纏以外は認めないという法令まで出したほどである。しかし自己主張の強い火消は、今なお各々工夫を凝《こ》らした纏を使用し続けている。

甚助は源吾が現役である宝暦十三年に颯爽《さっそう》と現れた新人であった。当時十七の歳だったというから、火消としての才は並ではない。甚助の纏には折り紙で作られた色とりどりの花が飾られていることから、甚助の名が高まるにつれ人々は「花纏」の異名を付けた。

「で、その花纏。雇うにはいくらかかる」

左門としては気に掛かるのはその費用であろう。

「人の懐を探るのは趣味じゃないが、あいつほどの腕と人気ならば十五両。引き抜くとなれば最低二十。加えて、に組に祝儀として年俸の倍、三十両を納めなければなるまい」

五十両という大金に、左門は唸った。現在手元に残っているのは、寅次郎への俸給十両を差し引いて、六十五両。ぎりぎりの額である。

「しかたねえ。まずは当たってみるしかないな。明日にでも足を運んでみる」

源吾がそう結論を出したとき、丁度寅次郎の腹の虫が鳴った。

「飯にするか。深雪、支度をしてくれ」

左門が帰り支度をしているとき、深雪は鍋を抱えて現れ、自在鉤《じざいかぎ》にそれをかけた。

そして新之助に向かって無言で手を差し出した。

「奥方、どういたしました？」

新之助だけでなくその場の誰もが要領を得ない。

「新之助さんはお食事に加え番茶が三杯で四十五文。寅次郎さんはお食事と番茶一杯ですので三十五文になります」

「銭を取るのですか⁉」

「当然です。三百石頂いたとはいえ、まだ一度も支給されていないのです。お足を頂かないと私たちも飢《う》えてしまいます。ましてや旦那様がしくじれば、三百石も絵に描いた餅」

「馬鹿なことを申すな」

慌てて源吾が止めようとするが深雪は止まらない。

「旦那様もお食事と番茶二杯で四十文頂きます」

「俺からも取るのか⁉」

「今は私人でなく、公人として我が家を占拠なされているのです。当然頂きます」

ぴしゃりと言う深雪に皆が呆気に取られ、左門だけが口に手を当てて笑いを堪《こら》えている。

「奥方、お見事だ。そうでなくては家計というものは回らぬもの。私は番茶二杯です」

「折下様は我が家の恩人でございます。そのような御方からは頂けません」

深雪には深雪なりの論理というものが存在するようである。

「では、皆の分を置いておきますよ」

左門は財布から小粒銀を取り出すと、湯飲みの横に置いた。

「左門、やめておけ。俺からきつく申しつける」

「源吾、私は真に感心しておるのだ。元来妻とはそれくらいでなくては務まらぬ」

左門は最後まで微笑《ほほえ》みながら帰って行き、妙な雰囲気の中で食事が始まった。

「あ……おいしい」

「儂の部屋のちゃんこよりも美味《うま》い」

新之助らもこの銭に煩《うるさ》い女の料理がここまで美味いとは思ってもみなかったのであろう。

「当然です」

深雪は手を止めずに言い切った。恐らく、銭を取るのだからそれに見合ったものを提供して当然だとでも言いたいのであろう。やはり深雪には独自の論理があるらしく、夫婦になって五年の源吾でも首を傾げるのである。

翌日、源吾は新之助と寅次郎を伴い、甚助に面会を求めた。快くそれを受けてくれた甚助に、源吾は早速話を持ちかける。

「と、いうわけだ。うちに来てくれないか」

誘う以上戸沢家の状態をある程度伝えねばならず、源吾は掻い摘《つま》んで話をした。

「あの松永源吾がまだ火消をやっていたなんてな」

甚助の顔には若干《じゃっかん》の嘲《あざけ》りが浮かんでいるように見えた。甚助は当年二十四、火消としては最も動ける頃であろう。端整《たんせい》な顔立ちであることも相まって、庶民からの人気は高い。

「そういう事情なら移ってやってもいいぜ」

「まことですか！」

身を乗り出す新之助に対し、甚助は掌を開いて制した。

「ただし五十両頂く」

ある程度吹っ掛けられるとは考えていたが、五十両はその想像の範疇《はんちゅう》を遥《はる》かに超えている。

「馬鹿も休み休みに言え。そんなに貰っている鳶がどこにいる」

「だから俺がその初めになるって言っている」

昔の甚助は荒削《あらけず》りであるが良い鳶であったし、誠実な男であったように思う。鼻で嗤《わら》う甚助は、その頃の印象と大きく変わっていた。話はどこまでいっても平行線を辿《たど》り、潮時《しおどき》かと諦めかけたその時、表から大きな声が聞こえてきた。そしてにわかに屋敷が騒がしくなり、複数の跫音《あしおと》がこの部屋に近づいてきた。

「また来やがったな……」

甚助が吐き捨てたとき、襖《ふすま》が外から蹴り倒され、あやうく新之助は下敷きになりかけた。

「おい。甚助、金を返しやがれ」

に組の鳶たちに袖を引かれながら男が立っている。上背は五尺五寸（一六五センチ）ほど、歳は二十四、五といったところであろうか。身が細く引き締まっていることは着衣の上からも見て取れた。特筆すべきはその顔立ちである。この男と比べると、男前の甚助が並に見えてしまうほど美しい顔をしている。役者の女形《おやま》を務めても遜色《そんしょく》はなかろう。

「しつこいぜ彦弥《ひこや》。せっかく話のついていた女衒《ぜげん》を半殺しにしやがって……お夏《なつ》の借金はお前が立て替えたんだろう。まだ何か用か」

「百歩譲って金は返さなくてもいい。これ以上お夏に関わるな」

「お前の指図を受けるいわれはねえ。俺は好きにするさ」

「この野郎――」

彦弥と呼ばれた男は飛びかかろうとするが、両腕を鳶たちに押さえられ身動きが取れない。

「おい、誰か一走り丹波屋《たんばや》までいってくれ。お捜しの彦弥がここにいるってな」

鳶の一人が表に出て行った。源吾らは目の前の光景を理解出来ず、呆気に取られている。

「すまねえが、取り込み中になっちまった。話はまた今度ってことで」

甚助は軽く会釈をして立ち上がると、彦弥の腹を思い切り殴った。彦弥は抱えられたまま涎《よだれ》を垂らし悶絶《もんぜつ》したが、直《す》ぐに上目遣いに睨み上げると、畳《たたみ》の上に唾を吐いた。

「糞《くそ》みてえな拳だ」

「昔の馴染みで、商売道具の顔は勘弁してやろうって俺の心遣いが分からねえようだな」

甚助は歯がみして顔を近づける。

「おい、何事か知らぬが手荒な真似はよせ」

「ちっ。構わねえでくれ。こっちの話だ」

甚助は余程興奮しているのであろう。源吾らがいることも失念していたようである。

「もうすぐ丹波屋の連中が来ますぜ」

先程外に飛び出した鳶が戻ったのであろう。玄関で叫ぶ声が聞こえた。

「腹括れよ。丹波屋の取り立てはきついぜ。まあ人気のお前ならいずれ返せる額だ」

甚助はさらにもう一発腹を殴った。

「寅!!」

如何なる理由があろうとも、これは見逃すことは出来ない。源吾に呼ばれた寅次郎がぬっと立った。天井に頭が擦るのではないかという寅次郎に、甚助や鳶たちも息を呑んでいる。

「あっ、この野郎」

一瞬の隙《すき》を見逃さず、彦弥は振り解いて脱兎の如く逃げ出した。それを鳶、甚助、源吾らの順に追う。表に出た源吾は仰天《ぎようてん》した。彦弥はすでに向かいの屋根の上にいるのだ。

——どうなってやがる。

源吾の疑問にはすぐ答えが出た。彦弥は助走を取ると三間半（約六・三メートル）はあろうかという対角線上の屋根に飛び渡ったのである。

「彦弥……彦弥。もしかして！」

独《ひと》り言《ごと》を繰り返していた新之助が急に声高に叫んだ。

「知っているのか」

「山城座《やましろざ》の彦弥。皆から山彦《やまびこ》って呼ばれている人気の軽業師《かるわざし》です。でも確か、

「一月前《ひとつき》から失踪《しっそう》中と瓦版《かわらばん》で読みました……」

その間にも彦弥は次々と屋根を渡っていく。蒼天を行くその様は、跳ぶというよりも、飛ぶといったほうがしっくりとくる。すでに豆粒のような大きさになった彦弥の背中を、源吾は身じろぎ一つせず見送った。

二

源吾は三日三晩ろくに眠っていない。あの日からずっと彦弥を捜し続けている。配下の鳶を動員して人海戦術を採《と》ったが、徒労に終わった。爆発的に人口が増えている江戸からたった一人の、それも姿を晦《くら》ませている男を捜すなど、砂浜で米粒を見つけるに等しい。

そこで彦弥の在籍していた山城座に聞き込んだ。座長は彦右衛門《ひこえもん》と謂い、彦弥の父親だと名乗った。しかしよくよく聞けば、孤児《みなしご》であった彦弥を寺から預って育て上げたという。血の繋がりこそないものの、実の親子のような間柄だということは座長の

沈痛な面持ちからも想像出来た。座の仲間たちも心底心配しており、心当たりの地は手分けして捜し終えていた。別れ際、彦右衛門は路上で土下座して、彦弥捜索を頼んだものだから、源吾のほうが取り乱し慌ててそれを止めた。

一つ収穫があった。彦弥はお夏という惚《ほ》れた女の借金を肩代わりし、高利貸しの丹波屋に追われていると彦右衛門には説明していたのだ。丹波屋は興行にまで押しかける勢いだから、しばらく姿を晦ませると言ったらしい。彦右衛門は借金の額次第《しだい》では用立てると申し出たが、からりと笑いつつそれだけは断固として受けなかった。落ち着いたなら連絡する。そう言い残して彦弥は失踪したという。

次に訪ねたのは、そのお夏という女のところである。これには苦労した。彦弥は彦右衛門にもお夏の居所は告げていなかったのだ。分かっているのはお夏という名だけ。八方手を尽くしてようやく情報を得たのは、寅次郎の旧贔屓《ひいき》筋からであった。巷《ちまた》で人気の軽業師がよく出入りしている掛茶屋があり、そこにお夏という女がいるという。

債務を押し付けたお夏はさぞかし悪女であろうと想像していたが、会ってみると可《か》愛《わい》らしく、気立てのいい十八の娘である。お夏は彦弥の名を聞いただけでその場に崩れ落ち咽《むせ》び泣いた。

「すべて私のせいなのです」

お夏は何度もそう言いながら二人の生い立ちから説明してくれた。

「私たちは孤児で、里親が見つかるまでお寺で育ったのです。私が最初にこの茶屋に引き取られ、次に彦弥さんが山城座の親方に、甚助さんはなかなかもらい手がなくて鳶になったのです……」

「甚助もなのか⁉」

源吾は驚いて思わず仰《の》け反《ぞ》った。それぞれ引き取られていった三人であったが、互いに消息を取り合い、時には三人で話すこともあった。特に彦弥はお夏の働く茶屋をよく訪れていたという。

「また綺麗になったな。なあ、お夏。俺と夫婦《めおと》になってくれよ」

「昔からそんなことばかり言って。誰にでも言っているのでしょう?」

彦弥はいつもそのような軽口を叩き、お夏は笑ってあしらっていた。お夏にとって彦弥は実の兄のような存在で、からかっているのだと思ったらしい。

「昨年、私は甚助さんと一緒になる約束をしたのです」

そこまで聞いた源吾は彦弥が哀れになって、頬《ほお》をつるりと撫《な》でた。男は女心が解らないと言われるが、それは互いのことではないかと思う。

「彦弥もつくづく哀れな男だ」

「え？」

「いや、続けてくれ」

お夏は涙を拭《ふ》きながら続けた。甚助のことを告げると彦弥は、

「お前のようなどじな女を好いてくれる男は、あいつしかいねえだろうな。よかったじゃねえか。幸せになれよ」

と言い、満面の笑みで祝福してくれた。しかしお夏の幸せは長く続かなかった。三人を拾って育ててくれた和尚《おしよう》が重い病で、医者に掛かる金がないという。甚助は限界まで借金をして貸して貰えないと聞き、お夏は自身が高利貸しに金を借りたのである。

「お前さんは病気の和尚に会ったのかい？」

「流行病《はやりやまい》だからうつってはいけないと、いつもお見舞いは甚助さん一人で」

「そのことを彦弥は……」

お夏は袂《たもと》で顔を覆いながら、頭を左右に振った。

「甚助さんがあいつには言うなと」

一連の話を聞くと、どうも甚助が謀《たばか》っているように思えてならない。

「返せると思っていたのかい？」

「最初は利子も安かったのです。それがいつの間にか証文が書き換わっていて……」

「それが奴らの手だ」

証文の書き換えなど日常茶飯事に行われており、書き換える専門の職人までいる始末である。世間知らずのお夏などは恰好の獲物《えもの》というわけだ。気付いた時にはあれよあれよと言う間に三十両。借金のかたに吉原《よしわら》に売られる段になって彦弥に告げたという。お夏としては別れの挨拶のつもりだったのだが、翌日、彦弥が三十両の大金を手に茶店に現れた。

「俺は人気芸人だからな。これくらいの蓄《たくわ》えはあるってもんよ」

彦弥は固辞するお夏に金を握らせて立ち去った。それが二月ほど前の話で、それ以降彦弥の姿を見ていないという。後に瓦版で人気軽業師の彦弥が失踪したことを知った。

お夏の話で事の次第は詳《つまび》らかになった。後は彦弥の居場所だけが依然分からない。すでにお夏も思い当たる所は捜したが見つからないという。

「三人が育った寺はどうだ？」

「お寺は府下の外ですし、今はもう取り壊されてしまいました……」

昔を思い出していたのだろう。お夏は遠くを見つめていたが、突然あっと声を上げた。

「お寺の境内《けいだい》に一本の銀杏《いちょう》の木がありました。子どもの頃、銀杏が大好きって言ったら、彦弥さん……お夏って名なのに変なやつだって」

「銀杏の木は残っているのか？」

「それももう切られてしまって……私が懐かしがっていたら、待乳山《まっちやま》の聖天《しょうでん》さんのところに大銀杏がある。秋になったら甚助も連れて見に行こうぜって言っていた……」

「浅草の待乳山だな。行ってくる」

お夏は一緒に駆け出さんばかりであったが、お夏を巻き込むのは彦弥の本意ではないであろう。源吾は待つように説得した。そのとき、お夏の潤《うる》んだ瞳の奥に決意の焔が宿っていることを、さすがの火消名人も気付けなかった。

ここまで彦弥に拘《こだわ》るのには訳がある。彦弥の身のこなしは、かつて源吾が見てきた如何なる鳶よりも優れていた。あれは跳躍を超え、飛翔と呼ぶに相応《ふさわ》しい。源吾は彦弥を己の組に加えたくて仕方がなかった。

待乳山は隅田川《すみだがわ》の畔《ほとり》にある小高い丘のような山で、石段を上れば本龍院《ほんりゅういん》という聖観音《しょうかんのん》宗の寺院がある。藁《わら》にも縋る思いで訪れた待乳山に、その姿はあった。寺の前にある大銀杏の下に立ち、江戸の町々に吸い込まれてゆく日をじっと眺めていた。銀杏はまだ完全に色づいておらず、まだらに鶸萌黄《ひわもえぎ》色も混じっていたが、夕陽を受けて輝き、黄金一色のように見えた。

「彦弥だな」

はっとした彦弥が振り返る。いくらか憔悴《しょうすい》していたが、それがまた整った顔に哀《あい》愁《しゅう》を添えたが如く美しかった。

「あんたは……甚助に頼まれたのか」

彦弥は素早く屈《かが》むと、草鞋《わらじ》の紐《ひも》を締めなおした。甚助に与《くみ》する者だと勘違いし、再び逃走を図るつもりなのだろう。

「待て。拙者は新庄藩火消方頭取、松永源吾と申す者だ。お主を救いたい。取りあえず我が家に御足労願えぬか」

伝法口調を抑えたのは、そのほうが身元と符合しやすいと考えたからである。彦弥は草鞋の紐を締め上げてゆく。この距離ならばいつでも逃げ切れるという自信がありありと見える。

「そう言って丹波屋に引き渡すつもりじゃねえのか」

彦弥から視線を外し、源吾も西の彼方《かなた》を望んだ。日は間もなく沈むだろう。大地と空の僅かな狭間《はざま》を黒く縁取っている。源吾は細く息を吐いて語りだした。

「気軽に話させてもらってもいいかい。俺もお前さんと同じことをしたことがある」

「えらく町人みてえな話し振りじゃねえか」

「武士といっても火消だ。年がら年中、鳶たちといたらこうなっちまう」

「それで俺と同じって何だい」

彦弥は眉を開き尋ねてきた。若干なりとも源吾に対して警戒心が解けてきたようである。

「俺も全てを懸けて守りたい女がいたってことだよ」

「……あんたは何でそこまでして守りたいと思った」

「惚れた女を守るのに訳はいるかい」

源吾が気障《きざ》ったらしく笑うと、彦弥も思わず噴き出した。

「そりゃそうだ。俺にも訳なんてねえや。俺もあんたも馬鹿だねえ……」

黄昏時《たそがれどき》の薄闇は表情を不鮮明にする。彦弥は笑いながら泣いているように見えた。

「彦弥、我が家で匿《かくま》う。俺を信じろ」

「わかった。信じよう。高利貸しの連中はそこまで馬鹿じゃねえからな」

二人連れ立ち、石段に差し掛かったとき、彦弥が唐突に尋ねた。

「ところで、あんたが守った女は今なにしているんだい」

源吾は脳裏《のうり》に姿形を思い描き、暫し間を空けて答えてやった。

「今からそいつの作る飯を食いにいくのさ」


まともな飯を口にしていなかったのか、彦弥は細身の躰のどこに入るのかというほどよく食った。新之助は目を丸くして眺め、妙な対抗心を燃やした寅次郎もいつも以上に食っていた。一升入る飯櫃《めしびつ》が三度空になったとき、ようやく皆の手が止まった。

「彦弥さん、たんまり取られますよ」

新之助はそう言って卑《いや》しく笑うが、当然彦弥には何のことか分からない。片づけをしていた深雪は咳払いを一つした。

「では、まず旦那様。ここのところは私が見ていても彦弥さんの為、お役目の為に励《はげ》んでおられるようにお見受けしました。よって本日分はご褒美《ほうび》とします」

源吾は拳を握りしめて喜んだ。公人であるときは、たとえ夫であろうとも金を取るというのが罷《まか》り通るようになってしまっている。

「では御三方。まず寅次郎さんは手土産《てみやげ》をお持ち下さいました。魚心あれば水心というもの。本日は結構です」

　笑顔で頭を下げる寅次郎を、新之助は恨めしそうに見つめている。

「お次に彦弥さん。当家にようこそお越し下さいました。本来ならば五十文頂くところですが、初めてということで十文におまけ致します。さらに彦弥さんはいい男ですので、さらに十文値引き致します」

「くく……なるほどそういうことですか。ありがたくお受け致します」

　彦弥はこの家の法が誰であるかを理解し、笑いを堪えきれないでいる。

「さて新之助さん」

　深雪の声色からして前の三人とは異なる。新之助はごくりと生唾を呑んだ。

「新之助さんは一番我が家に来ていますね。あまりに回数が多いのでお茶代は免除してあげたのは覚えてらっしゃいますか。しかしながら新之助さんは、ただの一度も手土産を持ってくるでもなく、もちろん男前でもない。五十文です」

「どうせ男前ではないですよ」

　拗《す》ねている新之助なのだが、支払いの額を的確に読み、予《あらかじ》め銭緡《ぜにさし》に五十文を通して来ているのだから笑えてくる。逆にそれまで陽気であった彦弥の顔が曇った。

「いやね、銭緡を見るとやつのことを思い出しましてね」

「甚助か……」

銭緡とは銭をまとめて持つ為の紐なのだが、これを内職で作り高額で押し売る火消が多発し、問題となっている。甚助は金に汚く、銭緡売りでも大いに利益を出しているらしい。

「彦弥さん。我々の仲間になってくれやしませんか？」

いかなる雰囲気でも恐れず打ち破るのが、新之助の良いところであり悪いところでもある。

「俺が火消に？　俺には無理だろうよ」

「いや、お前は江戸一の火消になってもおかしくねえ」

源吾はそう言い切ったが、彦弥はゆっくりと頭を横に振った。

「しかし俺には三十両もの借金がある。親父や山城座の皆に迷惑は掛けられねえ」

源吾は左右を向き、近くに深雪がいないことを確認すると、小声で囁《ささや》いた。

「俺の俸給より三十両前借《まえがり》出来るように左門に頼んだ。それを使って返済しろ」

「会ったばかりのあんたから三十両もの大金を頂けねえ」

「馬鹿野郎っ！　声を下げろ。やるのではなく貸すのだ。無利子で何年かかってもいい。それに非番の日は興行に出てもいい。だから、火消になれ」

「そこまで言ってくれるなんて……あんた男色の気《け》はねえよな？」

確かに彦弥の面立《おもだ》ちならば、そちらの気のある者からも引っ張りだこだろう。

「断じてない。俺はお前を助けるから、お前も俺たちを助けろ」

彦弥が首を捻《ひね》って考えているとき、源吾の耳に犬の遠吠えに混じって半鐘の音が飛び込んできた。音の大きさから相当遠いことが判った。

「まったく聞こえませんよ」

「いや、間違い無い」

「御頭の耳は化物《ばけもの》みたいだなあ」

「寅、悪いが火消屋敷で火元を訊いてきてくれ。出ることはねえだろうが、念の為な」

寅次郎は大きな躰をねじ入れて出て行こうとするため、勝手口が躙《にじ》り口のように見える。そこからも源吾は説得したが、彦弥は険しい顔で唸るだけであった。四半刻程した後、大地を揺らすような跫音が近づいてきた。寅次郎の帰還であろう。開かれた勝手口の向こうに寅次郎の頭は見えず、胸が弾んでいる。余程走ったのであろう、屈むことさえ億劫《おっくう》なようだ。

「御頭、火元は日本橋の北端、丹波屋方。町方は火付けと見ているようです！」

「例の赤馬、土蔵を使ったやつか」

「赤馬って何ですか？」

新之助は目をしばたかせて問うた。

「馬鹿野郎。火消ならこれくらい知っとけ。知らなかったら本当に火消か疑われるぞ」

近頃猛威を振るう手練《てだ》れの火付け・狐火、源吾はそれだと思った。赤馬とは、放火犯を表す隠語である。それほどまでにかの者の犯行と思われる出火が頻発し、狐火といえばもはや火付けの代名詞になりつつあるほどである。

「それが、下手人は若い娘だと……」

彦弥の顔は紙のように白くなっている。

「寅、馬を引け！　二頭だ！」

寅次郎は来た道を再び戻っていった。日本橋までかなりの距離がある。馬を使ったほうが速い。町で騎乗するのは御法度《ごはっと》とされていたが、火事場における火消は特に許されている。

「新之助は当直の者を連れて追いかけてこい」

「当家への要請は出ていませんが」

「そんなもんどうにでもなる。行け！」

新之助は頷くと表に飛び出す。彦弥は完全に気が動転している。二人が思い描いている人物は同じに違いない。

三

一頭に源吾と彦弥、もう一頭には寅次郎が跨《また》がる。寅次郎は百姓時代、農耕馬に乗っていたらしく、以前試しに乗せてみると、巨軀に似合わず、繊細に乗り回した。それが今回役立った。二頭は連なって日本橋に急行した。おっつけ鳶を率いた新之助も駆け付けるであろう。途中、彦弥が後ろから語りかけてきた。

「松永の御頭、丹波屋の向かいは本組の火消屋敷だ。すぐに消し止められるんじゃ……」

「だといいが。案外そうも行かねえのが火事の恐ろしさだ」

日本橋には多くの店が軒《のき》を連ねており、家財に加えて商材まで持ち出して避難しようとする者が多い。往来は荷を積んだ大八車で埋め尽くされ、混迷を極めている。

「道を開けよ！　方角火消桜田組の応援である」

源吾がそう連呼しても民衆は我が身可愛さに退こうとはしない。

「ここまで来たら大丈夫だ。御頭、世話になりました」

後ろから囁かれ、源吾は振り返った。そこに彦弥の姿は無い。

「惚れた女を守るのに訳はいらねえよな」

屋根の上から彦弥の声が落ちてきた。そして言うや否や次々と屋根を渡っていく。その姿は源平《げんぺい》合戦の義経八艘《よしつねはっそう》跳びを彷彿《ほうふつ》させた。

「待て！　俺たちも馬を捨てるぞ」

源吾は馬から滑り降りると、群衆を掻き分け突き進んだ。人の流れに逆《さか》らうため、思うように進めない。かといって梯子《はしご》無しでは彦弥のように屋根に上ることも出来ない。

源吾は、燃え盛る炎を見て身震いした。また助けられないのではないか。そう思うと眩暈《めまい》がするほど恐ろしかった。だが、それと同時に突き上げる高揚も感じていた。かつて己が置き捨ててきた何かがあるような気がしてならないのだ。

「寅次郎、俺を屋根の上に投げられるか⁉」

「怪我しても知りませんぜ」

寅次郎は源吾の首根っこを摑み、ひょいと持ち上げると振子のように揺らしだした。

「いきますぜ」

寅次郎の手から投げ放たれた源吾は宙を舞い、瓦屋根に顔から着地した。

「痛《いて》え……」

「御頭急いで下さい！」

鼻をさする源吾を気遣うでもなく寅次郎は催促する。それでこそ火消だと思う。痛みと裏腹に寅次郎の成長が嬉しかった。いよいよ火事の全容が把握出来た。火元の丹波屋はすでに業火《ごうか》に呑みこまれている。

——俺がやるのは初めてか。

源吾の脳裏をよぎったのは深い皺《しわ》を指でなぞる白髪交じりの壮年の男である。源吾が定火消の頭となってすぐに迎えた風読みは、思考を言葉にすることにより、より客観的な見方が出来るという論を持っていた。

「今宵《こよい》は文月晦日《ふみつきみそか》。時は戌《いぬ》の刻。月は有明月《ありあけづき》、風は陸風《おかかぜ》。風向きは恐らく変わらず、火は東進《とうしん》。彦弥見当たらず。火元丹波屋は炎上、隣家数軒に移り火。東方《ひがしかた》の棟《むね》を始末する」

屋根の下で消防の指示を飛ばしている町火消が目に入った。

「おい。丹波屋の隣に屋敷を構えて、なぜここまで燃え広がった」

町火消は声の元はどこかと辺りを見渡し、やがて屋根の上からのものだと気が付いた。

「何だ、てめえは！」

「桜田組戸沢家火消方頭取だ。邪魔立てする気はねえ。悪いが手短《てみじか》に状況を教えてくれ」

消し口を奪われることを警戒した町火消も、そこまで言われては答えざるを得ない。

「火元は丹波屋。主人の話だと女が油を撒《ま》いて火を付けたらしい。せめてすぐに報せてくれりゃ手におえたものを、大事な証文が大量に燃えたとかで慌てて消火に当たったらしい。素人がどうこう出来る勢いじゃねえ。そしてこの様《ざま》よ」

「女は何故火を付けた」

「そちらの詮議《せんぎ》は火付盗賊改方のお役目だ。ただ名を、お夏と謂うらしい」

――やはりそうか。

火付は罪状の中で最も重い罪である。真ならば市中引き回しの上、火炙《ひあぶ》りに処される。隣組であるに組の火消が応援に駆け付けてきた。煌《きら》びやかに彩《いろど》られた纏が眼下に現れた。

「甚助！　大変なことになっちまったぞ」

すぐに源吾の存在に気付いた甚助だったが、直ぐに目を伏せた。

「ああ……すまねえ」

甚助は顔面蒼白である。思ったよりもしおらしい反応に、源吾のほうが戸惑った。

その時、火消の一人が上擦った奇声を上げた。

「あそこを見てくれ！　火の見櫓《やぐら》のところだ」

その場にいた全員の視線が火の見櫓に注がれた。火の見櫓の頂上に、髪を振り乱したお夏が茫然自失で立っている。櫓の高さは地まで四丈（約一二メートル）、母屋と繋がっており、屋根まででも三丈（約九メートル）はある。飛び降りれば即死。命を落とさずとも周りにはすでに火が迫りつつあった。お夏の姿を隠すほどの火の粉は、地から湧き上がる赤い雪の如く見える。

源吾は己の脚を見つめた。彦弥とは比ぶべくもないが、全盛期ならば駆け上がれたに違いない。二度と火消をせぬと決め、過ごしてきた日々が脳裏を過ぎ去ってゆく。

――行くほかねえ。

源吾は灼熱《しゃくねつ》の海に向かって一歩踏み出そうとした。しかし足は竦《すく》み、思うように動かない。その時、源吾を一つの影が抜き去った。

「甚助！」

甚助は櫓に向かって猛進していく。その手に花纏は握られてはいない。

「お夏は俺が救う」

源吾は混乱した。変わり果てた甚助にも火消としての矜持《きょうじ》が残っていたということか。自身も櫓に向かって進むが、甚助の脚には敵《かな》わない。格子状に組まれた櫓の下部にはすでに火が回っているが、甚助は見事な跳躍を見せると、木組に手を掛け上り始めた。

「寅！　櫓の下で受け止めろ」

ようやく地上で追いついた寅次郎は、尋常《じんじょう》でない汗をかきながら頷くと櫓の下へ走った。

「お夏、待っていろ！　今行く！」

甚助は懸命に上ろうとするが、捗《はかど》らない。老朽化した木組は足を掛けると、乾いた音を立ててへし折れるものが多い。反対側はすでに燃え盛り、消し炭になろうとしている。

「来ないで！」

お夏は煤塗《すすまみ》れの顔で叫んだ。そんなお夏に、甚助が呼びかける。

「和尚は昨日亡くなったよ。最後まで面倒見て貰った俺は、日に日に衰えていく和尚を、どうしても救いたかった。お前にまで背負《せお》わせちまって……すまねえ」

泣きながら攀《よ》じ登ろうとしているのであろう。甚助の肩が震えている。

「私は火付けなんてしていない。確かに彦弥さんの証文は燃やそうとした。でも、それを見つかり、揉みあいになって火が移っただけ。丹波屋は火盗に介入されてあこぎな商売が露見するのを恐れて……でも誰も私の言うことなんて信じてくれない」

必死に弁明したお夏だが、もはや無駄と思ったのか再び視線を夜空へと戻した。炎の勢いは増していく。あともう少しといったところで足場が崩れ、落下した甚助は屋根に叩きつけられた。三丈近い高さから落ちた甚助は悲痛な叫び声を上げた。源吾が駆け出そうとしたそのとき、月夜に蜻蛉《とんぼ》が翔けるが如く櫓へ向かっていく者がいる。

「彦弥！」

「すまねえ。お夏はてっきり丹波屋だと思ってそっちを捜していた」

彦弥の絹糸のような髪は火に炙られて縮れあがり、衣服のあちこちに焦《こ》げ跡がある。

「櫓はもう無理だ。戸沢のとこの、あいつを止めろ！　素人を死なせる気か！」

下から町火消が上擦った声で叫んだ。それを意に介さず、彦弥は櫓に取りついた。

「うるせえ！　俺は新庄藩火消の彦弥だ！」

この切迫した状況にありながら、源吾は思わず不敵に笑ってしまった。寅次郎にいたっては、がはっと牛のくしゃみのような声を上げて笑った。

「必ず受け止めろ。彦弥もお夏も、両方な」

「難しい注文をなさる」

寅次郎はそう言ったものの、一瞬も見逃すまいと燃え行く櫓を注視している。

「彦弥……すまねえ。お夏を……」

甚助は息絶え絶えに呼びかけた。

「お前に言われなくても分かってら。わざわざ登りにくくしやがって。お前はそこで転がってやがれ。まったくこんな男のどこがいいんだか……」

彦弥は早口で捲し立てた。言う通り、甚助が所々踏み折ったことにより頂点への道のりはより困難を極めた。所によっては一丈（約三メートル）ほど先の木組を摑まなければ上れなくなっている。

「もういい。彦弥さん、止《や》めて！」

お夏は悲痛な声を上げた。立ち込めた煙で、鈴の音のような声は嗄《か》れ果ててしまっている。

「うるせえ！　黙っていろ」

彦弥は怪鳥《けちょう》の如き跳躍を見せ、木組に指を掛けた。そこから身を引き上げると、柱を蹴り飛ばしさらに高い木組へ至った。その最中、にわかに突風が吹き、焔風《ほむらかぜ》が彦弥を襲う。

「海風……夜は陸風じゃねえのか」

風は源吾の予測を裏切り、自由自在に向きを変えている。片手で顔を守った彦弥は熱波を切り抜けた後、ちらりと掌に目をやった。火熱により手は焼け爛《ただ》れていることだろう。

「手拭《てぬぐい》で縛り上げろ！　無いよりましだ！」

「昔食った牡丹肉《ぼたんにく》の臭いがすらあ」

彦弥は一刻を惜しみ、忠告を無視してさらに上へと進む。源吾は蹲《うずくま》る甚助に駆け寄ると、肩を貸して離れようとした。その時、櫓が不気味な声で鳴いているのをしかと聞いた。

「崩れるぞー！」

火消の誰かが叫んだ。一刻の猶予《ゆうよ》もない。源吾は引きずるようにして距離を空けた。寅次郎は際の際まで踏み止まるつもりである。彦弥もあと僅かでお夏の元に辿りつく。

「彦弥さん。もういい……彦弥さん一人ならここからでも跳べるでしょう……」

お夏は決心した様子で櫓から半身を乗り出した。

「馬鹿言うな。勝手に逝ったら三途の川でも一跳びにして連れ戻してやる」

「ごめんね。ありがとう。さようなら……」

お夏は菩薩《ぼさつ》のような微笑みを彦弥に投げかけると、朱《あけ》に彩られた夜空へ身を投げた。その次の瞬間、いや源吾には同時に思えた。彦弥の四肢が若木のように撓《しな》り、櫓から弾き飛ばされ、宙に舞うお夏を追いかけた。

「死んでも受けろ！」

源吾が咆哮《ほうこう》した時、空に浮かぶ二つの影は、一つの影へと形を変えた。抱き寄せた彦弥は躰を捻り、自らを衝撃への盾にした。影はやがて大地へと吸い込まれ、股割《またわ》りして待ち構えた寅次郎の逞《たくま》しい諸手に受け止められた。源吾は町火消に甚助を託すと、急いで彦弥の元へと降り立った。

「お夏は無事かい」

か細い声で問う彦弥は、手だけでなく首筋にも大きな火傷を負っていた。命には別状なかろうが、きっと痕になるだろう。

「気を失っているだけだ。早くここから離れるぞ」

肩を貸して引き上げ、その場から離れる。お夏は寅次郎に抱きかかえられて気絶していた。

間もなく、櫓は断末魔の雄叫《おたけ》びを上げて崩れていった。

鎮火の半鐘が鳴ったのは、夜も明けた卯《う》の刻であった。夜間の火災にも拘わらず、犠牲者が無かったのは幸いである
彦弥とお夏は源吾が自宅に引き取った。お夏は容体が安定すれば詮議を受けよう。火付盗賊改方には戸沢家中が身元を引き受けている旨を伝えさせた。源吾は自宅に布団を二枚敷き二人を寝かせると、深雪に医者の手配を命じた。お夏はそれでもまだ目を覚《さ》まさない。

「御頭、お夏はどうなっちまうんだい」

「火盗の連中の目は節穴じゃねえ。火付けでないことは明白となる」

火付盗賊改方は火付け、盗賊、賭博《とばく》を取り締まる役職で、番方と呼ばれる武官集団である。その取調べは峻烈《しゅんれつ》を極めるが、一方で高い捜査能力を有している。玄人《くろうと》の目で見れば火付けかどうかなど簡単に判別出来る。

「そりゃよかった……」

　彦弥は胸を撫で下ろしたが、源吾の表情は険しい。

「だが、お夏もただでは済まねえ。火が消えたのは今朝、今日が将軍様の御成日《おなりび》だかららな。通常ならば押込手鎖三十日だが、御成日となればそれが五十日。江戸払いもあり得る」

　将軍外出日の失火は罪が重くなるという制度があり、間が悪いことにそれが今日なのだ。

「死ぬことはねえんでしょ。ならやっぱり良かったじゃねえですか」

　彦弥は満足げな笑みを浮かべて天井を眺めた。

「もう証文も焼けたし、借金の心配もねえんだ。江戸払いとなれば付いていってやるのか」

「いいや。甚助は大嫌いだけどよ。嘘はついてなかった。今のあいつは瘧《おこり》が落ちたってことくらい無神経な俺でも分かる。お夏を幸せにするって誓うなら、あいつに任せるよ」

「お前も銭の心配をしないでよくなった。火消への誘い入れもご破談かい」

「いいや。あんたの元で鳶になってやる。その代わり三十両は払ってもらうぜ」

切れ長の目を細めて言う彦弥は、男が見てもやはりいい男である。

「どういう風の吹き回しだ」

「俺が気張れば江戸で涙する女が減るってもんだ。甚助でも持て囃される火消なら、俺がやれば両手両足に華ってもんよ」

「馬鹿だな」

「あともう一つ頼みがある……」

彦弥は手招きして源吾に耳を近づけさせた。そして要件を告げ、了承を得ると再びごろんと横になり天井に目をやった。

「どっかに俺を待っているいい女がきっといるさ」

彦弥は天を仰いでいるために気付かなかったであろう。瞑《つむ》られたお夏の目から止めどなく涙が溢れ、枕を濡らしていた。


詮議の結果、源吾の予想通りお夏は江戸払いとなった。甚助は己にも責任があると主張し、手鎖三十日の刑罰を受けた。

お夏が江戸を離れる日、その傍《かたわ》らには甚助の姿もあった。甚助は町火消を辞した。生前、和尚は夫婦になるならば危険な火消を辞め、和尚の出生地である甲斐《かい》で田畑を耕してはどうだと勧め、死に際して縁者への文も残してくれていた。甚助は和尚の最後の「いいつけ」を守る決心が出来たようだ。

源吾と彦弥は甲州《こうしゅう》街道の始まり、四谷の木戸まで見送りに来た。これより先は江戸ではないのである。

「ほいっ」

彦弥は軽やかな声を出すと、甚助に小ぶりな西瓜《すいか》ほどの麻袋を投げた。慌てて受けた甚助はその重さに驚いている。

「くれてやるよ。どうせたいして持ってねえんだろ。ちょっとはましな田畑でも買え」

甚助は袋の口の紐を解き、中を覗くとすぐに隣のお夏にも覗かせた。袋には源吾から借り受けた三十両が全て入っている。

「こんな大金……」

二人は口を揃えて呆気にとられていた。

「俺は火消と軽業師の両刀で大いに稼ぐ。そんなはした金は要らねえよ」

「お前が火消か……俺には何も渡すもんがねえ。せめて花纏の名を受けてくれないか」

「馬鹿言うな。そんな手垢《てあか》のついたもんいるかよ。それにお前が花纏なら、俺は百花繚乱《りょうらん》、粋で鯔背《いなせ》な男前纏だ」

彦弥の軽口に甚助は苦笑し、お夏は思わず噴き出した。

「彦弥さん。本当にありがとう」

「じゃあな。達者でやれよ」

彦弥は踵《きびす》を返し、もう二度と振り返ることは無かった。源吾が時折背後を振り返ると、甚助とお夏は何度も立ち止まり頭を下げていた。彦弥の頬に一筋の涙が伝っている。

「最後まで恰好良かっただろう」

彦弥はそう言い、素早く涙を拭うとおどけてみせた。

「ああ。無様なほどに恰好つけてやがって。ところで意匠《いしょう》はもう決めたのか？」

あの日彦弥が言ったもう一つの頼みとは、纏の意匠を己に決めさせてくれということだった。

「大銀杏」

「銀杏か。悪くねえ」

銀杏の木は火が迫ると、幹や枝から水を噴き出して、枝葉へ火が燃え移るのを阻止《そし》する。お伽噺のような話にも思えるがこれは真であり、源吾も何度かその様を見てきている。そう言った意味で、銀杏は火消の意匠に相応しく思えた。

「ふうん。そうなのか」

「知っていて言ったわけじゃねえのか」

「花が咲いて、夏が去り、残った銀杏が江戸守る」

源吾は微笑みながら彦弥の横顔を眺めた。彦弥はその調子が気に入ったのか、鼻歌に乗せて何度も繰り返した。お夏と甚助はどこまで行ったであろうか。きっとそろそろ甲州街道を埋め尽くす銀杏並木を眺めている頃だろう。

# 第三章　穴籠《あなご》り《も》の神算家

一

長月《ながつき》（九月）に入ると新庄藩火消屋敷はにわかに活気づいた。越前屋に手配していた人足が遂に到着したのである。これを一人前の鳶に仕込む為、訓練は過酷を極めた。それでも逃げ出す者が一切いないのは、朴訥《ぼくとつ》な越前人の気質故《ゆえ》だろう。同時に、源吾が青瓢箪と呼ぶ戸沢家に残った鳶たちにも、変化が現れ始めた。

「御頭は褒《ほ》めるのが上手い。良い親方になれます」

寅次郎はよく冗談《じょうだん》交じりにそう言う。新之助は鬼のようだと評する源吾だが、上手くいったときには、その本人以上に手放しで喜ぶ。認められることで、伸びる楽しみを覚えてきたのだろう。新参に負けじと訓練に励み、最近ではめきめきと腕を上げている。だが源吾の表情は以前に増して険しくなっていた。

――俺は腕が落ちたのか。

という悩みが胸の内を支配している。お夏の一件で源吾は完全に風を読み違えた。そのことで彦弥を危険に晒《さら》したのだ。長年で培《つちか》った経験から、源吾は風読みにもそれなりに自信を持っていた。それがあそこまで読み違えたのは、目が曇っているとしか考えられない。

源吾の焦りとは裏腹に、江戸での放火事件は急激に増加している。幕府は総力を挙げてこれに対処しており、その都度下手人を捕らえているが、悪名高き狐火だけは未だ尻尾《しっぽ》も摑めないでいる。

——悩んでいても仕様がねえ。何としても親爺《おやじ》を見つけねば。

源吾が親爺と呼ぶ男は、何とも不可思議な男であった。源吾が急死した父の跡を継いで定火消の頭となったのは宝暦八年（一七五八）、僅か十八の歳である。向こう見ずの蛮勇のみで難所を乗り越えてきた源吾が、頭角を現すようになったのは親爺の力が大きかった。

宝暦十二年の春、松平隼人家が鳶の募集をしたとき親爺は応募してきた。鬢《びん》に白いものが混じる初老の男が、若者たちの中に混じっているのだからそれだけで異様といえる。

「ご覧の通りの老軀。屋根にも上れず、柱も折れぬが、ちとこれには自信がございます」

親爺はそう言いながら人差し指を舐《ねぶ》り眼前に立てて見せた。源吾もまだ若く怖いもの見たさもあったのだが、呵々《かか》と大笑する様に妙な自信を感じたのも確かである。

その言葉に偽《いつわ》りは無かった。言うこと全てが的中し、親爺はまさに完全無欠の風読みであった。親爺は鳶のような身分で燻《くすぶ》っているような人物にはどうしても思えなかった。源吾は一度なぜ鳶になったのかと訊いたことがある。親爺は深い皺を指でなぞりながら、

「屋内で風を感じられますか。月を眺めることが出来ますかな。人は外に出《い》でてこそ星のように瞬《またた》くのです」

と、皆目《かいもく》理解出来ない文言で茶を濁した。二年の時を共に過ごしたが、親爺は自身のことをほとんど語ることはなかった。ただ源吾にだけは己の代で御徒士《おかち》の株を買って武士になり、今は子に家督《かとく》を譲って隠居の身であることを語ってくれた。

そんな親爺との別れは突然だった。宝暦十四年、源吾が火消を辞める一年前、親爺は突然松平家を辞したのである。源吾は当然引き留めた。理由を問い詰めたが、親爺は首を振るのみで、何も答えてはくれなかった。

「御頭は立派な火消です。人の為に生きてこその人。それを地で行く御方だ。私もここで御頭と火消をしていたかったのですが、少しばかり野暮用《やぼよう》が出来てしまいました」

親爺はそう答えて去っていった。それ以降、源吾は親爺と一度も会ってはいない。

あれから六年の時が流れ、源吾の口回りにも薄く皺が浮かぶようになった。源吾は配下が修練に励む様を眺めながら、皺を撫ぜる仕草を真似てみた。親爺の姓は、口に出せば火消にとっては禁忌《きんき》にあたる。そのため一度も呼んだことはないが、一瞬たりとも忘れたことはない。

「加持孫一《かじまごいち》」

口に出してみて初めて、懐かしさが一気に込み上げ、小さく身震いした。

翌日から源吾は加持孫一の捜索を始めた。珍しい名字の御徒士であるため、武鑑《ぶかん》を見ればすぐに発見出来ると踏んでいた。しかし今年発刊された武鑑には、加持姓の者はいない。となれば遡って武鑑を探ってみた。過去には確かに七十俵五人扶持の御徒士で「加持星十郎《せいじゆうろう》」と書かれていた。孫一は隠居だと言っていたので、この男は息子か縁者だろう。しかしこれが現在の武鑑に無いため、現地で聞き込みをする他ない。

御徒士は一組に組頭二人、御徒士二十八人の三十人が配され、それが二十組、総勢六百名。檜《ひのき》の間廊下に詰め、将軍の御成日には警護を行い、御成先固《おなりさきがた》めを行う謂わば将軍の近衛兵であった。禄こそ低いが熨斗《のし》目《め》着用が許されており、危急の折は江戸城の北面を守る。そのため上野《うえの》界隈に住居を与えられており、自然とその辺りを御徒《おかち》町《まち》と呼ぶようになった。

源吾は訓練を終えた後、御徒町を訪ねようとした。訓練後、いつもならば配下の者と雑談などを交わす源吾も、この日ばかりはそそくさと荷物を纏めて出ようとした。それを目敏《めざと》く見つけたのは新之助である。一向にやる気を見せない新之助であるが、時に変な嗅覚が働く。

「御頭、今日は早いお帰りですね」

「上野のほうに美味い蕎麦屋《そばや》があるらしく、ちょいとな」

源吾は一人で行くつもりであった。再会の場に新之助のような喧《やかま》しい男は相応しくはないだろう。ついた嘘の種類がまずかったと後悔したのはその直後のことである。

「えー！　小諸屋《こもろや》の蕎麦でしょう⁉」

初耳の名であるが、こうとなれば調子を合わせるしかない。

「あそこ、江戸の蕎麦屋番付、東の関脇ですよ！」

——何でも番付にしやがって。

源吾は顔を顰《しか》めたが、新之助はそのようなことは意に介さず興奮して続けた。

「いいなあ。私も連れて行って下さいよ。あっ寅次郎さん、小諸屋の蕎麦を……」

了承も得ずに話を勝手に進めていくので内心げんなりしたが、身から出た錆《さび》である。

「お前らどれだけ暇なんだ」

仏頂面で足早に歩く源吾の後ろには新之助、彦弥、寅次郎と続いている。

「美味いものを食うとあらば、儂が行かねえわけにはいかねえです」

「いやね、新之助のやつが小諸屋の看板娘はこれまた綺麗だって噂だと言うんで……」

こうなっては本当の目的を話さない訳にもいかず、掻い摘んで三人に真の目的を告げた。

「というわけで、俺は加持孫一を風読みとして迎えるつもりだ」

「火消にとっちゃ物騒な名前ですね。でもその御方はもういい歳なのでしょう？」

火傷を負った箇所が治癒《ちゆ》するにつれ痒《かゆ》みが起こるのか、問い返す彦弥は手を回して首筋を掻いている。随分綺麗にはなったが、やはり痕は残るであろう。源吾がふと視線をやると、新之助と寅次郎がひどく落ち込んでいた。

「はあ、小諸屋に行かないんだ……」

「なら儂がいる意味はあるのか」

本日何度目かの舌打ちを見舞った。それを見た彦弥は、白い歯を見せて笑っている。

「御頭、まだ時はある。腹が減っては何とやらって言うじゃありませんか」

彦弥に言われてみれば、源吾も腹が減っていることに気が付いた。それもまたよかろうと、新之助の案内で小諸屋へ向かった。

小諸屋の店構えはそれほど大きくはないが、小さな土蔵を二つ持っている。ここに信濃《しなの》から取り寄せた蕎麦の実を備蓄している。気温や湿度の影響を受けやすい蕎麦は、土蔵で保管するのが最も適当らしい。年中ぶら下がっているのだろう。「小諸屋」と彫られた、唐金《からがね》の風鈴が軒先に吊るされており、小気味よい音を奏《かな》でている。暖簾《のれん》を潜れば大いに賑わっており、人気の店だということが窺《うかが》えた。暫し待たされた後に、若い女に席に通された。

「あれが看板娘かい？　なかなか気立ての良さそうないい娘さんじゃねえか」

彦弥は上機嫌に口笛を吹いた。小諸屋の名物の蕎麦切りは、今から約七十年前の宝《ほう》永《えい》年間に開発されたという細切りの蕎麦である。それを出汁《だし》に浸けて食う。昨今ではこちらのほうが主流にもなりつつあった。やはり流行《はや》りの店だけあって客の出入りは多く、ようやく席が空いたかと思えばすぐに暖簾を潜る者が現れた。

「女将《おかみ》、空いていますか？」

どこかの商家の手代であろうか。ここまで駆けてきたのか、珠《たま》のような汗をかいている。

「ああ、鍵屋《かぎや》さんのところの」

「旦那様もこちらに向かっているので暫しだけ、席を空けておいてくださいませんか」

「毎日蕎麦ばかりでよく飽きないねえ。焦らずにお越しくださいと伝えておいて」

手の甲で汗を拭うこの者の主人は、会話から察するに常連客のようである。

「旦那様はここの蕎麦が好物でしてね。そのお陰で私もお相伴《しょうばん》にあずかれるのですよ」

「じゃあ奥の角を空けときますよ」

手代風は会釈をすると報告すべく店から飛び出した。そうこうしている間に蕎麦が四人前運ばれてきた。蒸して仕上げてあるのであろうか、蒸籠《せいろ》の上に載ったまま卓に置かれた。

「きました！　評判通り美味しそうですね」

「女将さんおかわりを」

「手繰《たぐ》ってみるか」

新之助は手を打って喜び、寅次郎は箸をつける前にそう宣言し、彦弥は粋な江戸っ子を気取ってみせた。

――確か親爺も蕎麦が好きだったな。

ここのところ様々な思い出が蘇《よみがえ》ってくる。親爺は蕎麦が好きだった。親爺いわく蕎麦は寒冷地でも良く育ち、飢饉《ききん》対策には打ってつけだという。米が不作でも蕎麦が豊作などざらにあるらしい。

「人が傲慢《ごうまん》にも米を至高と定めました。故に米が穫《と》れなければ大いに嘆《なげ》き騒ぎます。しかし世を広く見渡せば蕎麦、麦、粟《あわ》、魚、禁じられている獣肉《ししにく》。様々なものを食せば各年さして変わらずに糧《かて》を得ることが出来ます」

学者然として語るも、着用しているのはくたびれた火消半纏《はんてん》なのだから可笑しくもある。

「詳しく知らねえが、暦《こよみ》がおかしいって言って田舎のほうじゃ不作続きらしいからな」

源吾は少ない知識で返した。江戸の町は多くの物が流通するため、値こそ高騰《こうとう》するものの、田舎に比べて飢饉の被害は少ない。そのため源吾には今ひとつぴんと来ない話だった。

「元来暦は民の生活を助けるためのもの。学者が弄《もてあそ》ぶ玩具《おもちゃ》ではないのですがね」

親爺が少し哀しげに微笑んだのが印象的であった。

「早く食べないと伸びてしまいますよ！」

新之助の声に我を取り戻した源吾は、箸に蕎麦を引っかけ出汁に浸けると、一気に飲み下した。芳醇《ほうじゅん》な蕎麦の香りが鼻腔《びこう》に広がる。

「確かにいい味だ」

「さすが関脇。いい蕎麦使っているなあ」

新之助が褒めちぎったその時、新たな客が暖簾を潜り、再び女将が応対した。

「お客さんすみません。ただ今席が埋まっておりまして、ほんの少しお待ち頂けますか」

恰好から察するに托鉢僧《たくはつそう》であろうか。丸めた頭は伸び放題で、二寸（約六センチ）ほどの中途半端な長さである。衣服は襤褸《ぼろ》のように煤《すす》けて傷み、物を食す場には相応しくないように思えた。

「あそこの奥は空いているのでは？」

男は物腰柔らかく尋ねた。

「申し訳ございません。もう少しでお客さんが……そう言えば鍵屋さん遅いわねえ」

女将が丁寧に断った時、源吾は異様な空気を察した。それに気づいたのは源吾だけではなく、長年勝負の場に身を置いた寅次郎、足場の悪い場所で命を張っていた彦弥も同様らしく、ぴたりと箸を止めた。夢中で食しているのは新之助だけである。

「真にそいつがここに来るのか！」

常連のために空けているということを言い訳に、風体を見て断られたのだと勘違いしたのであろう。僧でありながら激昂《げっこう》している。

「はい……しかし少しお待ち頂ければ」

「どうなのだ！」

男の語調はさらに強まり、先ほどまでとは別人のような変貌《へんぼう》を見せた。江戸の人口が増えるにつれ、このように変わった性質の者も増加の一途にある。怒鳴られた女将は困り果《は》てておろおろとしていた。

「坊さん。俺たちもすぐに食い終わるから、少しだけ待ってやりなよ」

見かねて口を挟んだ源吾に、男は視線を投げかけた。顔が煤けているからか、妙に白目がはっきりしており何とも不気味に見える。雀斑《そばかす》が頬に点々とあり、目には狂気の色が浮かんでいる。気色《けしき》ばむ寅次郎と彦弥を手で制し、源吾は視線を逸《そ》らさず続けた。

「気持ちよく食ってやらねえと蕎麦も泣くぜ」

源吾は微笑みかけてみたのだが、男は表情を一切変えない。少しの間睨み合いが続き、男は踵を返すと無言で店を後にした。

――ちりん、ちりん。

あまりに勢いよく暖簾を撥《は》ね除《の》けたからか、風鈴に触れたようで高い音が響き渡った。

「とんだ生臭坊主だな。御頭、よく耐えましたね」

彦弥は顔を顰《しか》めて言い放った。女将は源吾の前まで来て何度も頭を下げる。

「美味い蕎麦だったので邪魔をされたくなかっただけだよ」

源吾は恐縮する女将に軽い口調で言った。

二

皆が存分に蕎麦を堪能し小諸屋を出た。腹が膨れたこともあり暖かい陽気が眠気を誘う。四人連れ立って向かったのは過去の武鑑に載る加持星十郎宅である。御徒町まで来ると、小さな屋敷とも呼べないような家が軒を連ねており、さして苦労なく目的の家に辿りついた。

そこはすでに別の御徒士の住居に変わっていた。現在の家主は加持星十郎なる者は知らないと言う。一軒一軒近所を訪ねて加持家の行き先に心当たりのある者を探すほかなく、四人で手分けをして探すことになった。加持家が住んでいたことを知っている者は数名いた。だがその後の動向に関しては口を揃えて知らぬという。星十郎はあまり外出せぬ上、風体が変わっており、挨拶程度しか交わしたことがなく、近所付き合いはあまりなかったらしい。

聞き込みを開始して一刻ほど経った頃、新之助が有力な情報を得たと駆け寄ってきた。

「御徒町から外れた所にある、団子の美味い掛茶屋の主人が加持親子を知っていると」

この際、なぜ新之助が掛茶屋で情報を得たのかということは不問にして続けさせる。

「ご隠居はそこの団子が好きで良く来ていたらしいのですが、宝暦から明和に変わる頃にはめっきり姿を現さなくなったと」

　宝暦が終わる頃と言えば源吾と別れた時期と符合した。

「星十郎はやはり親爺の子か」

「息子の星十郎はそれからもたまに顔を出していたらしいのですが、明和の三年くらいに御家人を辞めて専念したいことがあると言っていたのが最後ということです」

　源吾は肩を落としたが、新之助は得意顔で話を続ける。

「その星十郎、赤火事と呼ばれていたらしいのです」

「物騒な名がより物騒になったな」

　加持という姓から火事を連想させることは解るが、頭文字の「赤」の意味は解《げ》せない。

「髪がこう……陽に当てると茶を通り越して赤に見えるからそう呼ばれていたとか」

　新之助は己の鬢から零《こぼ》れた髪を陽に当てながら説明した。

「最後に来たとき老人と一緒だったらしく、話が込み入っていたのか長い時間いたことと、星十郎は老人のことを『れんがいけん殿』って呼んでいたとか……」

「れんがいけん……名というより号か」

　源吾は首を捻って考え込んだ。この日はこれ以上の情報は得られず、捜索は打ち切られた。

　翌日、寅次郎は満面の笑みを浮かべて訓練場に現れた。

「にやけやがって気持ち悪い」

　余程良いことがあったのだろう。彦弥がそうからかっても寅次郎の笑みは消えなかった。

「御頭、達ヶ関の小結昇進が決まりました」

「それはめでたい！」

　源吾と新之助は大喜びだが、事の経緯を知らない彦弥は首を捻っている。

「是非みんなで秋場所の観覧に来て欲しいと申しておりました」

　寅次郎が差し出したのは取組表である。日付毎に誰と誰が取組を行うのかということが、事細かに記されている。

「へー、達ヶ関さん千秋楽には大関と取組か。あっ、大安だからきっと大丈夫ですね」

「達ヶ関にとって大安ならば、相手にとっても大安だろうよ」

　新之助の呆れた発言にも慣れてきた源吾は軽くいなした。源吾は流し読んだ取組表のある箇所に目を留め、慌てて寅次郎から取り上げた。皆何事かと目を見張っている。

「でかした新之助」

新之助は意味が解らずとも褒められたものだから、自慢げに取組表を覗きこんだ。

――幕府天文方、山路連貝軒《やまじれんがいけん》。こいつに違いない。

源吾は小さく笑みを浮かべ、取組表を凝視《ぎようし》した。

山路連貝軒、本名は山路弥左衛門主住《やざえもんぬしずみ》と謂う。当年六十七になる幕府の天文方である。取組表に名が記されていたのは、取組日の六曜を調べたのであろう。実力の割に天文方に任じられたのは遅く、六十一の歳であった。高級幕臣とは言えぬ天文方だが、陪臣《ばいしん》が突然訪ねるのは非礼に当たる。そこで左門に根回しを依頼することになった。

「一体全体何をしているのだ。火消と天文方にどのような関わりがある」

「それがあるのさ。頼むよ」

「お主がそう言うのならば、まあそうなのだろう。手を回してみよう」

左門は源吾に全幅《ぜんぷく》の信頼を置いてくれている。もっとも源吾を戸沢家に推薦《すいせん》した身としては、退くに退けないだろう。左門は様々な仲介者を挟んで面会の段取りをつけてくれた。

今回は小煩《こうるさ》い配下を帯同するわけにはいかない。源吾は山路家の門を叩いた。狭いが丁寧に手入れされた中庭の見える一室に案内され、暫し待たされた後、山路は現れた。結った総髪は七十近い老人とは思えぬほど黒々としている。山路は着座するなり一言洩らした。

「回りくどいことをせずとも、火喰鳥殿と知ればすぐにお会いするものを」

「なぜそれを……」

源吾は二の句が継げなかった。何故か山路は定火消時代の源吾の異名を知っていた。

「渋川《しぶかわ》孫一は貴殿のことを話すとき、それはもう愉《たの》しげでしてな」

「しぶかわ……加持孫一では？」

「そうか。加持孫一か」

いよいよ源吾は混乱した。おそらく相当情けない顔をしていることだろう。

「孫一の消息ならば拙者が知っている。孫一は死んだよ。明和二年（一七六五）の春に」

目の前が真っ暗になった。確かに孫一は若くはなかった。それでも源吾はどこかで親爺は生きていると思い込んでいた節があったのだ。山路は咳を一つして続けた。

「火事だ。儂は逃げ、やつも逃げられたはずだった。それなのに最後の最後まで踏み留まって、救出や消火にあたりおった」

「どこで起こった火事です。どこの組に属しておられた」

「所は中山道守山宿《なかせんどうもりやましゆく》。旅の途中さ。火の勢いは強く、宿場の火消は諦めて撤退した。だがやつは一人で燃え盛る炎に抗《あらが》った」

「親爺はたった一人で……」

驚きの連続に我を失い、親爺と呼んでしまっていることに気が付いていない。

「どこから話せばよいか。長くなるが……」

山路が語ったことは源吾にとっては信じ難《がた》いことばかりであった。孫一の姓は本来渋川であり、幕府初代天文方に任じられた渋川家の一族だという。それも三代目天文方、渋川敬尹《ひろただ》の庶長子だというではないか。孫一の出生には秘密があった。それは孫一の母が、

「南蛮人《なんばん》……」

源吾は話の途方もなさに目が眩《くら》む思いであった。言われてみれば確かに孫一は彫《ほ》りが深い顔をしており、納得出来る部分もある。しかし髪色や目の色も常の者と変わり

はしなかった。

敬尹は天文の勉学のため、南蛮の知識を取り入れようと長崎の出島《でじま》に足を運んだ。そこで蘭人の娘との間に生まれたのが、孫一であった。

母はいずれ日本を去らなくてはならない。孫一は父に引き取られ、江戸で育《はぐく》まれた。敬尹はやがて正妻を迎え、二人の子宝にも恵まれた。嫡子は後の六代目天文方渋川則休《のりよし》、次子は後の七代目天文方渋川光洪《みつひろ》である。孫一は成長するにつれ、天文学へ強い興味を示したが、庶子であるため家督は継ぐことは出来ない。父はゆくゆく天文方の門徒にしてやろうと考えていたらしい。

元来渋川一族は短命者が多く、孫一が十二の時に敬尹は三十の若さで急死した。後を継いだのは嫡男の則休。気が弱く、天文学も孫一に及ばなかったが兄弟仲は良く、庶兄の孫一は門徒として弟を支えた。そんな孫一が渋川家を出ようと決意したのは、三十の時であった。父が死んだ歳と同年になり思うことがあったのか、孫一は、

「人々の暮らしに即さずして何が天文学だ」

ということを言った。さらにその真意を問われると、

「渋川家の祖渋川春海《しゅんかい》様は、釣り船の船頭が五十年来の経験で立春から二百十日目の今日は暴風雨になると言い、かくしてその通りになったことに感銘を受けられた。

それ以降観測を続け、貞享暦《じょうきょうれき》に書き入れたという。学びは巷《ちまた》にあり、得たことは巷に還元しなければならない」

と、説明して門徒を辞し、父の遺産と貯めた金で以《もっ》て、御徒士で売りに出ていた加持家の株を買った。源吾は話の続きをせがんだ。

「私と出逢うまでは何を？」

「孫一は勉学に励み、さらに天文の知識は深まった。禁書緩和令《きんしょかんわれい》が出たとはいえ、蘭書をかき集めておったからな。その中には御禁制のものもあったろう」

禁書緩和令とは享保《きょうほう》五年（一七二〇）に八代将軍吉宗《よしむね》公が出した法令である。吉宗公は天文学の分野で南蛮から学ぶことは多いとし、鎖国により入れられなかった書物の一部を解禁にした。孫一所蔵の書物には、緩くなってなお禁制の物まであったという。

「一介の御徒士の身でそのような大金よく持っておられましたな」

「則休が支援しておった。禁制の物を天文方が堂々と買い付けるわけにもいかぬ故な」

「なるほど。御禁制であるが南蛮の知識が欲しい。ならば親爺は恰好の窓口となる」

「その則休も三十四の若さで死んだ。いや、殺されたというべきかも知れぬ」

る。

「土御門《つちみかど》家を知っておるか？　当代は土御門泰邦《やすくに》。歳は六十を超え、今も健在じゃ」

源吾には聞いたこともない名であった。土御門家の先祖は陰陽師で有名な安倍晴明《あべのせいめい》であり、代々朝廷の命で暦を編《あ》んでいた。祖の渋川春海も、元は土御門家の門徒である。

幕府は衰退する朝廷の最後の牙城とも言うべき暦の編纂《へんさん》権を奪おうとした。単なる嫌がらせというわけではない。長きに亘《わた》って胡坐《あぐら》を掻いてきた土御門家の作る暦は大いに狂っていた。幕府は春海を引き抜き、暦編纂に当たらせた。春海は中国の暦は日本にはそぐわないとし、観測を重ねて大和暦《やまとれき》を作り出し、後にこれが採用され貞享暦として普及した。

「話が大きすぎて解りません。それが加持孫一にどう関わりあるのでしょう」

源吾の頭は混乱を来《きた》し、湯気が立ってしまいそうな心地であった。

――新之助にもう少しゆったりと教えてやるか。

未知の世界を学ぶという点では新之助も同様であろう。源吾はいつも頭ごなしに叱《しか》り飛ばしていることを、少しばかり反省した。

「若い者は結論を急ぐきらいがある。まあ聞け」

「物騒な話ですな……」

山路はそう言うと乾いた咳を二、三度重ね、ゆったりと語りだした。

土御門家は逆襲に出た。土御門泰邦が陰陽頭になると、幕府に要請して渋川則休を京に呼び寄せた。そこから何と、五年に亘って暦の改変を巡っての大論争を行った。泰邦は相手が折れるまで帰す気はなかった。一旦は桜町《さくらまち》上皇の崩御で協議は中止され、則休は江戸に帰ったが、連日の過労からか体調を崩し、三十四という若さで亡くなった。

後を継いだ光洪は未熟だったということもあり、ついに屈服。暦編纂の権利は土御門家に奪われ、大して進歩もない宝暦暦が発布された。

「儂はその場にいたのだ」

山路の目に僅かに涙が浮かんでいた。山路は光洪の手伝いとして京にいたのである。

「それはもう屈辱《くつじょく》的であった。暦の知識ではこちらが優れていたのだ。それなのに盤外での策略により我々は負けた。光洪殿は心を病まれて逼塞《ひっそく》なされた」

山路が天文方に任命されたのはその九年後のことである。拝命するにあたり、山路はある決意をしていた。安穏《あんのん》と中国暦を模倣《もほう》してきただけの土御門家から暦編纂権を再々奪還することである。山路はそれにあたりどうしても協力を仰ぎたい者がいた。

「それが親爺……加持孫一」

あの好々爺《こうこうや》然とした親爺がそれほどの大人物だとは、露《つゆ》ほども思っていなかった。

「孫一は南蛮の天文学を隅まで調べ上げ、儂を遥かに超えた知識を身に付けていたが、容易には首を縦に振らなかった。火消として庶民の役に立つ暮らしを気に入っていたようだ」

「だが親爺は去った……」

「間違った暦は庶民に無用な苦しみを与えるではないか。そう詰め寄ると、孫一は悩んだ末了承してくれた。あの時の寂しげな顔は、今でも夢に見る」

「山路様のお話ですと、親爺はその翌年には……」

「雨の多い年だった。川が氾濫《はんらん》する東海道《とうかいどう》を避け中山道を行った。もう少しで京という守山宿で草鞋《わらじ》を脱いだあの日、近隣の宿から出火した。宿場火消は、近江の夜は山風になると主張して西側を破壊しようとした。孫一は昨日までの雨により琵琶《びわ》の湖《うみ》は冷え、湖風《うみかぜ》のままである。東を壊せと説いてまわったが、聞き入れられなかった」

「親爺が読み違えるなど考えられません」

源吾は断言した。二年の間、孫一はただの一度も読みを外したことはなかったのだ。

「その通り。湖風に煽られ瞬く間に宿場は火の海となり、初動を誤った火消は退却を始めた。孫一は老人に女子ども、逃げ遅れた病人を助け続けた。そしてまだ逃げ遅れた者がいると聞いた孫一は止める手を振りほどき、炎に包まれた宿場に引き返していった。儂が見た最後の姿だ。孫一を失った儂は土御門に完敗し、今でも黴《かび》の生えた暦を使わざるを得ない」

「親爺はもういないのですね」

源吾は唇を噛みしめた。親爺は火を恐れることなく立ち向かって死んだのだ。それに比べて、今の自分の不甲斐なさはどうだ。悔しさが腹の底から込み上げてくる。

「前日も雨、翌日も、翌々日も雨であったのに、あの日だけ雲一つなく晴れ渡っていた。天の動きなど所詮《しょせん》我々には測れぬものなのだろう」

しばらくの間、二人とも何も語らなかった。烏《からす》の哀しげな声だけが響いていた。日は傾き、西の山々に沈みつつある。

「貴重なお話をお聞かせ頂き、ありがとうございます。そろそろお暇《いとま》させて頂きます」

「日は何故沈み、何故また昇るのかご存知か？」

唐突に言われたので首を捻ったが、源吾はどこかで聞き覚えのある問いだと思った。

「昔、孫一は何かの拍子に貴殿にそう訊いたそうな。すると貴殿はこう答えた」

「日は人々の暗い今日を消すために沈み、人々の輝く明日を彩るために昇る……」

「そう申されたらしいな。天文学者としては到底納得しがたい話なのだが、もしかしたらそうかも知れぬと思わせる何かが貴殿にはあった。そう孫一は笑っていたよ」

「では……これにて」

源吾は席を立った。涙が溢れそうなほど感傷的になっていることを自覚していた。

「儂は諦めず、ある天文学者を招聘《しょうへい》しようとしたが断られた。一人で仇《あだ》を討つとな」

「天文方の話は私には難しすぎます」

源吾が知りたかったことは全て答えを得た。天文学や暦のその後には興味は無かった。

「その者は荒川《あらかわ》を越えた宮城村《みやぎむら》に一庵を結んでおる。孫一が唯一天才と呼んだ男だ」

問えばある名が出てくるであろうことを、源吾は確信した。

「名はなんと……」

「加持星十郎。稀代《きたい》の天才だ」

三

翌日、源吾は新之助、寅次郎、彦弥の、いつもの面子《めんつ》と共に宮城村を訪ねた。村人に聞いた庵《いおり》の戸を叩く。人の気配がして内から戸が開こうとしたが、立て付けがよほど悪いのか引っ掛かっているようである。がたりと大層な音がしてようやく開け放たれると、そこに立っていた男は、穴蔵の中で生活していたのかというほど肌の血色が悪い。なるほど噂通り赤茶けた髪を総髪に結っている。

それ以上に驚いたのは、男の歳が想像より若いことであった。山路から聞いたところによると星十郎は齢二十五ということだが、大凡《おおよそ》の年齢すら見当が付きにくい相貌《そうぼう》をしている。くっきりした二重《ふたえ》瞼《まぶた》、これまた赤みを帯《お》びた大きな瞳、高い鼻梁、そのどれを採《と》ってもこの国の規格から外れた風貌である。南蛮人の美青年とはこのようなものなのかもしれない。

「どなた様でしょうか」

男の声色にはどこか落ち着いた印象があった。

「加持星十郎殿でしょうか」

「いかにも。貴殿らは土御門の手の者か」

星十郎は腰の刀に手を掛け、源吾の背後に目をやった。わざわざ刀を持ち出してきたということは、どうやら勘違いをさせているようだ。振り返り配下の顔を確認すると、お世辞にも柄が良いとは言えない。もっともそれは己もそうで、伝法口調にならぬよう一層気を付けた。

「拙者は戸沢孝次郎家中の松永源吾と申す者。土御門某とは縁もゆかりもございません」

「戸沢……新庄藩の御方が何か」

星十郎は大小三百ある大名家の一つにすぎない戸沢家の領地をぴたりと当ててみせた。

「新庄藩は加持殿を士分でお迎えしたい」

源吾は星十郎がいかに大人物であるかということを北条六右衛門に説き、取り立ての内定を得てきている。勿論それには左門の協力が大きい。

「なぜ私を？」

怪訝な顔をするのも無理はなかろう。数ヶ月前に己がこれを体験した時もそうであった。

「我が戸沢家の天文方として微禄ながら百三十石をご用意しております。日々は研究、観測をご自由になさって、不測の事態の折のみ現場に出て頂きたい」

「不測の事態、現場というのは、論争の場ということですかな」

各藩が御用学者を抱え、様々な論争の場に送り出して藩の名誉を得ようとする動きは、元禄《げんろく》以降広がり今なお衰えてはいない。星十郎はそう捉えている。

「いえ、火事場でござる」

「お断り申す」

星十郎は間髪を入れず即答した。

「百三十石では足りませんか？」

横から新之助が身を乗り出してきた。

「いえ。そういう意味ではございません。昨年母を亡くし、今は一人身。注釈や翻訳の仕事で十分食っていけています」

源吾としてもその程度で引き下がるつもりはない。

「実は……拙者は御父上とご縁を頂いておりました」

源吾は孫一との出逢い、二年の間共に職務にあたったことを語った。それでも星十郎の反応は薄く直立不動のままである。

「故にご子息である星十郎殿を推挙致しました」

「父は賢きお方であったが、同時に愚かなお方でもあった。学者には学者の本分というものがございます。火消遊びなぞ余事の余事。挙句《あげく》の果てにその余事で犬死なさるとは」

源吾のこめかみに青筋が立ち、新之助ははらはらしながら見守っている。

「おい！　手前《てめえ》よ――」

興奮気味に詰め寄ろうとした彦弥を、源吾は手を挙げて制した。もっとも、そうでなくとも寅次郎ががっちりと羽交《はが》い締めにしている。

「為《な》すべきことを為さず亡くなられたことは犬死と申せましょう」

「私はそうは思いません。が、貴殿がそこまで言う為すべきこととは何でしょうか」

「天の理《ことわり》、世の理を顕《あきら》かにする。学問の道はそれ以上でも、それ以下でもございません」

「やい、赤髪野郎！　その大層な学問で天の何が分かる」

寅次郎に押さえられたまま、彦弥が耐え切れずに罵声《ばせい》を飛ばした。星十郎は明らかに不快な顔になったが、深く息を整えると指を空に向けて立てた。

「例えば月までの距離」

彦弥は鼻で嗤い、源吾も大風呂敷の広げ方には少々苦々しく思った。そんなの解りっこないと、新之助すら小馬鹿にしている。

「ご存知なかろうがジェローム・ラランドという男。すでに月までの距離を求め終えております。この国の学問は南蛮に比べ雲泥《うんでい》の差がある」

真顔で言い放つ星十郎は虚言《きょげん》を吐いているのか、それとも気が変になっているのか。どちらかとしか思えなかった。何か言い返そうとした彦弥に対し、星十郎は先んじて続けた。

「今あなたは俯きながら首を触った。つまり不安になっているということです」

「なんだと……適当なことを」

「ピシフォロフィー。蘭語を直訳すれば心理学とでも申しましょうか。南蛮では人の心の成り立ちから推移までも研究しています。書物の通りだと間違いないかと」

慇懃《いんぎん》無礼な星十郎は焚《た》きつけるように不敵に笑い、彦弥は顔を真っ赤に染めて怒っている。このままだと喧嘩別れになりかねないと源吾が割って入った。

「最後に一つ。学問を修《おさ》めることが終着で、その先に目的はないとおっしゃるか」

「敢《あ》えて目的を定めるならば、虚説を振りまく土御門のような輩《やから》を糺《ただ》すこと」

「また来ます」

ともかく星十郎はかなり癖《くせ》の強い人物であることは分かった。

――俺も少しは円《まる》くなったか。

源吾は長い溜息を漏らした。昔ならばとっくに激昂していたことだろう。それでも話の間、拳をずっと強く握りしめていたからか、手の感覚も覚束《おぼつか》なかった。

「彦弥、さっきの首に触れたという件。当たっていたのか？」

少し間を空けて彦弥が答えた。

「気味の悪い奴だ。なに、傷跡が痒かっただけですよ」


三日後、源吾は書状を書いた。内容を要約すると、二人きりで場を持ちたい。駕籠《かご》を迎えに出しますので飯でも食いながら気軽に話しましょう、といったものである。意外にもすぐに返答が来た。駕籠は結構、そちらの指定する場所まで伺う、とのことである。食通でもない源吾は評判の良い店など知らない。思いついたのは先日知ったばかりの小諸屋であった。

一度目に訪ねてから十日目の昼下がりに、星十郎と待ち合わせた。約束よりも少し前に到着し、源吾は奥の席に通されて待った。程無くして現れた星十郎は、頭に頭巾を被っている。互いに向かい合って着座したとき、星十郎は少し俯きながら頭巾を外した。

「ご無礼を。何分この髪色ですので……」

星十郎は取った後も周りの視線が気になるのか、目を泳がせて周囲の反応を確かめている。

「先日の威勢はどこへやら。案外気の小さいことを仰る」

「こうした機会が無ければ外に出ることもございません」

「そんなにその髪色が気になるかい」

源吾は言葉を崩した。堅苦しく出ても先日の二の舞である。

「祖母の血が色濃く出ているのかと。恥とは思いませんが、生きにくいことは確かです」

南蛮人に似た容貌は、差別や嘲笑の的《まと》となってきたのであろう。源吾には理解し得ぬ苦労があったに違いない。

「蕎麦でも食いながら話をしよう。ここのは美味い。と言っても俺も二度目だが」

二人の前に蕎麦が運ばれてきた。給仕は彦弥がご執心の看板娘である。

「ありがとうよ」

源吾が声を掛けると、娘はこぼれんばかりの笑みを投げ、星十郎の髪を横目で見た。星十郎は心苦しそうに娘と逆方向に首を振る。

「綺麗な御髪《おぐし》」

「お前さんもそう思うかい。俺もそう思うのだが、こいつは恥ずかしいらしい」

「じゃあ……私のこれ、どう思われますか？」

娘は己の口元を指さした。指の先には、小さな黒子《ほくろ》がちょこんとある。

「色気があっていいんじゃないかい。おい、お前も答えてやれよ」

源吾は笑って星十郎に答えるよう促した。星十郎の色白の頬に赤みがさっと走ったが、すぐに平静を取り戻し淡々と話した。

「気にくわぬ者もいましょうが、そうでないという者もいるのではないでしょうか」

「回りくどいね。つまりは？」

星十郎はもう一度黒子に視線をやった。

「良いと思います」

「ありがとうございます。私はこの黒子、取っちゃいたいくらい大嫌いだったの。でも人に褒められているうちに、これもいいかなって思えるようになった。お侍さんも自信を持って。こんな綺麗な髪、羨《うらや》ましいもの」

星十郎は変わった人種でも見るかのように娘を見つめている。その頬にまた赤みが差しているので、源吾は思わず笑ってしまった。

「だってよ。良かったな。お前さん、名は？」

「ここで働かせてもらっている、鈴《すず》と言います。お侍さんは二度目ですね。以後ご贔屓に」

「お鈴ちゃんか。覚えたぜ。また来させてもらうよ」

お鈴は眩しい笑顔を見せ、仕事へ戻っていった。二人は箸に手を伸ばすと蕎麦を手繰った。小諸屋の蕎麦が上等であることは、味に拘りない源吾でも分かる。星十郎は二、三本を出汁に浸すと音を立てずに吸い上げた。

「良い蕎麦です」

「気に入ったみたいでよかったよ」

源吾は音を立てて豪快に啜《すす》った。

「先日は些か無礼が過ぎました。その詫《わ》びだけはせねばと思い参上致しました」

「やはり断りにきたのか」

星十郎は手を止めて頷き、源吾は蕎麦を手繰り続けた。

「父は松永殿の元で働けたことは誇りだと申しておられた」

「へえ……」

星十郎の言葉の奥に僅かな妬心《としん》を感じるのは気のせいであろうか。気恥ずかしい思いがして今度は源吾が俯く番であった。

「ですが私が誇りに思うのは学者の父で、火消の父ではないのです。容姿だけで差別され、時に石を投げつけられたこともあります。父はそんな人々を守って死んだ……」

星十郎が抱えている心の闇は、案外深い。尊敬した父が死んだ意味を、未だ見いだせていないのだ。悲哀と矛盾《むじゅん》が入り混じり、心の時が止まっているのであろう。

「父は我が名に星の一字を付けられた。天文の道を継いで欲しいはず。私は父上のやり残したことを成し遂げます」

――親爺が望んだことはそれではない。

心の内で呼びかけてみた。口にしたところで星十郎は全力で否定するだろう。星十郎の一点の曇りもない眼差《まなざ》しは、ひどく脆《もろ》いものに思えて仕方がなかった。

「星十郎は諦める」

源吾がそう宣言したのはそれから四日後、自宅で定期的に行う会合の場であった。

「そのほうがいいですよ。あんな無礼なやつ、こちらから願い下げです」

新之助は頰を膨らませながら憤慨《ふんがい》していた。

「赤火事って渾名《あだな》は縁起が悪いですしね」

寅次郎もそう言って場を取り繕《つくろ》う。彦弥は口にするのも嫌らしく、腕を組んでそっぽを向いていた。心配そうに左門が尋ねてきた。

「ではどうする。他にあてはないのだろう?」

「当面は俺が務める」

「そうか……しかし良いのか?」

そもそも現場に出ない条件で受けた約束であった。左門はそのことを言っているのだ。

「しかたねえさ。火に近づかなければ、どうにかなる」

「だが加持殿も、あともう少し禄を積めば受けてくれるということはないか」

左門が話を蒸し返したので、三人の表情に不満の色が再び浮かび上がった。

「折下様ともあろう御方がそのようなことを……」

食事の支度をしていた深雪が口を出して来た。源吾は話に入ってくるなと咎めたが、左門は目を丸くして深雪に尋ね返した。

「奥方、どういうことでしょうか」

「誰もが銭や禄を望んでいるとは限りません」

その場にいた左門以外の者は、一斉に身震いした。まさか深雪からこのような言葉が出るとは思ってもみなかったことである。

「もっとも私は己が欲する物を知っていますけど……」

深雪がくすりと笑うと、再び皆が身震いをした。新之助などは鍋の中の具材と己の財布の中身を交互に見比べている。

四

夜半、源吾は目を覚《さ》ました。締め切った雨戸ががたがたと音を立てている。この季節特有の野分《のわけ》（台風）が近づいているのか、昨日より風は強まりつつあった。寝静まった町には風切り音が響き、時折犬の遠吠えが聞こえてくる。遠くで破裂音がしたような気がしたが、横で可愛らしい寝息を立てて眠る深雪を見て、夢だったのだろうと思い直した。再び瞼《まぶた》を閉じて微睡《まどろ》みかけたとき、源吾は布団から飛び起きた。

——夢じゃねえ。

衣紋《えもん》掛けから自前の火消羽織をはぎ取った。深雪が身を起こして目を擦っていた。

「いかがされました」

「火事だ。太鼓、半鐘の音が聞こえる」

深雪は耳に手を添えて半鐘の音を探したがすぐに諦めた。

「遠いということですか」

「ああ。方角は北だ」

深雪は夫が常人離れした聴覚の持ち主で、己が聞こえないということは遠くだと知っている。

「何かが爆《は》ぜた。例のやつかも知れねえ」

源吾はそう告げて戸を開いた瞬間、戸内に向けて突風が吹きこんできた。思いのほか風は強い。よぎる不安を打消し、火消屋敷に駆け込んで招集を命じた。

訓練が行き届いてきた証《あかし》であろう、すぐに全員が集合した。予算が少ないことから揃いの火消半纏は揃えられず、皆が思い思いの物を着用している。防火効果のない綿着物を着ている者もいるが、それも妥協《だきょう》せざるをえない。仔細を尋ねて戻ってきた新之助の顔色はひどく悪かった。

「先刻問い合わせたところ、出火は上野……小諸屋!!」

新之助の復命を聞き、寅次郎と彦弥は驚きを隠せずに顔を見合わせた。

「出るぞ！　新之助、お主は以下のことを公儀に届けた後、馬で追ってこい。上野寛《かん》永寺《えいじ》は恐れ多くも将軍家の菩提寺《ぼだいじ》。寛永寺を守る所々火消、松平相模守《さがみのかみ》様に馳走《ちそう》に参る！」

鳶一同声を揃えて鬨《とき》の声を上げた。

近づくにつれ、現場が混乱していることが感じられた。江戸城内は勿論、府下の重要地点には、所々火消と呼ばれる専属の大名火消がいる。寛永寺の場合は松平相模守である。加えて源吾らのように応援に当たる馳走火消、定火消、町火消が入り乱れて指揮系統が混乱しているのだ。加えてこの強風の夜だというのに、物好きな町人が家から出て野次馬と化し、交通を阻害《そがい》している。材木商たちで賑《にぎ》わう神田佐久間町《かんださくまちよう》では、風向きからこちらまで来ることはないと安心した旦那衆が、行き交う鳶たちに喝采を送っていた。火消の形《なり》は年々華美になっており、中でも応援に駆けつけた大名火消たちの装束の煌びやかさは群を抜いていた。

「あの藤巴《ふじどもえ》は筑前《ちくぜん》の黒田《くろだ》様の配下か」

横の通りから駆け込んできた一隊を見て源吾は呟いた。向こうは堂々たる国持大名で、小大名の戸沢家としては道を譲らざるを得ない。物頭がこちらに向かって駆け寄って来た。

「先に渡らせて頂く。暫しお待ち下され」

「相分かりました」

火事場の喧騒《けんそう》の中で挨拶があるのは稀《まれ》で、黒田家は礼儀正しい家風であると言えよう。

「状況はどのような」

「寛永寺には前田《まえだ》の御家中が駆けつけました」

「加賀鳶か。いつも美味しいところを掻《か》っ攫《さら》ってゆく」

そう言うと、黒田家の者も苦笑した。加賀鳶は人数、技術共に他家の追随《ついずい》を許さない火消集団である。それは皆認めるところであるが、それにかこつけて最も手柄になる消し口を押さえていく。時に先着の者を退かせるようなこともやってのけ、火消仲間の評判は必ずしも良くない。

「当家は大きく迂回《うかい》して北方を押さえる」

「出火場所はどのように」

「小諸屋の二つある土蔵のうち、西の土蔵が突然吹き飛び、火は北西のほうに広がりつつある。故に前田様と当家はその方面への応援に……拙者もこれにて御免」

男は会釈をすると足早に集団を追いかけていった。

「西と北はもう問題ねえ。俺らは火事場に突っ込むぞ！」

源吾らはまっすぐ北上し、小諸屋の南方から迫った。向かっている間ずっと気にかかったことがある。戸沢家火消が通ると、往来の旦那衆が声を潜めて嗤い、隣の者と囁き合う。

「何て恰好だ。粋の欠片《かけら》もありませんな。どこの家中ですかな」

「戸沢家らしいですよ。まずは身を整えてから来るべきものを、田舎者はこれだから」

「あれならば襤褸《ぼろ》を纏った乞食《こじき》のほうが幾分ましというもの」

などと、嘲りの言葉ばかりである。配下の大部分は恥ずかしげに俯きながら走る。それは寅次郎も例外でなく、気にしていないのは源吾以外では彦弥くらいのものであろう。

――火消とは何なのだ。

このような時、源吾は思うのである。火を消し止めて感謝されても人々は数日で忘れ去り、しくじれば親の仇《かたき》のように怨嗟《えんさ》の声を投げつけられる。火消とは日常に彩りを加えるものではなく、失われそうになる日常を保つ存在でしかない。つまり消して当たり前と思われている。その証拠に、人々は火消の腕を論じず、恰好や振る舞いにばかり注目する。

それでも火事があってこそ出番があるのであって、新しい消防道具の開発、燃えない建材、日々の予防習慣、その当然を維持する力を高めていけば、行きつく先は火消など無用でしかない。いわば火消は己の存在意義を消すために、日々命を賭していることになる。

そこまでさせておきながら、この仕打ちは何なのか。項垂《うなだ》れる配下を見渡すと怒りがこみ上げて、眉間《みけん》に皺を寄せた。

「てめえら！　下向いて速く走れるか！　顔を上げやがれ！」

彦弥は振り返ると皆を一喝し、源吾の方を向いて不敵に笑った。

「気にするなって言っても無理だろうけどよ。火消はただ一人でも命を救う。その腕で魅《み》せるもんだろう」

そう言う彦弥はしかと前だけを見据えている。

「違いねえ」

救われた心地である。彦弥の言ったことが火消の原点であるに違いない。一瞬でも悩み、人々を怨《うら》んだ己を恥じた。

現場に到着すると、おかしな光景が目に入った。現場にいる火消が指を咥《くわ》えて眺めているのである。出火以降、強風が北西に向かって吹き続けている為、火元が最も風上となり何もすることがないのだ。僅かにやっていることは一台しかない竜吐水で南東の棟に水を浴びせ、火の粉での引火を防いでいるだけである。詳しく聞くと、小諸屋の南には富商の屋敷や蔵があり、そこからこの地区の役人、火消は多額の資金援助を受けている。風向きが心配ないならば、わざわざ壊して手間を掛けさせるなと要請があったというのだ。

「何を悠長なことを言ってやがる。しかも小諸屋の店まで手つかずではないか」

「中に病人がおり、医者も駆け付けておる。心の臓が悪く、動かせば命の保証はないと」

源吾が小諸屋の中に入ると、店内は蒸し風呂のようになっていた。風向きにより火こそ付いていないものの、火事場から半町（約五四メートル）も離れていないのだ。女将が土間の上に薄い敷布団を敷いて仰向《あおむ》けになっていた。顔色は頗《すこぶ》る悪く、大量の汗を掻き、苦しそうに唸っている。その横には総髪で髪を下ろした男が脈を取っている。これが医師であろう。今一人、横に侍《はべ》り女将の顔を心配そうに見つめているのはお鈴である。

「お鈴。女将さんは胸を患《わずら》っていたのか」

「先日の……何でここに」

「おれは火消だ。先生、女将さんはどうだい」

「一昨年に御主人を亡くしてから度々発作《ほっさ》があったようだ。女将は突如襲ったあの凄まじい音と衝撃に吃驚《びっくり》し、胸を押さえて倒れこんだらしい」

「西の土蔵が吹き飛んだと聞いたが……誰かが開いたのか？」

源吾はこの頃暴れている狐火という放火魔を思い起こしていた。そいつならば土蔵を開いたとたん朱土竜が発生し、あたりは忽《たちま》ち火の海となるはず。現段階で小諸屋の店が燃えていないのはどういうことであろうか。お鈴は首を振って答えた。

「いいえ。急に西のお蔵が爆ぜ、火のついた無数の紙切れが舞い上がりました……」

「それが流れて寛永寺方面に燃え広がったというわけか。何故紙などを保管していた」

「あのお蔵は蕎麦の実や、明日使う蕎麦粉を置いておくもので紙などはなかったはずなのですが……寛永寺はそんなに酷いことに？」

「加賀や筑前が食い止めるだろう。いつ風向きが変わるともしれねえ。運び出せるか」

これに答えたのは医師である。たすき掛けして捲し上げた腕で、額から滝のように流れる汗を拭きながら処置に当たっている。

「無理だ。今少し容体が落ち着いてからではないと命に係わる」

「ならばお鈴だけでも先に逃げろ」

「私は子どもの頃からずっとここでお世話になっています。母を早くに亡くした私にとって実の親のような御方なのです。放って離れるわけには参りません」

——深雪と同じ目をしやがる。

このような目をした女は梃子《てこ》でも動かぬことを知っていた。

「何か手を打つ。先生頼むぞ」

源吾は店から出ると周囲を見渡した。火の気は北西のみ。お鈴の話だと舞い上がった紙が強風に乗り北西の地区に舞い降りたのだろう。西の蔵は木端微塵《こっぱみじん》になり、土壁の欠片が散乱している。火薬を使わずにここまでの爆発を引き起こしたとは考えにくいのだが、一切硝煙《しょうえん》の臭いがしないことに疑問が残った。現在、敷地内に残っている建物は二つ。吹き飛んだ蔵の東に、さらに小ぶりの蔵がある。そしてそれに連なるように店が建っている。

——蔵さえ壊せば引火は防げるかもしれねえ。

そう思いながら蔵を見ると、町火消が駆け寄ってきているのが目に飛び込んできた。風向きが安定している今のうちに中の可燃物を引き上げようという腹なのだろう。

「待て‼」

源吾は胸騒ぎがして怒鳴るように叫んだ。

「何だ、俺たちに難癖つけようってか。もともとこの消し口は俺たちが押さえたのだ」

「違う。何か変だ……」

源吾は引き寄せられるように、ゆっくりとした足取りで蔵の元まで進んだ。火消たちは肩透《す》かしをくらい呆気にとられている。源吾は漆喰《しっくい》壁に手を当てた。

「熱い……中で燃えている」

「え……ならば何故この木戸は燃えない」

「木戸枠に多く鉄が使われている。塗り込めて塞《ふさ》がずとも、そう簡単には燃え崩れん」

「早く開けて消し止めねえと！」

「土蔵には屈んで入るほどの小さな戸が一つ。お主も火消なら知っておろう」

「まさか……朱土竜」

——こんなことがあり得るのか。

過去多くの現場を見てきたが、ここまで奇異に感じたことはなかった。土蔵の一つは突然爆発し、もう一つには朱土竜が潜んでいる。これが火付けだとするならば、何の為にこのような手の込んだことをするのだろうか。

源吾の項《うなじ》に風が当たり、鬢から零れた髪が耳朶を越えて頰に触れた。意に介さず唇を嚙みしめて考え込んでいたのも束の間、源吾は勢いよく振り返ると空を見上げた。

「風が……風向きが変わる」

もう一度土蔵を見た。風向きが変われば火は大挙してこちらに押し寄せる。戸がいくら頑丈に造られていようとも、材質の半分は木なのだ。内外から火を受ければやがて崩れ落ちるに違いない。その時土蔵の中から朱土竜が現れる。木戸は店の方向に付いている。つまりここから炎が噴き出せば、店は即刻火に包まれよう。それを想像し、源吾は激しく頭《かぶり》を振った。

「どうすればいいってんだ」

町火消は源吾に助けを求めた。あまりにも特異な現場に、熟練の火消でも困惑している。野分となれば不規則に風が巻き、並の者では風は読めない。さきほどの源吾の見立ても、あてにはならなかった。

「俺の配下と共に竜吐水と水桶をありったけ支度してくれ。俺は一走り行って、この状況を打破出来る唯一の男を連れてくる」

源吾は言い残すと往来まで走り出た。そこには配下が待機しており、すでに新之助も追い付いていた。源吾は手短に状況を説明した。

「寅！　万が一店が崩れても支えられるように、屈強な者十名連れて店に貼り付け」

「お任せを」

「新之助、残りを使って水桶に水を張って集めろ。近所からもかき集めてこい」

「わかりました」

「彦弥、梯子を持って屋根を走れるか？」

「本職ですぜ？」

「道はごった返している。馬を繋いだところまで上を抜ける。俺が渡れるように梯子を掛けてくれ」

「あいよ。北に行くんですね」

彦弥はどこに行くのかすでに察している。新之助、寅次郎もこちらを見て大きく頷いた。源吾は鼻を鳴らしてにやりと笑った。

「風向きが変わる前に戻る。お前ら、気合い入れて働け！」

彦弥に梯子を掛けて貰い、屋根を渡った。やはりこの近辺はかなり混雑しており、上から見下ろすと黒い団子が蠢《うごめ》いているかのように見える。西方は炎によって夕空のように赤く染まっており、火事場特有の餅を限界まで焦がしたような悪臭も、ここまで漂ってきていた。

「ちょいとお待ち下さいよ」

彦弥はそう言うと、梯子を脇に抱えたまま飛翔する。二丈（約六メートル）くらいの幅ならば、難なく飛び越えていくのだ。そして向こう側から梯子を掛けて源吾の足場を作る。

馬の元に辿り着くと、彦弥を後ろに乗せて宮城村に向かった。馬ならば四半刻もかからないだろう。

「星十郎！　火事だ」

断りもなく木戸を開け放つと、源吾は中に呼びかけた。寝間着姿の星十郎は普段と何一つ変わることなく落ち着き払っている。

「そのようですね。鐘の音を聞けば分かります。野分が近づいておりますので、そろそろ風向きも南東に変わる。ここまでは火の手はこないでしょう」

「やはりそうか……」

源吾が感じていた言い知れぬ不安を裏付けるかのように、星十郎は言い切った。その通りになるならば残る土蔵も焼かれ、飛び出してくる朱土竜は店を瞬時に火に巻くであろう。

「一刻の猶予も無い。来てくれ。頼む」

「松永殿には申し訳ございませんが、お断りします」

「手前、こんなときに寝言を言うんじゃねえ」

彦弥は胸ぐらを摑み、唾を飛ばして怒鳴りつけた。

「人の命が掛かっている……ですか。しかしそれはあなた方のお役目。私には私の為すべきことがあります。御引取り下さい」

源吾は分かっていた。星十郎は決して冷血漢ではないことを。その証拠に、星十郎は強く拳を握りしめ、爪が食い込んだ掌から血の筋が流れている。だからこそ、己の感情の堰が切れるのを恐れているのだろう。一度切れてしまえば己の人生の目標の妨《さまた》げになることを、この賢《さか》しすぎる青年は知っているのだ。

「星十郎、もう戻らなくてはならない。最後に言わせてくれ」

「何を申されても……」

「黙って聞け!!」

凄まじい剣幕の源吾に、星十郎は息を呑んで圧《お》し黙った。源吾は己の中に生き続ける親爺と会話した。皺を指でなぞり、惚《とぼ》けた顔で微笑む親爺の顔が浮かんでは消えた。

「火事場は小諸屋、女将が病で倒れた。女将を想うお鈴は梃子《てこ》でも動かねえ」

「あの娘……ですか」

「親爺、いや孫一はいつかこう言っていた。人は外に出でてこそ星のように瞬くのだってな。お前の名は何だ⁉」

星十郎の唇が微かに震えた。

「お前にとって一日は暦の中の単位なのかもしれねえ。でも人は、その一日にしがみついて必死に生きているんだ！」

星十郎は瞑目して少しの間口を噤《つぐ》んでいたが、やがて小声で呟いた。

「一日は一日。人が何を為そうが必ず訪れる単位の一つに過ぎません」

「わかった……邪魔したな」

諦めて帰ろうとした源吾の背を、凜《りん》と張った声が貫いた。

「お待ちを」

源吾が振り返ると、星十郎は羽織を宙に回し、肩に引っかけた。そして赤紐のように垂れた前髪を指でなぞるようにかき上げ、静かな声で語りかけた。

「あの娘にも、必ず訪れる次の一日をご覧頂きましょうか」

現場に戻るまでの間、源吾は現在の状況を出来るだけ詳しく説明した。

「やはりこの後、風は南東へ向かって吹くのか」

「日中は陸のほうが暖かく、夜は海が暖かい。故に……」

「難しいことは無しにして、結論を言え」

「南東で間違いないかと。野分のせいで陸が冷え始めるのがいつもよりも一段早く、今頃から変わります」

「急ぐぞ！」

やはり現場に戻るほど道は混雑してくる。

「御頭、屋根伝いに行きますか？」

「私は躰を動かすことは滅法苦手ですよ。少し空《す》かせてみましょうか」

彦弥の提案にすかさず星十郎は反論を打つと、近場にいた野次馬に囁きかけた。

「ここだけの話ですがね。亀戸《かめいど》のほうで御公儀が火事見舞いと称し、お蔵米をただで配っているらしいですよ」

「兄さん、そりゃ本当かい？」

「ええ。私もこうしちゃいられない。早く行かなければ無くなってしまいますね」

星十郎は着物の裾《すそ》をたくし上げて急く真似を見せ《せ》た。源吾は星十郎の意図を量りかねた。

「揉まれながらも進みましょう。直《じき》に空いてきます」

果たして星十郎の言う通り、時をあけずして群衆は東の通りへと流れを作っていった。

「どうなっている」

星十郎に操られているかのような群衆の動きを見て、気味が悪くなった。

「人から人に伝われば、真っ赤な嘘でも信じてしまうものです」

「しかしここだけの話と言っただろう」

「ここだけの話と言ったほうが瞬く間に広がるものです」

星十郎はくすりと笑った。人の心を研究したというのはあながち嘘ではないらしい。

現場を離れて約半刻、ようやく三人は小諸屋に舞い戻った。

「大先生のお越しだぜ」

彦弥はからかい口調で皆に宣言した。風向きは依然定まらず、戦々恐々としていた配下の鳶たちの顔に安堵《あんど》の色が浮かぶ。

「新之助、女将さんは」

「まだ予断は許さぬようです」

星十郎は壊れた土蔵の破片を拾ったり、風の匂いを嗅《か》いだりしている。

「松永殿、これは火付けです」

星十郎はぴしゃりと断言した。

「火薬も使わず爆発させることなんて出来るのか。それに火付け本人が吹き飛ぶぞ」

「これですよ。瓦礫《がれき》の中にありました」

差し出したのは焦げた火縄である。尚も星十郎の推理は続く。

「土蔵に小さな穴を開け、火縄を導火線にしたのでしょう。それならば逃げる時を稼げる」

「なるほど。しかし肝心の火薬は……」

「粉塵《ふんじん》爆発」

「何だ、それは」

聞き慣れない言葉に源吾は首を傾げた。

「この瓦礫に蕎麦粉が付いています。下手人は蕎麦粉を土蔵一杯に巻き上げ、それに引火させた。下手《へた》をすれば火薬以上の威力で吹き飛びます。仕込んでおいた紙切れで店に引火させる気でいたのでしょうが、極めて読みにくい野分の影響で、すべて反対方向に流れたというわけです」

「こんな手口を仕掛けるなんて、並の者じゃあねえ」

仕掛けの精巧さにも驚いたが、それを一見しただけで見破る星十郎にも舌を巻いた。

「手口より恐ろしいのは下手人の執念。小諸屋は怨みを買っているのでしょうか……万が一しくじった時の為に、残る蔵にも仕掛けを残してある。」

「この残る蔵はどのようにすればいい。やはり待つしかないのか？」

「それが最善でしょうが、間もなく風向きが変わり木戸は焼け落ちます。これは、燻っている所に大量の外気が流れ込むことによって起こります。故に破った者を焰風が襲う。つまり別の方向を破ればよいのです。そしてすかさず消火すれば、店は類焼を免《まぬか》れます」

「しかし別の方向といってもどこを崩す」

星十郎はそこらに散乱している瓦礫を指差すと、次に宙に放物線を描くように屋根を指した。源吾は手を打つと大声で叫んだ。

「寅を呼べ！」

駆け付けてきた寅次郎に理由は告げず、岩を屋根まで放り投げられるかを問うた。寅次郎は何も答えずに十貫（約三七キロ）はあろうかという瓦礫をいとも簡単に持ち上げると、蔵を背にして立った。力士がうっちゃりを行うように背面に放るつもりである。

「やれ!!」

源吾が言い放つのと同時に、寅次郎は大きく腰を落とすと、獣のような咆哮と共に放り上げた。天に吸われるように上がった瓦礫は、屋根の真上で一旦動きを止め、ほぼ垂直に落下した。瓦屋根が崩壊する音と同時に、火焔の柱が噴き出し夜空を貫いた。

「開けろ！　一気に片をつけるぞ」

百以上の水桶を用意していたこともあり、火は瞬く間に消えた。すかさず土蔵を鳶口や木槌で打ち壊し、あっと言う間に土蔵は瓦礫へと姿を変える。

「そろそろ風向きが変わるようです」

星十郎は夜空の一点を凝視しながら宣言した。

「蔵を崩したことで、この通り店に対する火除け地は確保しましたが、まだ他にも……」

新之助は源吾の顔を窺いながら言った。

「よし。ぶっ壊すぞ」

源吾が何の躊躇いもなく言い切ったことで、配下だけでなく町火消たちもどよめいた。

「まずいですよ！　壊すにしても風向きが変わってからでないと言い訳出来ません」

「それでは遅い。物はまた作れるが、命はたった一つだ。なあ星十郎」

急に振られた星十郎は眉を開いて驚いた素振りを見せたが、すぐに冷静な顔つきに戻ると、月に照らされ光沢を持った零れ髪を紙縒《こよ》りのように弄《いじ》りながら言った。

「建造物の価値は大凡《おおよそ》の見当がつきます。しかし命の価値となると、私たち風情《ふぜい》には量ることはかなわぬものかと」

「つまりどういう意味だい？」

源吾の口元が緩んだ。町火消が眉間に皺を寄せているのと対照的に、配下の者は皆一様に得意げな笑みを浮かべている。

「平たく申せばぶっ壊せということ」

星十郎が鼻を鳴らすと同時に戸沢鳶は一斉に歓声を上げた。

「いくぜ！　星十郎読み上げろ！」

源吾は現場に向かうまでの間に火事場での孫一の姿を語っていた。星十郎は一瞬躊躇ったようにも見えたが、覚悟を決めたのか辺りに染みるような通る声で朗々と唱《とな》え始めた。

「本日、長月晦日。時は子《ね》の刻。月は三十日月《みそかづき》にて隠れ、野分により風は北西より間もなく南西へ。一片の火の粉とて焔に変えぬよう、幅十間（約一八メートル）の火除け地を帯状に作ります。丑《うし》の刻には風は強まる見通し。各々方、神速でもって消し止めて下さい」

「上出来だ！　いくぞ」

再び上がった雄叫びは配下だけでなく、町火消をも巻き込んだ。火除け地を作るため棟が崩されていく。それは富商の家々でも例外ではない。

壊された蔵に残り火がないか、源吾は入念に調べた。蔵の裏手に見慣れぬ木の札がある。この状況にも拘わらず目に入ったのは、それが円く「狐」と書かれていたからである。首を傾げはしたが、稲荷《いなり》信仰による商売繁盛のまじないの一種かと思い、さして気にもしなかった。完全に火が消えたことを確認すると、源吾は新之助、星十郎を引き連れ、女将の様子を窺いに向かった。

「どうだい？」

「何とか山場は越えた」

「それは何よりだ。先生、ご苦労だったな」

労《ねぎら》いの言葉をかける源吾を、お鈴が心配げに見つめてきた。

「もう安心しな。火はここまでは来ねえ。こいつのお陰だ」

源吾は星十郎の首根っこを摑まえて、お鈴の目の前に突き出した。

「綺麗な御髪の……お侍さんも火消だったのですね。ありがとうございました。皆さんが助けてくれなかったら……」

お鈴は袂《たもと》を直して立ち上がると、深々と頭を下げ、ぽろぽろと涙を零《こぼ》した。

「私は何も。女将さんが無事で良かった」

慌ててそれを止めさせようとする星十郎を、源吾は優しげな眼でずっと見守っていた。傍らの新之助も唇を絞り、その様子を眩しそうに見つめている。

源吾は宮城村まで星十郎を送った。その途中、星十郎から話しかけてきた。

「小諸屋は再び商いが出来るでしょうか」

「味はいいのだ。必ずまた出来るだろうよ。お前が気になるのはお鈴じゃねえのか？」

微笑みかけながら言うと、星十郎は頬を染めて俯いた。

「あれほど礼を言わずともいいものを……」

「礼が欲しくて火消をやっているわけではないからな」

「昔、父が申していました。何も作付けの為だけに暦を編んでいるのではない。暦は人の想いを留める為の額なのだと……」

「親爺らしいことだ」

「父は人の為に生きたのですね」

「それはお前も同じだろう？」

星十郎は何も答えずに口を窄《すぼ》めて夜空に息を投げかけた。それは白い煙に姿を変え、宙をほんの少し泳いだあと薄れて消えた。三町ほど歩き、尋ねたことを忘れた頃、星十郎はぽつりと呟いた。

「そうですね」

五日後、源吾に一通の文が届いた。星十郎からである。内容は、

――仕官の儀、謹《つつし》んでお受け致します。

たった一行の簡素なものであった。

# 第四章　花咲く空の下で

一

北条六右衛門に呼び出されたのは小諸屋の火事から十日後のことである。その内容は朧《おぼろ》げに分かっていた。瘦せぎすな六右衛門が眉間に皺を寄せると、顔に溝が出来たのではないかというほど深い。その表情から、叱責《しっせき》を受けるだろうことは間違いなかった。

「随分と無茶を重ねているらしいな」

身に覚えがあり過ぎて何を詫びてよいのか判らない。六右衛門は渋柿を喰ったかのように顔を顰《そむ》めて続けた。

「上の命に背き、佐久間町材木商の店や蔵を根こそぎ潰したとか。他にも管轄外の現場に度々首を突っ込んでいると聞いた」

「手柄を立てるべく、一難あるときは駆け付けているのです」

「お主を迎えてから当家の火消は手柄も立てておろう。しかし各家、富商に疎《うと》まれれば元も子もあるまい。加賀鳶の如く、人気も実力も一流のものにしてもらわねばならぬ」

「あいつらがそれほど大層なものですかね」

加賀鳶のことを好いてはいないが、その卓越した消防技術は認めている。しかしこうしてあからさまに比較されると反発したくなるものである。

「身なりにも気を遣え」

「二百両で、と仰ったのはどなた様でしたかな。身なりに投じる銭は余ってはいませんし」

仕官して知ったことであるが、本当に戸沢家の財政はかなり逼迫《ひっぱく》している。藩政を担う六右衛門は無用な出費は控えたいのだろう。そのことは理解出来たとしても、それで一等の成果も出せとは欲が過ぎるだろう。

「加賀鳶に対し、当家の火消は何と呼ばれているか知っておるか」

「新庄鳶でしょうか」

「ぼろ鳶だ」

六右衛門はわざとらしく鼻を鳴らすと、吐き捨てるように言った。

「そのままですな」

源吾は思わず笑ってしまった。町火消でも揃いの刺子半纏を用意している。表の柄は派手ではないが、裏地は各々が凝った柄で誂《あつら》え、鎮火後の凱旋《がいせん》では半纏を裏返して町を練り歩く。それが粋だと庶民は喝采を送るのだ。これが定火消、大名火消ともなれば自家の威容を誇るため、さらに華美なものになっていく。それに対し新庄藩火消は防火に優れている刺子を着ている者すら半数に満たず、色や柄もばらばらである。中には古着屋で買った破れた半纏に当て布をして着ている者もいる。そう揶揄《やゆ》されても何らおかしくない。

「このままでは当家の沽券《こけん》に係わる。改善が見られぬ時は鳥越に頭取を務めさせる」

源吾は呆れて物も言えなかった。立て直すために召し抱え、不要になれば切り捨てると、堂々と宣言しているのだ。

「拙者のやり方に口を出さぬという約束では無かったのですか?」

「やり方が目的に反してなければの話だ。名声を高めよと言ったのを覚えておろう?」

「新之助では家格が足りぬとも聞き及びましたが」

「異例ではあるが仕方あるまい」

弁舌においては切れ者の六右衛門のほうが一枚も二枚も上手である。それに高位の武士というものは、己の都合しか考えぬ生き物であることを、源吾は痛いほど知っていた。

「どのようなやり方でも名声が高まればよろしいので？」

「しかし……」

「金は出さんぞ。でしょう？　耳にたこが出来ますよ。やり遂げますとも」

先んじて言われた六右衛門の表情に苦みが走った。

「楽しみにしておる。しかと励め」

「御家老も銭勘定にご多忙かと思いますが、お励みなさりませ」

源吾の目一杯の作り笑顔を見つめ、六右衛門は険しい顔で睨んでいた。


師走《しわす》（十二月）の初め、新庄藩火消に出動の機会が訪れた。鶏が鳴き始める暁《あかつき》七つ（午前四時）の頃、西方より太鼓、半鐘が鳴らされた。西方は寺社が多く、優秀な所々火消が沢山配置されていることから、出動には至らぬと思いながらも一応集合を掛けた。だが、お上との繋ぎを行っている新之助は、血相を変えて戻ってきた。

「出動です！　火元は四谷宗福寺《よつやそうふくじ》の北、愛染院《あいぜんいん》の南。寺院に品を卸《おろ》している紙問屋！」

ほぼ出動はないものと思っていた鳶たちは色めき立ち、全員の顔から血の気が引いていく。火元の四方八方に名だたる寺院がある。しかも燃えているのが紙屋ならば大火にしてくれといっているようなものである。

「しかも火付けの疑いが濃厚です。土蔵が……」

「またか……被害は⁉」

源吾は握った拳で己の腿《もも》を強く叩いた。

「小諸屋の時と同様、燃えた紙が周囲へ落ちている模様。すでに出火した棟もあり、寺社奉行の要請を受け、町火消を除く、府下に待機するほとんどの大名火消に出動命令が！」

「そんなことをしたら却《かえ》って混乱する」

「その通り、四谷見附《みつけ》では先着した大名火消が、押し合いへし合いごった返しています」

「度々で悪いが、御家老の元へ行け。幕閣にこれ以上火消を出さぬように上申して頂くのだ」

新之助に経験を積ませたいのは山々であるが、頭取並でないと御家老に目通りすることも難しい。またもや三番組を残して総勢七十名と共に四谷を目指した。混雑が予想されるために全員が徒歩《かち》である。星十郎は、己でも言うように躰を駆使することは滅法苦手で、すでに肩で息をしながら走っている。

「今も……東に向けて微風が。あと二刻は変わりません。東には御城が……ありますが、見附の大名家が防ぐでしょう。我らは……南より上り、四谷の火元を叩きましょう」

「火消兵法もすでに完璧だな。だが少しは外に出て躰を鍛えたほうがいいぞ」

星十郎は苦し気に数度頷いた。揺れる赤髪は朝日に照らされて、黄金《こがね》に輝いている。

「まるで火消の見本市だ」

現場に到着した源吾は目の前の光景を見てそう呟いた。各家の火消が入り乱れて消火に当たっている。すれ違うときなどは各々の竜吐水がぶつかって怒号が飛び交い、まさに一触即発といった様相を呈していた。

連係を取るどころか、互いに足を引っ張り合っている。それを嘲笑《あざわら》うかのように、炎は揺めく触手を伸ばし、次々と我が子を産み落としていく。

源吾は目の前を通り過ぎようとした士分に声を掛けた。男の頬にはすでに煤がついていることから、早くに到着していたのだろう。

「そこの方、我ら戸沢家の火消だが、消し口の定めはどうなっている」

「大和郡山《こおりやま》藩柳沢《やなぎさわ》家だ。定めなど無い。目の前の火を消しているだけだ」

「誰が総指揮を執っている」

「それも分からん。類焼すると訴えても寺社奉行が寺の境内には踏み込ません。故に混乱しているのだ。我らは唯一手薄な西方に火の手が上がったと聞き、駆け付ける途中である」

「相分かった。御武運を」

男は会釈をすると、雑踏を掻き分けて走り去った。

「星十郎！」

星十郎は深々と呼吸をし、息を整えると朗々と語りだした。喧騒の中、戸沢火消の周りだけが異様な雰囲気に包まれ、他家の中には冷たい視線を送る者もいる。

「師走三日、暁七つ半。出火元は紙商和久《わく》屋。風は緩やかに東へ。火は方々に散った模様。西方の手薄も柳沢家中が押さえています。我らは出火の本陣中央を消し止めます！」

「いくぞ！」

源吾の掛け声と同時に一斉に駆け出した。南北東西すべてを火消が押さえることになるが、出火元近辺では多くの家屋が燃えている。最も危険な地点で消火を行う。その中央ですでに奮戦している一団がいる。その一団は黒で染められた揃いの刺子長半纏、刺子羽織を身にまとっており、はためく衣装の裏地に煌びやかな刺繡《ししゅう》が施《ほどこ》されていることが遠くからでも見て取れた。それらを指揮する馬上の者は革羽織を着用しており、身分の高い侍であることは一目瞭然であった。先頭を駆けていた彦弥が振り返り、大声で叫んだ。

「先着の火消は……加賀鳶！」

「構うことはねえ！　俺たちもいくぞ！」

加賀鳶の活躍は流石《さすが》である。纏持ちが梯子を猿《ましら》のように素早く上ると、大団扇を携《たずさ》えた者がそれに続き、火の粉を煽《あお》いで類焼までの時を稼ぐ。そして鳶口、刺叉を持った逞《たくま》しい男たちが次々に柱を折り、梁《はり》を割り、棟を倒壊させていくのだ。そうしている間に他の者は竜吐水、玄蕃《げんば》桶で周りの家や蔵などを徹底的に濡らしていく。

馬上で配下に指示を飛ばしている男の声は、鍛え抜かれた地金を叩くかのようによく通る。源吾は男の元に駆け寄った。

「加勢する！」

「噂のぼろ鳶か。復帰したと聞いたが、火喰鳥も落ちたものだ」

男は一瞥《いちべつ》すると、馬の上でふんぞり返ったまま言い放った。

男の名を大音勘九郎と謂う。加賀百万石に六十数家しかない人持《ひともち》組に属する大音家は家禄四千三百石。実に源吾の十五倍の禄を食《は》む大身である。革羽織は暗い光沢を持った漆黒であり、金糸で刺繡が施されている。黒革は酢酸鉄《さくさんてつ》を用いて染めなければならず、非常に手の込んだ高価な物である。勘九郎はその出で立ちから「八咫烏《やたがらす》」の異名を取っていた。

「力を合わせればすぐに……」

「お主の目は節穴か？　我らの手並みを見よ。下手《へた》にかき回されてはかなわん」

素晴らしい手際ではあるのだが、源吾はなぜか違和感を持っていた。

「見た目で判断するな」

「お主らに何が出来る。寺社を焼失させてしまうのがおちではないか」

「今……なんと言った」

抱いていた違和感の正体が解った。加賀鳶は寺社仏閣のみを守っているのだ。先に民家が危機に瀕しても放置している。源吾は勘九郎に詰め寄って睨みつけた。

「てめえ……被害は」

「今のところ妙行寺《みようぎようじ》の塀が……」

「そうじゃねえ！　怪我人はいないのか！」

源吾は勘九郎の襟元を摑み、鼻が触れるほど近くに顔を寄せた。

「出火元の紙問屋の奉公人が一人、火に巻かれて死んだ。怪我人は多い」

その剣幕に勘九郎も些かたじろいだ。源吾はその手を離すと配下に向けて宣言した。

「人命を最も優先しろ。寺社奉行が何と言おうが気にするな。壊すべきものは壊せ！」

新庄鳶七十名の声が重なり気勢を上げた。勘九郎は袖を引いて引き止める。

「馬鹿な……目をつけられるぞ！」

「とっくに目をつけられておるわ！」

源吾は袖を振り払うと、配下に指示を飛ばした。

「加賀鳶が寺社を守るならば、我らは人命、民家を守る。邪魔立てさせるな。彦弥！」

「少しだけ待ってくださいよ」

彦弥は勘九郎を一瞥すると、不敵な笑みを残して駆け出した。彦弥と大銀杏の纏が宙を行く。垣根の竹の支柱、木壁の軒と順に飛ぶと、屋根を摑んだ片手の力だけで軽々と身を舞い上げた。加賀鳶といえども梯子無しでは到達し得ない屋根まで、三段跳びにいったのである。勘九郎でさえもその見事さに小さな感嘆の声を上げた。

「彦弥立てろ‼」

「いくぜ！」

大銀杏の纏が天にかざされ、弧を描く。新庄藩火消一同、気合いの咆哮《ほうこう》と共に消火を開始した。柄のささくれ立った鳶口、持ち手が修復された玄蕃桶、時折水の出が悪くなる竜吐水。どれをとっても加賀鳶の物とは比ぶべくもないが、眼の輝きだけは負けてはいない。

「ぼろ鳶なんぞに負けては加賀鳶の名が廃《すた》る。格の違いを見せつけよ！」

勘九郎の叱咤《しった》激励を受けて、加賀鳶の動きがさらに活発になる。やはりどの者も個々の能力が高く、新庄藩の数倍の人数がいるにも拘わらず、眩《まばゆ》いほど統制がとれていた。

――これは……いける。

源吾は拳を握りしめた。元来火消の恰好というものは大凡似てくるもので、見分けが付きにくい。しかしこの場にいるのは府中一煌びやかな加賀鳶と、府中一みすぼらしい新庄鳶である。自然と見分けが付いて指揮系統が乱されることはなかった。

「加賀鳶と連係すれば寺社も守れます。しかしあの鐘つき堂だけは壊さねば、炎はさらに広がります」

星十郎は念のために訊いたようだが、源吾は迷うことなく即座に反応した。

「縄を持って付いてこい」

源吾と共に寅次郎以下十名が堂の元へ走った。支柱に縄が括りつけられ、合図と同時に一斉に引く。張りつめた縄の擦れるような音が鳴り始めたとき、堂は均衡を失い、どっと倒れこんだ。耳を劈《つんざ》く音とともに、土埃が舞い上がる。新庄藩火消は目を擦りながらその砂の幕に飛び込んで行き、まだ恰好が残る梁《はり》をすかさず鳶口で折り、斧で割り、木片へと変えていった。

「この調子でいくぞ！」

源吾はそう言うと、獲物を追う猟犬のごとく次の目標を求めた。その時、視界の端に「狐」と殴り書いた木の札を捉えた。円い造形のそれをどこかで見たような気がし、ちらりと見たが、次の瞬間には眼前の炎のことだけを考え指揮に移った。

あわや大惨事になるかと思われたこの火事は、新庄藩が辿りついてから一刻半ほどで消し止められた。この消火劇の一番の手柄はやはり加賀鳶であろう。だが加賀鳶だけでは一進一退であった。そこに新庄藩火消が加わったことで早期の決着を見ることが出来た。

鎮火後あちこちで燻っている箇所へ入念に水を浴びせていく。新之助が合流したのはその最中《さなか》であった。あれほどの火消が出動していたならば混雑で遅れるのは仕方ない。

新之助にも恐らく間に合わぬことは含めておいたが、やはり申し訳なさそうであった。

「面倒な役を押し付けてすまねえな」

「結局、寺社奉行様もお褒めになっていたらしいですよ。怪我人こそ出たものの、死んだのはたった一人とか。よくぞそれで済みましたね」

新庄藩火消が認められた高揚感からか、新之助は饒舌《じょうぜつ》であった。だが、虎の尾を踏んだことに気が付いた星十郎が青ざめる。

「今なんて言った……」

「え? 寺社奉行様が……」

「それじゃねえ!」

星十郎は然知《さし》ったりと眉間を摘んだ。あれほど人との繋がりが薄かった星十郎であるが、源吾の怒りの沸点はすでに押さえている。源吾が口を開く。

「たった一人で済んだのではなく、たった一人も死なせてはならんのだ!」

ぐっと口を結んでいる新之助に、源吾は弛《ゆる》むことなく話し続けた。

「火消の本分は命を守ること。それ以外にねえ。昨今火消をまるで役者のように持て囃し、火事で嬉々とする輩もいる。火消もまんざらでもなく粋だ、鯔背だと妙なことに拘る」

珍しく新之助の目に熱が宿り、反論してきた。

「ではなぜ火消は着飾るのです。火喰鳥と呼ばれた御頭も、裏地に鳳凰の絵図を用いていたでしょう……？」

「誰に聞いた」

「古くからの火消は皆知っていますよ」

「火消は火を鎮めたときだけ、羽織や半纏を裏返しに着て帰路に就く。火消装束の裏地はいわば己の生き方を表すもの。それ以外を着飾るのは無用だ」

「なぜ鳳凰を……？」

源吾は視線を落として暫し考え込むと、己に言い聞かせるようにゆっくりと語り出した。

「火は恐ろしいものだ。多くのものを容赦《ようしゃ》なく奪ってゆく。家族や家を失い、ただちに立ち直れるほど人は強くはない。かく言う俺も多くのものを失ってしまった」

真っ先に思い出すのは火消として救えなかった命である。また、怪我を負った脚は全盛の頃ほど動きはしない。何より火に立ち向かう心は、鼠《ねずみ》に齧《かじ》られた書物のように蝕《むしば》まれていた。そして自暴自棄《じぼうじき》になり、腐っていたせいで深雪との絆《きずな》さえも失ってしまった。

新之助は口を真一文字にして聞き入っている。

「しかしそこに立ち止まっているほど人は弱くもない。鳳凰は火より再生を繰り返す神鳥。人は火の中からでも再び夢を見られるものと信じている。それを伝えたかった」

「そうですか……申し訳ありませんでした」

新之助は項垂れた。いつか己も叱られたことがある。こうして人は成長していくのだ。源吾は唇を嚙みしめる新之助を見て、好ましげに微笑んだ。

源吾は空を見上げた。その顔はすでに険しいものになっている。

――偉そうに講釈をたれておきながら、俺は立ち止まったままだ……

目に染みるほどの蒼《あお》に浮雲が一つ。縁《ふち》は綿糸《めんし》のように解《ほつ》れ、崩れそうになりながら流れている。それが今の己を表しているようで、源吾は口内の肉を嚙みしだいた。

二

二日後の夕刻、新庄藩火消の管轄内で小火《ぼや》が起こった。行燈《あんどん》を倒したことが原因と伝わり、火付けの可能性は排除された。

「ただちに急行し、一番乗りを果たす」

「誰も死なせずに終えましょう」

力強く言う新之助を、源吾は片眉を上げて見つめた。新庄藩火消は現場に急行する。馬上の者は源吾、新之助、星十郎のみで他は徒歩である。訓練に励んだ鳶たちは健脚である。形振《なり》り構わず走ったならば、狭い路地をゆく騎馬に決して後《おく》れを取らない。顔を赤く染め歯を食いしばりながら走る鳶たちを見て、口さがない江戸の民衆は哄笑と悪口を浴びせてくる。未だに気恥ずかしそうに俯く者もいる。若い新之助も心苦しそうに唇を噛んでいた。

現場の長屋は燃え盛っているものの半焼で、今ならばまだ崩すことも出来よう。

「すでに疎《まば》らに駆け付けている鳶どもはいますが、全員揃っての一番槍は当家ですね。今ならばまだ崩せます。夜半でもないので避難は済んでいるでしょう」

新之助の見立ては何ら間違っていない。源吾が頷き、指示を出そうとした時、目の端にあり得ぬものを捉えた。齢十ほどの娘があちこちの鳶に声を掛けているのだ。早く逃げろと諭《さと》しはするものの、ろくに娘の話を聞かぬ者ばかりで、中にはそれどころではないと怒号を浴びせ、消し口を陣取ろうとしている者もいる。源吾は娘に駆け寄ると顔を覗き込んだ。

「いかがした。このようなところにいては危ない。早く逃げるのだ」

「おっ母が……お願い……」

その一言だけで娘が何を懇願《こんがん》していたのかを察した。どこにいるのかと尋ねると、娘は燃え盛る家を指差した。軒から湧き出る焔《ほむら》が、開け放ったままの戸に巻き込み、冥府が口を開いたかのように見えた。源吾は肌が粟立っていくのを感じた。

「お嬢ちゃん。名はなんていうのだい」

「七《しち》」

「お七か。なぜ母上は逃げない」

お七がたどたどしく説明するには、母は父の位牌を纏めている時に煙を吸って倒れ、お七に先に行くように指示した後出てこないというのだ。煙を避ける為に腰を低くしなければならないのは火消の常識である。お七はその低い身丈で難を逃れたのであろう。

「中にまだ人がいる。それまでは棟を崩すな！　救い出すぞ！」

応える配下の声はいつにもまして揃い、一分のずれも無かった。寅次郎らが木材をつっかえ棒にして棟を支える。

この中に飛び込んでいくなど危険極まりない。それは重々承知している。経験の浅い配下ではとても対処しきれないだろう。かといって今の己は、近づくだけで身が固まるほど炎を恐れている。それでも誰かがやらねば一つの命が消えるのだ。

「彦弥いくぞ……」

「俺に任せてくれ」

「駄目だ。俺でなければ出来ねえ」

「新之助も止めてくれ！　御頭が入るって言うんだ」

「御頭……顔が真っ蒼です」

新之助は心配げに顔を覗きこんだ。

お七はまだ幼いというのに、懸命に歯を食い縛って耐えている。

――思い出せ……俺はやれるはずだ。

今まで数々の難局を乗り越えてきた。これよりも激しく燃え盛る家屋に飛び込み、お七ほどの歳の娘を助けたこともあった。助けられる側と、案じる側、立場は違えど、お七の健気《けなげ》な姿はその時のことを彷彿《ほうふつ》させた。

「必ずおじさんたちが母上を見つけてくる」

源吾はお七の手を引いて皆の元に戻ると、配下の一人に託した。堪えていたものの堰が切れたのか、お七の目から一粒の涙が零れた。

「うん！」

「止めるな。俺はやれる」

源吾は頭から水を被って燃え盛る家の中に向かう。

「女の頼みは断らねえ。嬢ちゃんが大人になったらよろしくな」

彦弥は少しでも安心させようと思ったか、にこりと笑って軽口を叩くと、小さな頭をぐしゃりと撫でた。ぽかんと口を開くお七を置き去りに、彦弥は後を追った。

星十郎はよく通る声でどこから水を掛けるべきか皆に指示を出し、新之助はお七の前に立ちはだかった。

「お侍さん、そこにいちゃお家が見えないよ。おっ母が……」

「熱っ……熱っ！　大丈夫。御頭は江戸一の火消、必ず助けてくれる」

新之助は頬や頭に降りかかる火の粉を払いながら答えた。

「お七ちゃん！　出て来たよ！」

源吾の肩に寄りかかった女はぐったりしている。源吾は拳を空に向かって高々と上げ、鳶は一斉に歓声を上げる。源吾は配下に女を渡して、お七の元へ走ってきた。

「お七、喉を傷めたが心配ない。母上はすぐに良くなる」

「ありがとう……おじさんのお顔は真っ黒でお化けみたい」

源吾は顔をぐしゃぐしゃにしながら笑ったお七を抱き寄せて、頭を何度も撫でた。そして後の指示を出し終えると、覚束《おぼつか》ない足取りでふらりと路地へと入った。皆から姿が見えぬところまで行くと、源吾は膝に両手を突き、激しく嘔吐《おうと》した。手は激しく震え、喉は渇き、瞼《まぶた》は重かった。何度も繰り返しえずくが、胃の中はとっくに空で、鼻をつく酸《す》い体液だけが溢れてくる。

「大丈夫ですか……」

ふと気づくと、背後に新之助が立っていた。

「心配ない。風邪《かぜ》でも引いたのだろう」

「また強がりを」

「うるせえ……」

気丈に振る舞ったものの、波打つ躰はいかんともしがたかった。いつになれば昔のように戻れるのか。どのようにすればよいのか。これまでも常に焦燥感に駆られていた。たった今も恐怖を乗り越えた訳ではなかった。ただお七母子のため、必死に押し殺して臨んだに過ぎず、いわばやせ我慢の極致でしかなかった。それの反動がこの有様である。

「私たちに任せて休んでいて下さい」

新之助は前に回り込もうとするが、源吾は躰を捻り、顔を背けた。このような無様な姿は見せたくはなかった。

「お前に心配されるほど落ちてねえさ。先に戻れ。すぐ行く」

ようやく源吾の頑固さも解り始めたか、新之助は少しためらったように見えたが現場へと戻っていった。

——何て様だ。しっかりしろ。

己を奮い立たせて身を起こすと、諸手で頬を挟むように叩いた。そして探るように地を踏みしめながらゆっくりと歩み始めた。

新庄藩火消は救出を終えると、すぐさま棟を取り壊して鎮火した。

「誰も死なずに済みましたね」

「そうだな。今日こそは胸を張って帰ろうか」

嬉々として言う新之助に、源吾も朗《ほが》らかに返した。一人であろうが死人を出せば反省の意味を込め、羽織、半纏を裏返さずに帰路に就く。それは源吾が己に課した規律である。新之助の表情には胸を張って練り歩きたいという若者らしい無邪気さが現れていた。源吾が羽織を裏返したのを皮切りに、鳶たちも次々に裏返していく。とはいえ「ぼろ鳶組」と揶揄される新庄藩火消。凝った裏地など少なく、萌黄色や若草色で一色の者などが大半であった。

源吾を含めた鳶一同、行列を組んで帰路に就く。往来から嘲りを含んだ笑い声がさざめいた。そのような中、馬に揺られる新之助は鬣《たてがみ》を凝視して顔を上げようともしない。

——笑われるのが恥ずかしいのも若さゆえか。

源吾はこめかみを掻きながら新之助を見つめた。

「ぼっろぼろだ！」

道端から童《わらべ》の声が上がった。童というのは時として残酷である。大人が心の内で思っても口に出さないことを正直に出してしまう。慌てた母親は童の口を押さえた。明らかに聞こえたが、皆は気付かぬふりをしている。何度も笑われてきたが、これは流石に堪《こた》えたようで赤面する者が続出した。囁く声と人馬の跫音《あしおと》が混じるだけで往来は静かである。源吾はふと思いついて彦弥を呼び寄せると、馬上から身を乗り出して耳打ちした。思いのほか話が長く、周囲の者は何事かと見ている。最後まで聞き終えた彦弥はにかっと口を開いて笑った。

「御家老は人気者になれと仰せだ。派手にやれるか」

「それはやれますよ、本職だもの。しかしどうなっても後で文句は言わねえで下さいよ」

「好きにやれ」

源吾は不敵な笑みを投げかけ送り出した。彦弥は行列の先頭にまで駆け上がると、くるりと振り返り、皆と向き合う形で後ろに歩み始めた。道の両脇には建物が連なり、軒下には野次馬たちが並んでいる。町衆、当の新庄藩火消でさえも、この突飛な行動に首を捻った。それをよそに彦弥は胸いっぱいに息を吸い込むと、大音声で語りだした。

「さあさ皆様、ただ今芝で起こった火を消して参りましたは戸沢孝次郎様家中の火消でございます。身なりが汚いって？　そいつは当たり前でございます。何たって今さっき火を消してきたばかり。煤に塗《まみ》れもしましょうよ。え、そういう話ではないと？」

そこまで話すと道から僅かに笑い声が上がった。その中には先ほどまでの侮蔑《ぶべつ》はない。

「我ら新庄藩の鳶はそんじょそこらの鳶とはちと違う。まずはこの彦弥をご覧あれ」

そこで言葉を一旦切ると、軒へ目掛けて助走をつけて跳ね上がった。片手で軒を摑むと身を一回転させて屋根に降り立つ。野次馬から歓声が上がった。

「愛称は山彦、現役の軽業師でございます。この水も滴《したた》るいい男を覚えてくださいな」

さらに大きな笑い声が上がった。救出のために水を被った彦弥の衣服は確かに濡れきっている。彦弥は屋根を歩き、飛び移り、行列に並行して進んでいく。

「そこの大きいやつが見えますか。おい寅！　手を挙げやがれ」

彦弥に言われて寅次郎が手を挙げた。

「そいつの名は寅次郎。怪我で引退しちまったが、今を時めくあの達ヶ関と大一番を取ったほどの幕内力士だ。寅！　いつまでぼさっと手を挙げてやがる」

群衆から感嘆と笑いが混じった声が上がり、彦弥は気を良くしたのかさらに声高になる。

「十分にも変わった男がおりますぜ。我らが加持星十郎大先生でございます」

彦弥は掌を天に向けながら動かし、衆の視線を一点に集めた。注目された星十郎は困り顔で零れ髪を弄っていたが、はっとして手で口を隠すことで合図を彦弥に送った。渋川家の名は出すなということであろう。彦弥は心得たとばかりに大きく頷く。

「髪色が赤いでしょう？　幼い頃に天神様にお力を授かり、かのようになりました。天の動きの見通しは外れることはございません。我が戸沢家の完全無欠の天文方でい！」

先ほどよりも群衆は増えている。すでに目の前を通り過ぎた人々が、結末を見届けようと小走りで追いかけてきているのだ。

「ぐんとお集まり頂けましたね。お次は火消方頭取並……まあこの男は置いときますか」

紹介を期待して目を輝かせていた新之助は大袈裟《おおげさ》に肩を落とした。その様があまりにも面白かったか、今日一番の大笑が沸き起こった。

「歳も若くまだまだ修業中じゃあございますが、何とも気の優しい良い御方でございます。青田買いのつもりで目をつけておいて損はねえ。将来の大火消、鳥越新之助でございます」

群衆はすでに観客というに相応しい。頑張れ、気張れと温かい声援が送られ、新之助は会釈しながら頭を掻いた。

「そこの大根持ったおっ母さん。見て行ってくだせえよ。次は二枚目だ」

彦弥に名指しされた小太りの女は微笑みながら手を振った。

「江戸の町を幾度となく救った火喰鳥という大火消がおりました。しかし五年前、男は忽然《こつぜん》と姿を消した……」

先ほどまでとは調子を変えて、静かに語りかけていく。観客もそれに呑まれて静まる。

「しかし男は再び江戸の衆を守るため、立ち上がったのでございます。方角火消桜田組新庄藩火消方頭取、松永源吾でございます！」

彦弥の巧妙な語りを受けて群衆がどっと沸いた。投げかけられる歓声の中、源吾は鼻を鳴らして片笑んだ。雰囲気を変えようと指示をしたのは「名乗り」である。集団がいかなるものかを名乗り、鬨《とき》の声を上げて民衆に武勇を示す行為である。しかし彦弥にかかればこの様になってしまった。次の屋根に移るにあたり、彦弥は息を整えると腕を振りかぶって後ろ向きに宙返りして移って見せた。さらに観衆の目がそちらに注がれる。

「皆様との愉しい時もいよいよ終わりに近づきました。真ならば全員の名を覚えて頂きたいところですが、それはまたの機会に」

方々から残念の声が飛び交う。

「この広い江戸で年に数え切れねえほどの火事が起こる。この中には家族親類の一人も失った御方はおられるでしょう。火を憎んでいる御方もいるでしょう」

該当する者がいたのか、それとも涙もろい江戸っ子だからか、中には早くも啜《すす》り泣く者も現れた。彦弥も己の世界に没頭している。本職ならではの名調子であった。

「しかし……暮らしの中に火は欠かせねえ。母ちゃんは温かいおまんまも作れないし、旦那は提灯《ちょうちん》無しで夜道を歩かなければならない。赤子の産湯《うぶゆ》だって沸かせやしない」

未だ鼻を啜る者、頷いて同調する者様々であるが、皆が注視して見守る。

「我らは江戸を守っているのではなく、江戸に生きる方々をお守り致します。そのために恰好なんて構ってられねえ。みすぼらしくとも、汚らしくとも人を守ってこそ火消……」

いよいよ締めにかかるつもりであろう。間を空けていた彦弥が再び口を開いた。

「皆々様、覚えやすいならばいっそ何と呼んで下すっても構いやせん。襤褸を纏えど心は錦。心意気なら誰にも負けやせん！　御頭、大音声で名乗りをお願い致します！」

屋根の彦弥の目は笑っておらず、敢えてあの名を名乗れと訴えてきている。源吾は白い歯を見せ、凛とした声で言い放った。

「我ら、羽州のぼろ鳶組でござる！」

津波のような歓声が沸き起こり、熱気は天を貫かんばかりである。源吾は馬の歩みが生む律動に身を委《ゆだ》ねながら空を見上げた。冬空は心を染め上げるほど蒼い。


本日は小晦日、陽が昇れば大晦日である。こんな日にも火事は容赦なく起こる。

「内々には奉書が出ると聞いています」

訓練場に集合するなり先んじて進言する新之助には成長が見られた。何か、目にも熱が籠もってきたように思える。遠くからこちらへ向かう馬の蹄の音を察知して耳に手を添えた。江戸城の方角から近づいてきている。

「奉書が来る。拝跪《はいき》して待て」

指示を受けて配下一同、訓練場に跪《ひざまず》いて待機した。奉書を携えた使者が入ってくる。上意であると、声高に入ってきた使者はすでに皆が拝跪して待っていたため、ぎょっとして少しばかりたじろいだ。

「戸沢孝次郎、直ちに急行し現場の火消を支援せよ。仔細は不明だが出火元が飯田町ということもあり、風向きによっては御城にも危険が及ぶ。身命を賭して防げ」

源吾は拝したまま瞑目した。頭の中には詳細な江戸の地図、各地の火消の配置図が刻み込まれている。もっとも飯田町は特に縁が深く、瞬発的に答えが出ている。

――早く行け。

心の中で使者を罵《ののし》った。奉書を丁寧に畳み、頭取である源吾が三拝して受け取る。危急の場でこのような儀式が行われること自体、不思議でならない。幕府を権威付けるという一点のために現場はいい迷惑をしている。使者が去った途端に源吾は立ち上がると叫んだ。

「聞いたな。飯田町まで駆けるぞ」

飯田町に向かうには東西どちらかより御城をぐるりと回らなければならない。これも悪習の一つといってもよい。御城を守る、御城下を守るというのが目的である以上、迅速な消火のため突っ切っても良いのではないか。しかし将軍のおわす城を通るなど言語道断というのが、百五十年以上に亘り権威を上塗りし続けた幕府の考えである。

源吾は西側を選択した。同じように大手組の方角火消にも奉書が出ていたならば、そちら側のほうが混雑すると見たのである。現場に向かう源吾の表情が曇る。脳裏に蘇るのは過去の暗い思い出ばかりである。遠くからでも飯田町の辺りだけ、天が茫《ぼう》と赤くなっていることがはっきりと見て取れた。現場にいるのは管轄内の定火消だけで、他の応援は辿りついていない。やはり距離的には近い東側に集中し混雑していることが予想出来た。

「新之助……管轄の火消との連携を取り、指揮を執れるか？」

「ここでですか⁉　いや、よいのですが、練習するにしてもこんな激しい現場ですする必要がありますか？」

新之助の言うことは至極正論である。そこに星十郎が割って入ってきた。

「御頭、顔色が優れませんが」

「いや……ここで指揮を俺が執ると必ず一問着《ひともんちゃく》起きる」

「ここの定火消の管轄は松平隼人家ですね。御頭の前主君。そこに訳があるのですか」

他の鳶たちは三人が会話をしているのを遠くから眺めている。星十郎は眉間に皺を寄せながら赤髪を擦った。

「人は一日にしがみ付いて生きている。御頭はそう仰り私を誘い入れたではありませんか。今、この現場にもそんな人たちが多くいるはず。失礼ながら鳥越殿は未熟です。私的なことを理由に、苦しむ人と新庄藩火消一同を危険に晒すと仰いますか」

いつも柳のように受け答えする星十郎が厳しい語調で詰め寄る。

「星十郎ありがとよ。目が覚めた」

「いいえ。ではいきますか」

そう言う星十郎はすでに日頃の温和な語調に戻っていた。

「すでに隘路《あいろ》に人が犇《ひし》めいている。俺たちは援護に回る。玄蕃桶に水を汲《く》んで手渡せ」

鳶たちは即座にぱっと散開し、源吾の指示を実行に移した。このまま上手くいくとは思ってはいなかった。案の定、しばらくすると鳶の一人が注進してきた。

「連中が、新庄藩の名を出した途端急に断りやがった。どうなっているので……」

そうこうしているとまた別の鳶が駆け寄ってきて報告した。

「松平の火消が……松永の力は借りずとも鎮火する。余計な真似をするなと……」

「何でそうなるんですか」

新之助は泣き出しそうな声を上げた。源吾は歯嚙みした。己がどれほど嫌われているかということは重々知っている。傍らに侍る新之助と星十郎に向けて語りだした。

「松平は俺がいた頃の見る影もねえ。このままではどんどん広がるぞ……」

「なぜ御頭は嫌われているのですか」

「この際、その話はどうでもよろしい。して如何すれば」

星十郎は新之助の問いを撥《は》ね除《の》け指示を仰いだ。

「新之助は全員を集め、松平の背後の棟に先回りして水をかけさせろ。それならば文句はねえだろう。星十郎は松平が受け入れざるを得ない援軍を連れてきてくれ」

「確かに本郷《ほんごう》は近いですが、聞き届けて下さいますかね……」

星十郎は源吾の言わんとすることを即座に理解した。

「大嫌いな俺が頭を下げるんだ。喜んで飛んでくるさ。行け！」

星十郎は馬に跨ると颯爽《さっそう》と駆け去った。それを見送ると源吾は混沌《こんとん》とする現場の中で、松平火消の頭を探し求めた。ふと振り返ると新之助がいる。

「何をしている！　早く指示を……」

「もう出しました。彦弥さんが指揮を執っています」

「お前の仕事だろうが！」

源吾は新之助の襟を摑んで思い切り引き寄せた。

「今日の御頭は普通ではありません！　星十郎さんにも、御頭から目を離すなと申し付けられました。彦弥さんにも、事情を告げてあります」

「馬鹿野郎……」

吐き捨てるように言うと、襟首から手を離した。それは新之助に対してではなく、取り乱している己にであった。やはり今の己は配下からは異常に映るのだろう。

源吾は大きく深く息をして整えると、新之助を伴い現場をくまなく見渡す。火勢はまだそれほど強くないため、今ならば大火に至らずに済む。

――いやがった。

馬上で指揮を執っている男がいる。豪奢《ごうしゃ》な火消頭巾で顔を覆っているが、爛々《らんらん》と光る嫌らしい目は変わっていない。胸にどす黒いものが込み上げてくるのを、ぐっと押し込んで源吾は大声で叫んだ。

「鵜殿平左衛門《うどのへいざえもん》殿！」

「なんじゃあ。臆病者の松永か！」

相手も負けずに大声で返したため、近くで水を運んでいた新庄火消が色めき立った。

「我ら奉書を受けての馳走でござる。立ち入ることをお許しあれ」

「生憎《あいにく》地勢が悪く、却《かえ》って邪魔になる」

「お上に盾つくおつもりか」

「そのような気は毛頭ござらんが、地勢が悪いのだから仕方なかろう。早々に立ち去れ。それはそうと、あばずれは達者か。ぼろ鳶のぼろ頭にはお似合いの女じゃのう」

――殺してやる。

そう思った時には腰の刀の柄に手を掛けていた。剣術は達者ではない。むしろ苦手なほうである。一方の鵜殿平左衛門は無外《むがい》流の達人である。勝てぬと分かっていても全身を血が駆け巡り、抑えが利《き》かなかった。新之助が右手を抱きかかえるようにしがみ付いてきた。

「離せ……」

「離すものですか。やい！　お前今の非礼を詫びよ！　取り消すのだ！」

新之助は手を離さないまま鵜殿を睨みつけた。

「どれを取り消す。すべて真のことであろうが」

頭巾に覆われていても鵜殿が嘲笑っているのがしかと分かった。

「奥方は凄まじい吝嗇家《りんしょくか》ですが、断じてあばずれなどではない！　取り下げぬとあれば、戸沢家より公儀に訴え出る」

新之助は凜と言い放った。嬉しさと共に、深雪を擁護《ようご》する言葉の中に棘《とげ》があったので源吾は可笑《おか》しくなって激情が霧散した。詰め寄られた鵜殿は、新之助に向けて何か言い返そうとしたが、何故だかはっとして口ごもった。

「その件は取り消すが、手伝いは無用」

と、短く言い残して馬を駆るとその場を後にした。

「すまなかった。今日は謝ってばかりだな」

「あれは怒って当然です。あのような者は放っておいて我らのすべきことをしましょう」

新之助はにこりと笑いかけた。

半刻ほど独自で消火活動をしていると、遠くで歓声が上がった。加賀鳶が到着したのだ。星十郎は上手く成し遂げたようだ。加賀鳶が加われば間もなく鎮火するであろう。喧騒の中、そのようなことを考えながら源吾は天を見上げて細く息を吐いた。

三

年が明けて明和八年となり、当年版の火消番付が発表された。新之助や彦弥などは最も楽しみにしていたが、誰一人として入幕しなかった。年末になってようやく形が整ってきた新庄藩の新顔を番付に反映させるのは無理があろう。唯一の例外として源吾だけは、過去の実績が加味されていた。

――西の小結、「火喰鳥」松永源吾久哥《ひさうた》。


「御頭の名……ひさうた、と読むのですか」

「何か文句でもあるか」

「名に『口』の字が二つも入っているのでは、口煩いのも納得がいきますね」

「何て言い草だ。お前の名は何だ？」

「正勝《まさかつ》ですよ」

「お前こそ名に恥じぬように少しは勇壮になれ」

源吾の逆襲を受けて新之助はたじたじとなり、気落ちしていた一同も笑いに包まれた。

小晦日に飯田町で起こった火事は飯田町の二割が全焼、三割が半焼という事態であり、正月にも拘わらず復旧作業が行われている。そのような事態を招いたのは、松平の初動に遅れがあったことが要因といえよう。今でも松平家にいれば、このようなことはなかったと自負している。そういう意味では己に遠因があると思っていた。

「まだあの時のことを責めておられるのですか。あれは旦那様のせいでは……むしろ私の責任です」

夕餉《ゆうげ》の最中、深雪がか細い声で尋ねてきた。

「駆け付けなかったことは事実だ」

そう言うと、おもむろに椀を摑んで芹《せり》の味噌汁を啜った。己が招いたことを妻になすり付けるほど愚かではない。それでも深雪は尚も食い下がろうとする。

「今日は優しいな。てっきり俺への想いは淡いものになっていたと思っていた」

深雪の表情に翳《かげ》が差したのも束の間、きっと睨みつけてそっぽを向いてしまった。悪気はないのだが、男というものは時として無神経に女を怒らせる。源吾は宥《なだ》めるのも億劫になり飯をかっ込んだ。ここで畳に頭をこすり付けて和解するくらいでないと、夫婦というものは上手くいかないものなのかもしれない。もっとも他の夫婦の実情は知らぬため憶測に過ぎない。心中で言い訳して、無言で沢庵《たくあん》漬けを咀嚼《そしゃく》した。

深雪と出逢ったのは今より七年前、明和元年（一七六四）の夏であった。厳密に言えば以前から往来ですれ違えば会釈する程度の付き合いはあった。その頃の深雪は齢十七、白雪のような肌の深雪はすれ違う者が皆振り返るほど美しかった。一方の源吾は齢二十四。火消として大いに頭角を現していた。

源吾が松平隼人家の勘定方の長、月元右膳《つきもとうぜん》に呼ばれたのはそのような頃であった。右膳は財政を一手に握る用人に次ぐ重臣である。しかし権高なところは微塵《みじん》もなく、実直で物腰が柔らかい。五十路《いそじ》前にも拘わらず、好々爺然とした雰囲気を醸《かも》し出している。

切り出された話を聞いて啞然となった。一人娘を貰ってくれないかというのである。右膳は晩婚であったからか、子は一人である。つまり婿《むこ》養子に来ないかという誘いであった。

何故己なのか。源吾は畏《かしこ》まって尋ねた。火消の己が勘定方を継ぐなどお門違いであろう。

「娘がお主を気に入ったらしい。しかも随分前からと聞いた」

右膳は単刀直入に言うと、目尻に皺を寄せて微笑んだ。

「面識がございましたかな」

「ほれ、手習いに行くときによくすれ違うと申しておったぞ。会釈してくれるとも」

――あの娘か……。

他に思い当たる節はない。美しい娘だとは思っていたがそれだけのことである。

「しかし私など易《やさ》しい和算、減算ほどしか出来ません。それに娘御がよろしくとも……」

「算術などいくらでも学べる。それよりも肝心なことがある。勘定方には家の内外より多くの誘惑がある。故にいかなる誘惑にも応じぬ清廉《せいれん》潔白な男こそ相応しいのよ」

「それがそれがしだと？」

「最も重要なのは人命であると申したそうだな。儂はそんなお主を好ましく思っていた」

源吾の両親はすでになく兄弟もいない。月元家に養子に行くと松永家は家名断絶となる。しかし一人で生きてきた時が長かったからか、源吾はそのことに拘《こだわ》りは持っていなかった。家というものへの愛着は希薄であると自身でも感じていた。それでもこの事情は断る恰好の材料に成り得る。右膳は少し残念な表情をしたが、それも束の間、新たに話を切り出した。

「ならば娘を貰ってはくれぬか。松永の家、火消頭の職はそのままでよい」

源吾はぎょっとした。敢えて一度断らせておいて、条件を緩和する。そもそもこちらが本命ではないのか。

「娘はお主にぞっこんじゃ。それに儂も好ましく思っていたのは真だ」

右膳の言葉は娘への愛情、源吾への淡い嫉妬《しっと》が入り混じっているように思えた。ここまで言われては無下《むげ》に断るわけにもいかず、畏まって返答した。

「暫し時を頂けませぬか。これから冬に向かい出動が増えます」

「無理を申しているのだ。待つとしよう。青葉香りが立つ頃に聞かせてもらえるか？」

「は……」

「深雪に女を磨けと申しつけておく」

右膳はからからと笑い、膝を打った。そこで初めて、名は深雪と謂うらしいと知った。程無くして深雪が源吾を慕《した》っているという噂が流れた。噂の元は案外父の右膳なのかもしれない。公認になればなるほど源吾は断りにくくなる。人の良い中年男だが、娘のためならばなかなかの謀略家になることは前回の面会で思い知らされていた。人の口には戸は立てられぬというが、家中の者だけでなく、管轄である飯田町の人々まで知る所になった。

――何でこうなる。

別に深雪を嫌っているわけではない。むしろ美しいと思う。しかしながら、いい歳になったものの源吾はまだ妻を娶《めと》る気が無かった。江戸一の火消になるという夢こそ最優先である。噂はあらぬ誤解も生んだ。松平家で最も権勢を振るう用人、形原十内《かたはらじゅうない》の甥《おい》である鵜殿平左衛門が、源吾に悪意を持っていると耳に挟んだのである。その話を同僚から聞いた源吾は、

「何故怨まれることになる？」

と、素《す》っ頓狂《とんきょう》な声で問いかえした。家中はすでにこの話で持ちきりであった。どうやら鵜殿は深雪に懸想《けそう》していたらしい。それだけではない。形原にとって銭の流れに厳しい右膳は煩《わずら》わしい存在であった。甥で非役の鵜殿が月元家の養子に収まれば、一石二鳥である。そういう理由で、用人に阿《おもね》る輩は源吾を憎んでいるというのだ。

「逆恨《さかうら》みも甚《はなは》だしいことだ」

源吾は心配する同僚たちにそう言った。右膳に頭を下げられたならば、熟考する姿勢を見せる他ないではないか。縁談を断ればいずれ中傷も収まるであろう。

松永家は火消頭という役目上、戸建てを与えられている。もっとも、規模は小さく老朽化も進んでいる。それでも小さな庭があることが気に入っており、縁に腰掛け、月を眺めながら一杯やるのが安らぎの時であった。

年が明けて明和二年の睦月（一月）、突如深雪が自宅に訪ねてきた。明方から降り始めた雪が薄《うっす》らと江戸の町に薄化粧《うすげしょう》をほどこしていた。その日は非番で昼間から己

だけの特等席に陣取り、雪見酒と洒落込《しゃれこ》もうとした矢先のことである。傘も差さずに現れた深雪の髪は白く染まり、まるで綿帽子を被っているかのように見えた。両手に土鍋が収まっている。

「松永様は男やもめ。今日は酷く冷える故、温かいものでも差し入れてまいれと父が」

──あの知恵者よ。

右膳の顔を思い浮かべながら心の内で唱えた。あの好々爺は娘のためならば無邪気な策略家になる。それでも嫌な気分がしないのは、右膳の術中に嵌《はま》ってきているのかも知れない。

「御心配りありがとうございます。ちょうど一杯やろうと思っていたところ」

「まあ。ならば私が温め直して差し上げます」

しまったと思ったが、もはや後の祭りである。深雪は雪駄《せった》を脱《ぬ》ぐと屋内に一礼し、敷居を跨《また》いだ。右膳の娘であることを失念していたわけではないが、強引さは確実に血を引いているようである。悪気があってのことではないだろうから、無下に出来ず源吾は慌てた。

深雪は自在鉤に鍋を掛け、灰の中から消し炭を取り出すと手際よく火を付けていった。所作に一切の無駄がないことから、賢い女なのだろうと分かる。じっと見ている訳にもいかず、源吾は一声掛け、元いた縁に腰を掛けた。視線は庭に注がれているものの、意識は完全に室内に向いていた。父を失って以来、ずっと一人気儘《きまま》な暮らしである。それでも食事だけは不便で、近所に住む町人の年増女に頼んでいた。しかし今、せっせと鍋を作り直しているのはうら若き娘なのだ。常と同じでいろと言うほうが無理であろう。

「ご用意が整いました。こちらでお食べになりませんか?」

「む……そうだな」

一々縁からよそいに行くというのもおかしな話で、鍋の傍《そば》で食するのが普通であろう。源吾は面倒くさそうに腰を上げると、囲炉裏《いろり》の傍に座り、椀を受け取って口に運んでみる。

「美味い」

最後まで無愛想を貫き通そうと決め込んでいたものの、味付けが源吾の好みで思わず口から言葉が零れ落ちた。深雪の表情がぱっと明るくなった。

「よかった。お口に合わないかと思っていました」

「いや、まことに美味い。若いのに上手だ」

「このようなものでよろしければいつでもお持ち致します」

その言葉に意味はないのかもしれない。それでもきちんと話しておくのが礼儀であろう。

「深雪殿……ご厚意はありがたいのだが、私はまだ妻を娶るつもりはござらん」

「そうでしょうね」

深雪は空になった椀をそっと取り、おかわりをよそいながら答えた。

「ならば諦めてくださらぬか」

「心に決めた御方がおられるとか？」

「いや、断じてそれはない」

深雪の質問に、たじたじとなって答えた。

「ならばいくらでも待たせてください」

「なぜそこまで……」

源吾は色々思い起こしてみたが、そこまで己が好かれる原因が解らない。そもそも深雪とは道ですれ違う程度の仲であり、月元家の息女だということすら知らなかったのだ。

「女子の恋心というのは存外しぶといものなのです」

源吾は思わず首を捻った。その意味を問い質《ただ》しても、深雪はそれ以上頑として話してくれなかった。食事を終えると、源吾はふと思いつき腰を上げた。

「どこへ？」

「すまないが少しだけ留守番を頼めますか」

今度は深雪が首を捻る番であった。しかしそれ以上は尋ねず、深雪は鍋や食器を片づけていく。四半刻ほどして源吾は慌てて戻ってきた。その手には番傘が握られている。

「お髪《ぐし》が真っ白」

「本降りになってきたようだ。見ての通り、当家には女子はおりません」

深雪は長い睫毛《まつげ》を瞬かせてきょとんとしている。源吾は続けた。

「故にお貸しする番傘がないのです。それで……」

「買いに行ってくださったのですか」

当節では若い武士の中には番傘を用いる者もいるが、それは元来武士の嗜《たしな》みとして許されぬ。傘を手にしては咄嗟《とっさ》の対応に困る。故に菅笠《すげがさ》はあっても番傘は持っていなかった。

「そんなに濡れて？」

深雪はくすりと笑った。菅笠を被るのを忘れるほど急いで買ってきたことを知られ、源吾も気恥ずかしくなって俯いた。

「お使いくだされ。差し上げます」

「いいえ。必ずお返しにきます。それも今日のようにお天気が悪い日に」

悪戯《いたずら》っぽく笑う深雪はやはり美しかった。源吾の鼻孔に甘酸っぱい香りが広がった。

「連れ立つのは深雪殿の御名に傷が付きます……お送りできぬご無礼をお許し下され」

「はい。武家というものは不便でございますね」

「違いない」

二人の視線が交わり、どちらからともなく笑い合った。深雪が去った後、一人酒を呑んだ。降りしきる雪はまだ止みそうにない。天を見上げると己が空に吸い込まれていきそうな錯覚を覚える。常と異なり、やはりどこか心が浮ついているのかもしれない。

翌月には、右膳の命を受け、深雪が二度三度松永家に差し入れに訪れていることも、いつの間にか家中に知れ渡っていた。それに伴い、鵜殿の嫌がらせはさらに甚《はなは》だしくなった。火消道具は人知れず壊され、鵜殿の取り巻きに因縁をつけられることもしばしばあった。源吾が激昂すれば、用人である叔父《おじ》に言いつけて何かしらの処分を下そうという腹であろう。

そのような状況でありながら、源吾の心情に若干の変化が生まれてきた。深雪を心待ちにしている己がいることに気付いたのだ。しかし、右膳の申し出を快諾するまでには至っていない。

いよいよ返事への期限が迫った如月（二月）の中ごろ、突如不幸な出来事が起こった。月元右膳が病に倒れたのである。当初、鵜殿が毒でも盛ったのではないかと邪推《じゃすい》した。それほど鵜殿の嫌がらせは執拗《しつよう》を極めていた。しかしそれは杞憂《きゆう》で、右膳はすでに大病に冒《おか》されていたのだ。

源吾は見舞いに訪れた。本来、日中のほうが躰への負担も少なくて良いのだろうが、昨今の噂なども鑑《かんが》みて夕刻に訪ねた。出迎えてくれたのは深雪である。名の如く雪のように白い肌、目の下の隈《くま》などを見ると憔悴《しょうすい》しているように思えた。病体の右膳から面会したいと申し出があり、案内されるまま奥に誘《いざな》われ、襖を開けた。右膳は下男に支えられて身を起こしている最中であった。

「月元様、私は気にいたしません。そのまま、そのまま……」

「客を寝て迎える訳にはいかぬ」

右膳は目で微笑むと頭を下げた。本当は相当苦しいのであろう、上半身を上げるだけでも酷い息切れであった。右膳が命じて深雪と下男は下がり、自然二人きりとなった。

「儂はもうすぐ死ぬるよ」

右膳の第一声はそのような衝撃的なものであった。

「腹を虫が蝕《むしば》んでいる。二年ほど前から酷く痛んでいたがどうしようもなかった」

右膳は全て悟《さと》り、覚悟を決めているように見えた。

「家の存続などどうでもよい。ただあの子の幸せな姿を見たかった」

源吾は目を伏せながら聞き入っていた。右膳は二、三度咳き込んだ後さらに続けた。

「儂は家中の内外を問わず深雪に縁談を勧めた。中には千石取りの旗本などもおったが、深雪は首を縦に振らなんだ。それで儂の勘が働いたのよ。娘は恋をしておった」

右膳は優しげな眼差しで見つめていたが、痛みを堪えているのか時折顔を歪《ゆが》めた。

「何故なのでしょう……」

「訊いても教えてくれんでなあ。娘の意中の者に拘るなど呆けていると思うか？」

源吾は首を振ったが、若干なりとも思ったことであった。武家の婚姻における条件は家格や健康であり、その他は二の次である。右膳の考えは稀《まれ》と云える。

「断るつもりでいるのだろう？」

右膳には読まれていたようだ。現にずっとそう考えてきた。源吾は居住まいを正した。

「ありがたくお受け致します」

「無理をするな」

「いえ……当家に未練はないものの、ただ火消頭の職はそのままにして頂けませぬか」

「家を継がずともよい。月元の家こそ無くなっても構わぬ。勘定方の職のおまけを付ければ、お主もほだされるかと思ったのだ。もっともお主はそのような男ではなかったが……真に受けてくれるのか？」

「はい。職をそのままにして頂ければ。知らぬ間に御息女に惹《ひ》かれ申した」

「やつの猛攻に落ちたか」

右膳はからからと笑ったが、痰《たん》が絡まったのか途中で咽《む》せ返し、それでも心配せぬように掌《たなごころ》を見せた。

「横になられたほうがよろしい」

「これで思い残すことは無い。どうぞ娘をお頼み申す」

右膳は目を見開くと、ゆっくりと頭を垂れた。源吾は慌ててそれを押し止めようとする。

「お止め下され。こちらこそよろしくお頼み致す。それよりも早く横になって下され」

「義息子《むすこ》の頼みならば仕方ないな」

右膳はからりと笑った。当然であるが、笑った時の目元などは深雪とそっくりである。源吾は片笑む。病人を前にして不謹慎ではあるが、何か心に灯がともるような心地であった。

四

松永源吾が婚約したという話は瞬く間に広がった。それは事実なのだが、浮いた話こそ人を介するうちに大きくなるもので、月元家の婿養子になると尾鰭《おひれ》が付いていた。噂の火を消して回ったが、実際の炎よりもこちらのほうがよっぽど性質《たち》が悪く手を焼いている。

卯月《うづき》（四月）に入り、祝言の日取りを決めることになった。右膳の病状を鑑みると一刻も早く行うのが望ましいということで、慣例を置き去り早急に進め、水無月《みなづき》（六月）に取り行う運びとなった。職務を終え、家路に就いた源吾が、天下の往来で鵜殿平左衛門らに絡まれたのはそのような時期である。待ち構えていたのであろう。鵜殿は五名の取り巻きを引き連れていた。無視して通り過ぎようとした源吾の肩を鵜殿はむんずと鷲《わし》摑みにした。

「めでたいことがあるようだな」

「おかげさまで」

「月元家と勘定方を継ぐとか」

「誰が申したか存じ上げないがそれは心得違い。月元家は遠戚からすでに養子縁組が決まっております。もうすぐ右膳殿の隠居と共に公表されます。私は火消のままですよ」

平左衛門は一瞬安堵の色を見せたが、またすぐに顔を強張らせた。月元家の乗っ取りが破算となったことには変わりはない。古くに絶えていた名跡《みようせき》である鵜殿家を用人の権威で復活させ、甥の平左衛門に継がせただけである。禄こそあるが職まではなく、何らかの役目が欲しいのであろう。同時に深雪も手に入れられれば一石二鳥という考えだったようだ。

「お似合いとは言えぬなあ」

今の平左衛門の一言から本命は役ではなく、やはり深雪のほうだと推測出来た。

「男の嫉妬は見苦しいですぞ。鵜殿様」

「無礼な！　もう一度申してみよ」

「男の嫉妬は見苦しいと申しておるのです」

鵜殿は激昂して刀の柄に手を掛けた。それに誘われ取り巻き達も同様の構えを取る。

「抜け！」

「火消侍を斬っても自慢にはなりますまい。こちらは苦手なもので」

そう言いながら己の腰に納まった刀を指で小突いた。鵜殿のこめかみには青筋が浮かび、場を収めようとする気は微塵《みじん》も感じられない。

「松永様に鵜殿様。お役目ご苦労様です」

声の主に全員の視線が注がれる。そこに立っていたのは、深雪である。

「これは深雪殿……いつからそこに？」

「たった今、紙漉《かみす》き屋のおばあさんが知らせてくれたので、ご挨拶させて頂こうと」

鵜殿は見知った証人がいないならば、如何様《いかよう》にもでっち上げようとしていたのだろうが、突然の想い人の出現に狼狽《うろた》えている。

「何か物騒なことを仰っていたようですが……」

「いや、松永が何やら心得違いをしている故、ちと言い争いになったのです」

鵜殿は身振り手振りを交じえて言い訳がましく言った。

「それはそれは。松永様、鵜殿様にご無礼はなりませんよ。鵜殿様、他流試合はいかがでしたか？　さぞかしご活躍だったのでしょう」

「いやいや、一回戦は難なく勝ちましたが、次の相手が悪うござった。相手は府下十指には入ろうかという傑物。良い勝負はしましたが力及ばず。まだまだ精進せねば」

「まあ怖い。きっと熊のような御方なのでしょう。その方と互角とはさすが鵜殿様」

「そうそう熊のような大男でして……それでは拙者はこれにて失礼」

鵜殿は顎をかきながら、取り巻きを目で促すと去っていった。

「松永様にご迷惑をお掛けして申し訳ございません」

「いえ、深雪殿のせいではありません」

「鵜殿様は試合に負けて虫の居所が悪いのです」

「ああ……熊のような大男に負けたという」

深雪は口元を手で覆い、くすりと笑った。

「身丈五尺足らずの子熊です。お相手は齢十四の前髪も取れていない子どもとか」

「それで機嫌が悪かったのか。もっとも私はその鵜殿にもまったく歯が立ちませんが。お恥ずかしい限りです」

「松永様の強さはもっと別のものでございます」

深雪は軽く会釈してその場を後にした。源吾はその背を見つめながら、己の出した結論が間違っていなかったと確信した。


卯月に入ってからは長雨が多く、火消にとっては最も閑散期になる。滅多に火事も起こらないが、月の暮れに突如出火があった。自宅にいた源吾に配下の鳶が報せてきた。

「松永様、至急太鼓をお願いいたします！　松平御家中の渡辺《わたなべ》様方。失火でございます！」

「当家の渡辺だと……」

渡辺家の隣は月元家である。風向き如何に拘わらず、隣家は類焼する可能性が高い。

「まことに失火なのだろうな」

「ご本人がそう仰っているとのことで、ほぼ間違いないかと」

渡辺という侍は鵜殿とつるんでいるわけでもなく、弱みを握られるような派手な男でもないため、真に失火か。

「すぐに行く。俺が着くころにはすぐに出られるようにしておけ」

鳶は一礼すると一目散に駆け出して行った。非番といえども火が上がればすぐに詰めねばならぬ。御頭の指示無く出動は許されぬのである。浴衣のままという訳にもいかず、羽織を取ろうと奥に入った。縁から飛び降りたほうが早いと思い、襖を開け放った瞬間、源吾の全身に冷たいものが走った。

――そこまでするか……

中庭の異様な光景に呆然となり、縁に立ち尽くした。

「先だっては申し訳なかった。他意のない証拠に参った。共に酌《く》み交わそうではないか」

五名の取り巻きを引き連れた鵜殿が縄の付いた酒甕《さかがめ》を掲げた。

「急ぐ故またの機会に」

「つれないではないか。こうして訪ねて参ったのだ」

「お前が火を付けたのか」

にたにたと笑う鵜殿に対し、源吾の顔は鬼の形相《ぎようそう》になっているであろう。

「さすがにそれはせん。先刻思いついたのだ。これはよい機会だとな」

「お主正気か……人の命が掛かっているのだぞ。俺への怨みで他人を巻き込むな」

「よいではないか……当家が出ずとも他の定火消なり、町火消なりが消すだろう。お主が酒を呑み、出なかったという事実だけでよいのだ」

源吾ははっとした。源吾が出動しないということがどれほど大変な事態を招くか、鵜殿は知らないでいるのだ。管轄の定火消が出なければ町火消も出られず、応援の武家火消も来ない。それが幕府の定めた規則である。

「馬鹿な。俺が出ないということは――」

そこまで言いかけた時、鵜殿はにゅっと縁の上まで腕を伸ばすとそのまま源吾を庭に投げつけた。武芸に疎い源吾は受け身も取れずまともに背を打った。仰向けになった源吾に鵜殿の臭い息がかかる。昼間から酒を呷《あお》っているのだ。

「よいではないか。他の火消に任せておけ」

「他の火消が出るためには……」

かろうじて言おうとするが、今度は取り巻きの一人が源吾の脾腹《ひばら》を蹴り上げた。

「行かせてくれ。頼む……」

息絶え絶えに言うのが面白かったのか、一斉に笑い声が上がった。

「松永、身分をわきまえろ！　それが頼む姿勢か」

源吾は呻《うめ》き声を洩らしながら起き上がると両膝を突いて頭を下げた。

「ご無礼致しました……。向かわせて下され」

「聞こえぬぞ、松永！」

別の取り巻きがそう言い放ち、源吾を蹴り上げて転ばせると、猛烈に右脚を踏みつけた。

「お願いいたします……」

源吾は頭を地に擦り付けた。涎《よだれ》で濡れた唇に砂が付き、僅かに鉄の香りがした。それも高笑いを誘うだけである。源吾は繰り返し何度も頼んだ。次の瞬間、頭を貫くようなぐわんという衝撃が走り、源吾はその場に突っ伏した。視界がぼやけ天地が判らず瞼《まぶた》を閉じた。

強烈な吐き気を催《もよお》して目が覚めたとき、源吾は深雪の腕の中にいた。辺りを見回したが鶍殿らはもういない。深雪の細い指が、源吾の頰を撫でた。

「鶍殿は……どこに」

「やはりそうですか。私が来たときには松永様は気を失っておられました」

「火事は……義父上《ちちうえ》は」

深雪は両唇を巻き込むように窄《すぼ》め小さく首を振った。

「担ぎ出そうとしましたが私の力では……父上はもうすぐ死ぬる。儂なぞよい。婿殿と幸せにやれと笑いながら……助けを呼びに出ましたが、何かの手違いか当家の火消は遅れ、町火消に至っては出張っておりませぬ」

悲愴《ひそう》の喚き声を上げた。気が狂れたような源吾を、深雪は恐れることなく強く抱きしめる。

「出る……まだ救える命があるはずだ」

源吾は左手を地に突き起き上がろうとした。脚に凄まじい激痛が走る。脚を踏みつけられた時に壊れたのであろう。深雪の頰に止めどなく涙が伝い、躰を離すまいと引き寄せる。

「頼むから行かせてくれ。俺は現場にそのまま向かう。深雪殿は隣町の火消に……」

鼻は曲がり、額には痛々しい青痣《あおあざ》が出来ている。それでも懇願する源吾に対し、深雪は深く頷いた。源吾は立ち上がった。そしてよろめきながらも一歩一歩踏みしめていく。

源吾が現場に辿り着くまでに四半刻ほど掛かった。本来ならばその半分足らずの時で来られたに違いない。町火消の一人が源吾に気付き声を掛けてきた。

「どうなされたのですか！　そのお怪我は！」

「何ともない。よくぞ勝手に出た。次第は……」

「怪我人は多く、死人も三名……」

「そうか。すまねえ……まだ中に人がいるのだな」

一見して看破した。目前の家は焔に巻かれているにも拘わらず、壊そうとせず懸命に水を掛けているのだ。肌に刺さるような熱さである。倒壊するまで猶予《ゆうよ》はない。

「病の婆様がいると聞き、組頭が飛び込んだものの出てこないのです。もうとても……」

源吾は町火消の運んできた玄蕃桶を分捕ると、頭から水を被った。

「お止め下さい！　焼け死んでしまう!!」

「その覚悟だ。たとえ死なずともこれが最後……」

源吾は全身の力を振り絞り猛然と駆け出した。不思議と痛みは消え去っている。五体が欠けてもよい。たとえ死んだとしても悔いは無い。救える命を失った罪はそれでも贖《あがな》いきれない。命を捨てる覚悟が出来ると、視界が鋭く開け、美しいほどの赤と橙の景色が広がった。

源吾は責を一身に背負い松平家を辞した。弁明しても鵜殿は、用人で叔父の形原十内と謀り罪を着せるだろう。唯一の味方になってくれる月元右膳の亡骸《なきがら》が焼け跡から見つかったのは、翌日の昼ごろであった。月元家は養子縁組が認められ、存続と相成った。だからこそ尚更、松平家にとって罪人である源吾との縁談は破談になると誰もが考えていた。

あり得ぬことが起きたのは火事から一月後、屋敷を退去する支度をしていた時のことである。忌むべき存在として誰もが寄り付かぬ中、深雪が訪ねてきたのである。唖然とする源吾に対し深雪は、

「月元の家とは縁を切って参りました。さあ片付けを致しましょう」

そう言って、制止するよりも早く上がり込むと、手早く荷作りを始めた。

「私はもう松平の御家を放逐された身。妻を養うことなど思いもよらぬ」

「松永様ほどの火消ならば引く手あまたでしょう」

「いや……もう辞めるのだ。私は、あれ以来火が恐ろしくなりました……」

蚊の鳴くような声の呟きに、深雪は暫しの間黙っていた。

「外を歩きませんか？」

深雪が唐突にそう言った。そのような気分でも無いのに半ば強引に外に連れ出された。

「どこに行くと言うのだ」

「あてなどありません。では東に向かいひたすら歩いてみましょう。私が杖《つえ》になります」

深雪は本当に行くあてなどないのかもしれない。ただ東へ脚を向けた。どれほど歩いたであろう。半刻近く肩を並べて歩いているが、深雪は何も語らなかった。

源吾がそろそろ帰ろうと促したその時である、一筋の光が天に翔《か》け上がっていった。その光は宙に吸い込まれて消えたかと思うと、藍色の空に大輪の花が咲いた。

「今日は隅田川の川開き……これを見たかったのか」

「いいえ、見せたかったのです」

また光の花が鮮やかに散った。今度の花は見たことが無いほど緑がかっている。決して派手派手しくなく、夜空にそっと寄り添うような美しい色であった。

「花火師とは、あのような美しい火を生み出せるものなのだな」

不意に涙が零れた。己でもそれが意外で慌てて袖で頬を拭いた。

「空の絵師のようなものですね」

「上手い譬《たと》えだ。同じ火を扱う者でも、こうも火消と違うものか」

感情に抑えが利かず、涙が止めどなく流れた。深雪は気を紛らわせるために花火を見せようとしたのであろうが、狙いとは裏腹に源吾が涙するものだから困り果てている。

「火消も立派ではございませぬか」

「火消の業《ごう》の先にあるのは大なり小なり泣き顔だ。花火師の業の先には笑顔がある」

今までも火事場で人の死に直面してきた。しかし今回ばかりは心を自責の念が捉えて離さないでいた。そうなると、今まで救えなかった人々が大挙して夢にまで押し寄せてくる。

「命を救えなかった。火も恐ろしくなった。それなのに、俺は未だに火事が無くなることを恐れているのです……火消は世の火種を一つ消すごとに己の存在理由を一つ消している。それが恐ろしくて堪らない。このような男が、火消をすべきではないのです」

誰にも語ったことのない醜《みにく》い心を吐露した。軽蔑されたとしても、正直に話すべきだと思った。いや、深雪に嫌悪してほしいと願っていた。

「いいえ。松永様はそんな御方ではありません」

深雪は一点の曇りも無い強い眼差しを向けてきた。嗚咽《おえつ》して膝から崩れ落ち、童のように泣きじゃくる源吾の傍にしゃがみ込むと、深雪はそっと肩を抱き寄せた。

「私は松永様が火消だからお慕いしているのではありません。怖いならば辞めてもいいのです。何をしても生きてゆけます。私《わたくし》に支えさせて下さい」

大の大人が路傍に座り込み抱き合っている。疎《まば》らではあるが道を行き交う人たちはそれを怪訝そうに見つめていく。それでも空にまた大輪の花が咲き誇れば、おのずと視線はそちらに誘われていく。暮れて尚、漂う青葉の残り香が、二人を包み込む。夏の盛りはもうすぐそこまで来ていた。


源吾は右手甲に残る火傷の痕をさすっては囲炉裏に薪《まき》をくべ、くべてはさすりながら、一時たりとも形を留めることのない火を眺めていた。

非役であった鵜殿は源吾が退転したのち、火消頭の職を乗っ取った。それから六年、かつての配下の鳶たちも見知った者はおらず、源吾が育て上げた組織は完全に崩壊していた。私怨はともかく、それにより被害を蒙《こうむ》る人々のことを思えば、やはり胸が締め付けられる。

「どうぞ」

深雪の声により現《うつつ》に引き戻された。目前に大ぶりの湯呑みが差し出されている。源吾は惚《ほう》けた顔になり首を捻った。いつの間に目の前の鉄瓶を使い、茶を淹《い》れたのであろうか。余程己の世界に没頭していたのであろう。とんと記憶になかった。受け取って口をつけると火傷するほど熱い。源吾が何を思い耽《ふけ》っているのか深雪は分かっているのだろう。この茶も心配りの一つに違いない。

――なぜこうなってしまったのか。

このような時いつも思う。己は女心を知らぬ男だが、深雪を守ろうとする気持ちには些かの翳りもない。一方の深雪は、世の中で最も己の心中を汲んでくれる女に違いない。仲睦《なかむつ》まじい夫婦の条件は満たしていると思う。にも拘わらず夫婦となって数ヶ月で、二人の会話は急速に減っていった。浪人に嫁《とつ》いできてくれたという負い目もあった。婚礼の儀式など何もなく今に至るのだ。敢えて言えばあの時の深雪の言葉が契《ちぎ》りであったのかもしれない。溝が生まれたのはいつからだろう。片付けをする深雪の背を見つめながら、熱い茶を啜った。

# 第五章　雛鳥《ひなどり》の暁《あかつき》

一

明和八年の夏頃を境に変わったことがある。世間の反応に変化が現れたのである。夏場の茹《う》だるほどの暑さの中、流れる汗もそのままに泥塗《まみ》れの新庄藩火消はやはり見《み》窄《すぼ》らしい。故に未だに「ぼろ鳶組」と呼ばれているのだが、揶揄を含んだ当初の意味合いが薄くなってきていることを頓《とみ》に感じるのだ。

人というものは本質を見る眼を持って生まれ、やがて歳を重ねると共に失っていく。そして老境に差し掛かり、その力を取り戻していくものらしい。

「俺もぼろ鳶組に入りたい！」

と、言って手を振る童や、

「暑いのにご苦労だね。冷やこい水でも飲んでいくかい」

などと、声を掛けてくれる翁《おきな》や媼《おうな》が現れたのが変化の始まりだった。そしてそれは、それ以外の者にも次第に波及していった。

「仕事は出来るのに、相変わらず汚《きたね》え恰好だな」

と、威勢良く声を掛けてくる職人や、

「お安くしますからうちで衣装を誂えてはいかがですか」

と、愛想よく笑う商人も出てきた。彼らも含め、やはり「ぼろ鳶組」と呼ぶのだが、その中に尊敬と一種の愛着のようなものを感じるようになったのである。

新庄藩に仕えて二度目の秋を迎えた頃、北条六右衛門に突如呼び出された。源吾が部屋に入ると、勿体振ることなくすでに六右衛門が鎮座しており、左門も同席していた。

「よもや火付けをしておるまいな」

まともに答えるのも馬鹿馬鹿しく苦笑したが、六右衛門や左門の顔は険しい。

「公儀がお主を疑っておる」

「馬鹿な。拙者は火消ですぞ」

「故にじゃ。昨年より多発している火付け事件は存じておるな。その手口はとても素人のなせる業《わざ》ではないという。そしてそのほとんどの現場に……」

「私が駆け付けて消し止めている。つまり自作自演と申されたいか」

「狐火という下手人。やつが現れた時期はお主が火消に立ち戻った時期にほぼ符合している」

「左門……いや折下殿。貴殿もそう思われるのか」

「それはない。だが、目をつけられた相手が悪い」

話の続きにこそ重く捉えねばならぬ要因が潜《ひそ》んでいるように思えた。

「お偉方は気を遣ってばかりで苦しゅうござるな。してどなたが私をお疑いで？」

皮肉を込めて返したのだが、明後日《あさって》の方角を見ている六右衛門には通じなかったようだ。

「御先手弓頭……いや、火付盗賊改方頭、長谷川宣雄《はせがわのぶお》様」

長谷川宣雄、通称長谷川平蔵《へいぞう》が自宅に訪ねてきたのはそれから間も無くのことであった。火付盗賊改方とは、名の通り火付け、押し込みなどの凶悪犯を専門的に取り締まる。町奉行のような文官ではなく、武官であるため荒々しいことで有名であり、詮議の過程で拷問《ごうもん》さえも黙認されている。

この秋に長官の座に就く予定の平蔵は、辣腕《らつわん》と評判であった。内辞を受け、早速今一番の懸念を先に調べ始めているのであろう。

平蔵は五十路過ぎだが、髪は黒々としており、見た目十は若やいで見える。また言われなければ、これが鬼の平蔵と畏怖《いふ》される男と気付かぬほど優しげな顔をしていた。座敷に招き入れるなり源吾が口火を切った。

「新庄藩火消頭取、松永源吾と申します。まさかお越し頂けるとは」

「火付盗賊改方には役所はござらん。先手頭《さきてがしら》の役宅を借りているのです。あとは刑場のみ。まさか嫌疑だけで刑を執行するわけにもいきますまい」

物騒な言葉が飛び交っているので、茶の用意をしていた深雪は須恵器《すえき》を落としてしまった。

「いかなる訳にてお疑いなさる」

「小諸屋の一件。お主が訪れた直後に被害を受け、消し止めたのもお主」

「それで私に何の利得があると仰せか」

「それで名声と加持星十郎を得たではないか」

平蔵の目がきらりと光った。源吾の経歴、足取りについては調べつくしているのだろう。丁度茶の用意が出来て、深雪が平蔵の前に差し出す。深雪に対しては柔らかく会釈する平蔵だが、源吾には一切気の緩みも見せない。平蔵は煎茶を啜りながら目を細めた。

「それだけで下手人とは無体な」

「そもそも、新庄藩に召し抱えられたのも頭取並が殉職したことが大きな要因だろう。頭取並、鳥越蔵之介殿が亡くなった原因も狐火」

「そうでしたな……」

新庄藩に奉公するようになった頃、左門からそのように聞いた。平蔵は今の己の顔が気になるのか、茶器の真贋《しんがん》を確かめるが如く、舐めまわすように見てくる。

「ほう……演技だとすると相当上手い」

平蔵はぽつりぽつりと語り始めた。多くの火付けを見てきた平蔵であるが、狐火には違和感を持ったという。一言で言えば手が込み過ぎているのである。それは源吾もいくつかの火付け事件で感じてきたことであった。

「して、その時の手口は……」

「お内儀にはちと血生臭すぎる」

平蔵はそう前置きすると、膝をにじらせて近付き、耳打ちしてきた。その手口は、予《あらかじ》め蔵に朱土竜を仕込むと同時に、十数匹の犬を押し込めておくというものであった。煙に巻かれて死なぬように炭を使って中の気を奪い、時間差で紙に引火させるという徹底ぶりである。これならば、犬が煙に苦しみ吠える頃には、朱土竜は完成していることになる。

「何と……そやつは真に人か」

平蔵が語ったその手口を聞いたとき、源吾はそれ以上言葉が出ずに押し黙った。血の通った人のすることとは到底思えない。

「気が狂れた者の類《たぐい》であると見ている。だが並々ならぬ火の知識や、尾を掴ませぬ狡猾《こうかつ》さもある」

「尚も私をお疑いなさるか」

「分からぬ。が、遠くなった。お主の人柄を見た故な」

「鬼の平蔵とも呼ばれるお方が人柄を見るとおっしゃるか」

「それは大事なことよ。常人ならいざ知らず、儂を誑《たぶら》かすことは容易ではない」

御先手弓組の頃から慧眼《けいがん》を評されてきたこの男には、確固たる自信が滲《にじ》み出ていた。

「このことは当家の鳥越新之助は……」

「知らぬであろうよ。あの事件のあらましは隠匿《いんとく》されておる。元禄の頃に逆戻り、というようにならぬとも限らん事件。幕閣の命で箝口令《かんこうれい》が布《し》かれた」

「なるほど。合点《がてん》がいきました」

二人がそれを境に沈黙に入った時、深雪が代わりの湯呑みに茶を入れて持ってきた。

「よろしいでしょうか」

そう言う深雪の視線は平蔵へと注がれている。

「これは奥方、如何された」

「申し上げたき儀がございます」

「これ、お主はいつも誰彼構わず……申し訳ございませぬ」

源吾が汗を拭いながらそう言うのを、平蔵は笑顔になり掌で制した。

「どうぞ。何でござろう」

「夫は強い殿方ではありませぬ」

「ほう。酷い言われようですな。今年の番付では小結に返り咲かれた御方ですぞ」

平蔵は庶民の愉しみである番付にまで目を通しているらしい。

「己の手柄のために人を苦しめる。その罪悪感に耐えられるほど夫は強くは出来ておりません。弱い故に痛みを感じられるのです。今後無用な詮議はお止め下さい」

暫く俯いていた平蔵だが、低く笑い始め、それはやがて部屋に響き渡るほど大きくなった。

「見上げた度胸。儂が鬼ならば奥方は差し詰め渡辺綱《わたなべのつな》。完膚《かんぷ》なきまでにやられ申した」

「ご無礼をお許し下され。こやつはいつもこの調子で……」

「疑いは晴れた。奥方は狐火のような者には天地が逆《さか》さになろうと惚れはせぬわい」

平蔵は涙を浮かべて抱腹している。

「ありがとうございます」

深雪は膝を揃えると深々と頭を下げた。平蔵は笑い過ぎて目じりに浮かんだ涙を拭いた。

「もう一つよろしいですか？」

「まだあるのか……」

事なきを得て、胸を撫で下ろしたのも束の間、源吾は取り乱して止めようとしたが、平蔵は笑いが堪えきれず、声が裏返っている。

「一つも二つも同じこと。なんであろう？　綱殿」

「長谷川様は御老中田沼様とご昵懇《じっこん》とか……田沼様はいかなお人ですか⁉　やはり頭脳明晰《めいせき》で、お優しいのでしょう？」

老中の名を出されては平蔵もいつまでも笑ってはおられず、深呼吸をして息を整えた。

「その通り。田沼様は百年先を見ることの出来る真の御老中でござる。ご妻女は田沼様がお好きなようですな」

「はい。きっとお顔立ちも知的なのでしょうね」

「む……おうよ。それはもう」

平蔵は少し声を詰まらせたが、胸を張って言い切った。深雪は礼を述べると、斜め上を見上げながら奥へと引っ込んでいった。きっと憧れの人を思い描いているのだろう。

暫し間を空けた後、平蔵は居住まいを正し、咳払いを一つした。先程までとは別人のような真剣な眼差しである。

「松永殿。儂がこれ以上狐火に勝手な真似はさせん。だが万が一取り逃がしたときは、お主に託す。必ずや消し止めてくれい」

源吾は己の中の不安を振り払い、自らを鼓舞するかのように力強く頷いた。

二

神無月《かんなづき》（十月）となり、火消として最も忙しくなる季節が到来した。いつにも増して厳しい訓練の後、源吾は新之助を呼び止めた。

「今日は星十郎のやつ顔を出さなかったな」

「忘れたのですか。星十郎さんは加賀藩邸ですよ。例の天文座談会」

天文学は幕府や朝廷だけではなく、藩単位でも研究が進められている。佐賀藩などは自前で渾天儀《こんてんぎ》を作る力の入れようである。そのような天文先進藩の一つに加賀藩がある。何かの話の拍子に加賀藩に星十郎という俊英の存在が知れ、加賀藩が是非意見を交換したいと申し入れてきた。数日は加賀藩に通うと言われていたことをすっかり失念していた。

「お前に窘《たしな》められるとは俺としたことが」

「物覚えに関してはもともと私のほうがずっと上ですよ」

新之助は得意顔で顔を覗き込んできた。

「それはそうかもしれんな」

「では次の非番に呑みに連れて行くという約束は覚えていますか？　本日より非番ですよ」

「ならば……行くか」

源吾がそう言うと新之助の顔がぱあと明るくなった。

「美味しい店があるのですよ」

目当ては日本橋にある小料理屋らしい。魚市場を抜ければ目的地、歩けばあちこちの店から声を掛けられた。

「随分顔が広いようだな」

「火事場以外は暇を持て余していますからね」

突然辺りに、乾いた破裂音が広がった。そしてすぐにそれを追いかけて、地鳴りのような低い音が耳を劈《つんざ》く。新之助は顔を蒼くして辺りを窺《うかが》う。

「何事ですか⁉」

「出番だ。行くぞ」

「えぇー。せっかく飯にありつけると思ったのに……」

源吾には場所の予想がついていた。こればかりは誰にも引けを取らぬ特技と言える。目的は何棟かの土蔵が立ち並ぶ日本橋の端である。先程の爆発音は、遂に火薬まで持ち出したかとしか考えられぬほどの爆音であった。

現場に辿り着くと、辺りは阿鼻叫喚《あびきようかん》の様となっていた。あちらこちらで爆ぜる音がし、無数の火の玉が音を立てて飛び交っているのだ。しかも動きは直線的ではなく、それは巣を守らんと激昂した雀蜂《すずめばち》を思わせた。

「何ですかこれは！　あっ――」

新之助の声に反応して首を振った。こちらに高速で燐光《りんこう》が向かって来る。源吾が気づいた時にはもうすぐそこまで来ていた。咄嗟に袖を引かれて源吾はよろめき、鼻の五寸先を火球が横切ってゆく。それは土壁にめり込んで尚熱を失わず、黒煙と鈍い音を発している。

「助かった。これはまるで大筒《おおづつ》だ……」

火の玉の乱舞は収まったが、驚くべきことはそれだけではない。

「なぜ土が燃える……」

目の前の光景が信じられず源吾は目を擦って唖然とした。土蔵に大桶ほどの風穴が開き、中から火焔が噴き出している。それだけでなく、その火が漆喰作りの壁に纏わり付いているのだ。喉がひりつく。膝が笑う。悪寒が走る。恐れ慄《おのの》く躰を、叱咤するように掌に爪を立てた。

「油を塗っているわけじゃねえ。臭いがない」

源吾は目を瞑り、鼻で短く息を吸いながら呟いた。多くの野次馬も茫然となり、中には神仏の祟《たた》りを恐れて念仏を唱える者もいた。この事象を誰も説明出来ないのだ。

「何かがおかしい……いつもより熱くないか」

「言われてみれば……」

百戦錬磨の源吾である。距離ごとの熱さというものを肌が覚えている。

「火薬でついた火が特別熱いなんて話は聞いたことがない」

現場は逃げようとする者と、怖いもの見たさで集まる者がぶつかり混迷を極めた。

野次馬の誰かが叫んだ。日本橋い組は、神田よ組と並んで最大勢力を誇る町火消である。

「い組が来たぞ！」

「率いているのは、い組の白狼《はくろう》、金五郎か」

源吾も良く知っている火消である。町火消自体、発足してまだ約五十年なのだが、その黎明期《れいめい》である四十数年前から火消を務めている男である。圧倒的な経験値に基づく巧緻《こうち》さと、その白髪からそう呼ばれており、今年の番付表でも尚、前頭筆頭に名を連ねている。い組五十余名が目前を通り過ぎようとしたとき、金五郎は大袈裟に驚いた素振りを見せた。

「誰かと思えばその無愛想面は火喰鳥か」

「爺さん。様子がおかしい。気をつけてくれ」

金五郎は源吾の忠告を鼻で嗤って切り返した。

「余計なお世話だ。お前が雛《ひな》の頃からこちとら火消だぜ。それに、音の割に火が弱い」

「今でこそ急激に収まってきたが、気味の悪い燃え方をしてやがった」

「まあ、念の為に近くの蔵からは物を運び出す」

金五郎はそう言い残して土蔵に向かっていった。

「あの金五郎さんが駆け付けたならば、ひとまず安心ですね」

胸を撫で下ろす新之助の言う通り、金五郎は隙の無い定石通りの手並みを披露した。しかしやはり炎がおかしい。金五郎もその異様さに気づいたと見え、大声で叱咤している。

「何をしている！　もっと水を浴びせろ！」

いくら水を浴びせても却って火の勢いが増してゆくのだ。老練な金五郎もこの怪奇現象に即時の消火を諦め、先にまだ燃えていない隣の土蔵を優先する。

「加賀鳶だ！　加賀鳶が駆け付けてくれたぞー！」

間も無くすると漆黒の革羽織が目に入った。大音勘九郎率いる加賀鳶である。

「御頭！」

声の方に目をやると、星十郎が人混みを搔き分けて進んできている。

「星十郎！　どうしてここに」

「加賀鳶が出ると聞き及び、もしや当家もと考えました。それよりもあれは」

丁度、金五郎が荷を運び出すために隣の土蔵の扉に手をかけているところだった。

「面妖な炎だ。塗壁に纏わり付き、水で勢いが増す。それに普段より熱く感じるのだ」

「お待ち下され！　もしや……」

星十郎が血相を変えた瞬間、爆音が鼓膜を激しく揺らし、扉回りの壁をも吹き散らすほどの火炎が金五郎らを襲った。最も近くにいて、吹き飛ばされた金五郎は火達磨《ひだるま》になっている。他にも衣服や髪が燃えている火消が多数、地獄絵図さながらの光景に愕然とした。地を転がる者たちを、難を逃れた者たちが脱いだ法被《はっぴ》で叩き、水をかぶせる。かつてない醜悪な手口に、源吾の唇が激しく震えた。

「あれは朱土竜とは異なります。内気そのものが瓦斯《がす》」

星十郎の解説に現れた聞き慣れぬ言葉に源吾は首を捻った。

「二百年近く前、異国の錬金術士ヤン・ファン・ヘルモントが……」

「仔細はいい。その瓦斯ってものは何なんだ」

「謂わば、燃える風」

「そんなものどうやって作る」

「恐らく亜鉛を使ったものかと。しかし……亜鉛の精錬は極めて難しい」

壊滅状態に陥《おちい》った い組に代わり、加賀鳶が脇を駆け去り土蔵に近づいてゆく。源吾は加賀鳶の指揮を執る勘九郎目掛けて叫んだ。

「勘九郎！　土蔵を開くとき、近くの火を完全に取り除いた後開けよ！」

「朱土竜ならば心配無用。心得ておるわ」

勘九郎の側にまで走り寄り、星十郎の考察を伝えた。勘九郎の表情も険しくなる。

「殺生石《せっしょうせき》の息のようなものか。しかし水が効かぬなどどうすればいい」

唸る勘九郎の譬えは言い得て妙だった。上野国《こうずけのくに》の殺生石は常に有毒かつ可燃性の気を撒き散らしているということで有名である。

「うちのが言うには、火を埋め尽くすほどの砂が効果的らしい」

勘九郎は小さく舌打ちした後、配下の加賀鳶に向かって張り詰めた声で指示を出した。

「水の効かぬ奇怪な火である。近隣の砂場からあるだけ砂をかき集めて参れ！」

その脇を戸板に載せられた金五郎が搬送されていく。肌は爛《ただ》れ、髪は縮れ、目も当てられぬほどの大火傷を負っていた。

「爺さん、しっかりしろ」

源吾が声をかけると、錆鉄《さびてつ》のようになった肌から僅かに白い歯が覗いた。

「すまねえ……しくじった。必ず消してくれ……」

己の命が危機に瀕していても火が気になる。火消とはそういう人種である。その姿を、新之助が呆然と見つめている。

「加賀鳶もいる。必ず消してやる」

「ぼろ鳶もいると胸を張りやがれ……頼むぞ」

そう言い残して運ばれていった金五郎は、精一杯強がっていたが相当苦しいのだろう。躰は小刻みに震え、声は乾ききっていた。程なくして、彦弥を先頭に新庄藩火消が現れた。

「御頭、纏、壊し手、主立った者五十名を引き連れて参りました」

「それだけいれば戦《いくさ》になる」

源吾は敢えて戦という言葉を使った。それは正体不明の狐火という火付けに対してか、それとも炎そのものか。己でも解らなかったが、強い憤《いきどお》りを感じていることは確かであった。

「先着の加賀鳶の支援に当たる。砂を集めて奴らに渡せ」

指示を受けた新庄藩火消は一斉に散開していった。

確かに砂は有効で、三刻以上の時を要し、火を消し止めた。周囲に屋敷、民家、店などが皆無《かいむ》であったことが幸いした。これがもし建物が密集している場所で起こったならば、と考えるとそら恐ろしい思いがする。

三日後、い組の頭の一人、白狼の金五郎の葬式がしめやかに執り行われた。全身に火傷を負った金五郎はあれから意識が混濁し、夜半静かに息を引き取ったという。葬儀から帰宅した源吾の元に来客があった。長谷川平蔵である。

「加持星十郎殿を呼んではくれぬか」

平蔵の第一声はそれであった。その要望に応えて星十郎を呼び立て、座敷で三人となった。

「先日はよくぞ見破ってくれた。火盗を代表して礼を言う」

平蔵はそう言い慇懃《いんぎん》に頭を下げた。

「酷い有様でした。燃えた蔵は調べましたか？」

源吾の問いに対し、平蔵は咳払いを一つして話し始めた。

「日本橋材木商い美濃屋《みのや》の蔵であった。建材を売るだけでなく、加工も行い、かなり手広く商っておる」

「何か恨みを買っていたのでしょうか」

「調べたが気持ちの良い商いを行っており、悪評の類はとんと聞かぬ。大量の木が焼けたことで大工や、簞笥《たんす》職人、細工師に花火師まで嘆いておる」

「花火？」

大工や家具を製作する者が嘆くのは解る。しかし花火とは結び付かなかった。これに答えたのは星十郎である。

「玉皮も作っておりましたか」

「その通りだ。これで夏の花火が間に合わぬと泣き顔であったよ」

花火の外側は玉皮と謂い、薄い木で作られており、半球に薄く削り出す作業は非常に難しいらしい。この玉皮に星とよばれる火薬を詰め、和紙を何重にも貼り付け花火は出来るのだという。

「やはり加持殿は何事にも博識であられる」

平蔵は感嘆して膝を打った。

「本日はいかなるお話で」

源吾は頃合いと見て本題に迫った。

「狐火についての情報を全て出す故に、力を貸してくれ」

平蔵の言葉から並々ならぬ決意が感じ取れた。

「まだ隠していることがおありで?」

「全てを信用したわけではなかったのでな」

平蔵は少しばつの悪そうな顔をした。信じたと口では言っていても、微《かす》かな疑いは残す。それが火付盗賊改方というものなのかもしれない。平蔵が隠していたこととは狐火という名の由来であった。狐火は火付け現場に木札を残す。そこには漢字一文字で「狐」と書かれているというのだ。しかも、重要なのは木札の形であるという。

「木札は円形なのだ」

平蔵は指で宙に弧を描いた。知らぬ者はまず方形を思い描いてしまうだろう。それが円形ということは幕閣ですら一部しか知り得ぬ極秘事項であった。なぜ情報の一部を流し、一部を差し止めるかというと、広く情報を集めながら模倣犯《もほうはん》との見分けをつける為である。

「あれか！」

源吾は膝を打った。

「よく考えられていますね」

星十郎も平蔵の説明に感心している。

「そこでだ。先日の件、加持殿は水を浴びせると勢いを増す火の正体を見破られたとか」

どこから聞きつけてくるのであろうか、平蔵は余程耳ざとい。

「焼け跡にはもう跡は残っていませんでした。が、推測できることはございます」

今度は星十郎が平蔵に教える番になった。平蔵は一々頷いて聞いた後、唸り声を上げた。

「どのような者が、そのような火を作れるというのだ」

「亜鉛は高額。しかも極めて取扱いが難しく、下手をすれば自爆しかねません。候補としては学者、もしくは砲術家」

「砲術家となれば、稲富《いなどめ》、田付《たつけ》、関《せき》などその流派、百は下らんではないか」

「狐の木札から絞り込んだほうがよろしいのでは」

源吾は木札の話を聞いたときより胸に閊《つか》えるものがあった。

「狐と言えば稲荷。それを氏神にしている学者、砲術家の諸流派か」

三つの唸り声だけが交互に響いた。行き詰まったと察したのか、深雪が声を掛けてきた。

「長谷川様、大したお持て成しはございませんが、夕餉を食べていかれませんか？」

「長居をしてしまった。奥方、拙者はもうすぐお暇《いとま》いたしますので構わんでくだされ」

「狐の木札……」

そのやり取りがなされている間も、源吾は想像に没頭しており思わず口走ってしまった。

「木札が火付けに関わりあるのですか？」

好奇心旺盛《おうせい》で何事にも首を突っ込んでくる深雪は敏感に反応を示した。

「綱殿に隠す必要はございませんまい。話しても構わぬ」

先日より平蔵は深雪のことをひどく気に入っている。木札のあらましを手短に語った。

「よく燃えないものですね」

「と、言うと？」

「木札なのに毎度あれほどの火事でよく残っているものだと思いまして」

「そういうことか……でかした深雪！」

源吾の脳裏に唐突に閃《ひらめ》いたことがあった。三人は興奮する源吾に呆気にとられている。

「木札の位置も計りつくされている……狐火は風を読んでいるのです」

「下手人は風読み……」

星十郎がぽつりと呟いた。

「確かに火消には風読みに長《た》けた者はいる。しかし消し方は知っていても、ここまで付け方に詳しい者はいない。お前は特別だ」

「では風読みに長けた砲術家か」

平蔵が投げかけたのは逆の型である。それに対しても源吾は頭を振った。

「毎度残すとすれば、こいつの風読みはかなり精度が高い。砲術家はその時に吹いている風を読むことはあっても、先に吹く風まで読めるものでしょうか」

「では奴は何だというのだ」

「火付けと風読みの玄人……一つ思い当たる節があります」

源吾が口を開くのを今か今かと待ち、皆が少し前のめりになった。勿体ぶるつもりはないが、笑顔を生むことを生業《なりわい》としている者が、果たしてそのような凶事に奔《はし》るのであろうかと考えてしまうのだ。源吾は細く息を吸い込み、凛と言い放った。

「花火師。氏神は稲荷でござる」

三

半月も経《た》たずして平蔵はきな臭い男を見つけ出した。平蔵が語った内容は、火消の対にあり華やかに思われた花火師の闇の部分であった。

花火を生業として名高い鍵屋には稀代の花火師がいた。六代を重ねる鍵屋でも未だ見ぬほどの不世出の才を持っているという。それも同時期に二人である。約二十五年前に発表され、現在でも人気を博している打揚花火の開発にも携わったのがその二人らしく、当時二人とも二十歳にも満たぬというからその才が窺えよう。

一人は手代の清七《せいしち》。現在でも鍵屋の手代として新たな花火の開発に情熱を注いでいる。

今一人を秀助《ひですけ》と謂う。若くして鍵屋の番頭まで上り詰めた男である。二人の役からも察することが出来るように、同じ天才といえども秀助のほうが常に先を歩み続けてきた。

温和で誠実な清七は周囲から好かれていたが、一方の秀助は口数少ない職人気質で近寄り難いところがあった。秀助を、六代目である鍵屋弥兵衛《やへえ》はこう評した。

「あれは焔の鬼。一種の狂気を孕《はら》んでいる」

その言葉通り、秀助は寝食忘れて花火の研究に没頭した。早朝から工房に入り、帰ってきては無言で飯を食い、眠り、また朝には出かけていく。秀助は花火こそが全てという男であった。その才を認めているからこそ、弥兵衛は人当たりが悪く、店先に立つこともかなわぬ秀助を番頭にしたのである。

そんな秀助に転機が訪れた。妻を娶ったのである。相手は奉公人の一人、お香《こう》という女であった。翳のある秀助を皆が恐れる中、お香だけは些かも怯えずに気軽に話しかけていた。そんな様子を見た主人の弥兵衛が思い切って秀助に勧めると、何とこれをあっさりと受けたのだ。女を知らぬ秀助にとっては、もしかすると初恋であったのかもしれない。

お香と一緒になってすぐに子宝にも恵まれた。お糸《いと》という珠のような娘であった。それをきっかけに秀助は大いに変わっていった。挨拶すらまともにしなかった秀助が、後進の花火師に指導するまでになり、その顕著《けんちょ》な変化に皆が驚き喜んだものである。

今までは花火作り一筋で余暇《よか》を取ろうともしなかったが、お糸と出かけることも多くなった。秀助に似ず好奇心旺盛、活発に育っていったお糸は、縁日に連れて行こうものならば少し目を離した隙に迷子になった。手を離さぬように気を付けても、財布から銭を取り出す一瞬で、どこかに行ってしまうこともあった。

「困ったものだ。子攫《こさら》いに遭わぬように気をつけんとな」

相談するとお香はころころと笑ったから、秀助は訝《いぶか》しんだ。

「いえ……花火以外に全く興味を示さなかったのに、こうも変わるものかと思いまして」

「そうだな。今も花火は大切だが」

「わかっております」

秀助は顔を赤らめて俯いた。そんな秀助が思案した対策は、鈴をお糸の帯に括《くく》ることである。これでお糸が離れれば音で察知出来る。手先の器用な秀助は、金物屋に教えを請《こ》い、これを自作しようとした。自ら作って喜ばせてやりたいと思うほど、秀助は変わっていたのだ。しかも銅に亜鉛を混ぜることで発色が生まれると知り、お糸が大好きな赤色の鈴を作ってやりたいと苦心した。亜鉛の含有量が低ければ赤茶けた丹銅、多ければ金のように輝く黄銅になる。秀助が花火師として培《つちか》った経験を基《もと》に、丁度よい塩梅《あんばい》を探り、赤く輝く鈴を作り上げたから金物屋も舌を巻いた。

「おっ父《とう》、ありがとう！」

お糸は、大切そうに鈴を掌で包んだ。秀助は目尻を下げてそれを見守った。

「いつか赤い花火も見てみたい」

「む……いつかな。おっ父に任せておけ」

秀助の表情が一瞬曇ったが、すぐに笑みを取り戻し、無邪気に微笑むお糸の頭をふわりと撫でた。

同じように手代の清七にも子がいる。名を清吉《せいきち》と謂い、お糸よりも一つ上である。鍵屋では丁稚《でっち》の間は「吉」、手代は「七」、番頭は「助」の字を名の後に付ける。清吉も数え六歳の時には奉公に上がった。清吉が七歳になったとき、弥兵衛が戯《たわむ》れに花火を作らせてみた。すると瞬く間に一玉組み上げたのだ。誰かに習ったのかと問うと、

「たった今、旦那様がお見せ下さったではありませんか」

清吉は満面の笑みでそう答えた。たった四半刻ほどの間、見ていただけで模倣したということを知り、弥兵衛は瞠目《どうもく》した。

「清七が十年に一度の偉才、秀助が百年に一度の鬼才なら、清吉は千年に一度の神才だ」

弥兵衛が評したのもあながち間違いではない。清吉は模倣だけに止まらず、一年ほどで、誰もがあっと驚く火薬や金属の調合法を発見し、かつてない発色を生み出してみせた。

「秀助さん、これはどのようにすればよいのでしょうか？」

と、清吉は父の清七でなく、秀助ばかりに物を尋ねた。秀助に訊いたほうが的確だということを、残酷にもこの神童は感じ取っていた。切磋琢磨《せっさたくま》して生涯追い越せぬと思っていた秀助を、我が息子が常人離れした才で猛追している。清七は複雑であった。

弥兵衛は清吉が一端《いっぱし》の花火師になった暁には、暖簾分けしてもよいとまで言いだし

た。

「鍵屋は稲荷明神の眷属様《けんぞく》が咥《くわ》えておられる鍵に由来する。清吉が独立した折には対の眷属様が咥えられている玉から名を頂き、玉屋としてはどうだ」

鍵と玉は稲荷神の霊徳の象徴である。鍵屋の対をなす屋号を捻《ひね》り出すなど、弥兵衛の可愛がり方がわかるというものだ。

「ようやく驚くような新作が完成致しました。是非ご覧下さい」

清吉が鼻高々にそう告げたものだから、弥兵衛は歓喜して、鍵屋一同で実見することになった。何とその新作とは少しばかり赤みがかった発色をするという。驚く点はそれだけではない。宙で破裂した後、幾つもの火の玉が出現し思い思いに泳ぐというのだ。

当日、隅田川の河原に全ての職人、奉公人、その妻子までが集められた。万が一の折の安全を配慮し、新作の試し揚げには火消を伴うのが慣例となっている。呼んだのは、これまでも何度も立ち会っている定火消であった。火消としても、多額の祝儀が出る試し揚げは、謂わばおいしい仕事である。粛々《しゆくしゆく》と支度が進み、皆が期待に胸を膨らませる中、秀助だけが冷や水を浴びせるような発言をした。

「旦那様、再三申した通り、この花火は危ない」

秀助によると、赤に発色させることは自身も試みたことがあると言う。上州《じょうしゅう》産の特殊な鉱石を使用するらしい。しかし、鮮明な色を出すためには瞬時に酸により腐食させねばならず、それは不可能と結論付けた。別に僅かであるが赤を出す仕掛けがある。それには大量の火薬が必要で、危険極まりないという。猫可愛がりしている弥兵衛には説得が通じず、遂に秀助は清吉に詰め寄った。

「いかに仕込んだ。しこたま火薬を詰めたか」

「心配はいりません。別の方法です」

清吉はぴくりと反応したが、それでも白《しら》を切った。花火師にとって己の仕掛けは秘伝であり、他の花火師に語るなどはあり得ない。それは幼くとも清吉も同様であった。

「ありえぬ。赤など……これは後の世の花火師に託すべきものだ」

「私が成し遂げてみせます。ご覧下さい」

周りが白けるのも気にせず、秀助は尚も食い下がった。

「火薬を限界まで増やし、まして中に筒を仕込むなど、何が起こるか解ったものではない」

「なぜ筒を仕込んだと……？」

「俺がすでに考案し、『蜂《はち》』と名付けている。しかしまだ心安く拝《おが》める代物《しろもの》ではない」

「嘘だ。私が考えついたのです。名も『蜻蛉《とんぼ》』と付けている」

大の大人と子どもが言い争うのはみっともないと皆が言った。だが秀助は、

「火を扱うのに大人も子どももあるか。俺は清吉を対等に思うからこそ止めている」

と喚き散らした。これ以上の抵抗は夫が孤立すると思ったのか、お香が止めに入った。

「いいではないですか。仮に失敗であっても、あなた様もそうしてこられたでしょう?」

「違うのだ……」

項垂れる秀助の裾を引いたのは、お香と手を繋いだお糸である。

「おっ父、私も清吉の赤い花火が見てみたい」

「お糸……いつかおっ父が作ってみせると約束したろう」

「今見たいの」

そのやり取りを見た弥兵衛が丁と手を打った。

「決まった。お糸もそう言っているのだ。もうよいだろう」

「しかし旦那様……清七も何か言ってくれ。これは危ういということが判るだろう」

秀助にじっと見つめられた清七は、少し動揺したが、俯き、顔を背けた。

である。

「清七……」

これ以上の説得は無理だと判断したのか、秀助はとぼとぼと引き下がった。支度が調《ととの》えられ、いよいよという時、清吉はすでに成功したつもりでいるのか得意満面で

清七により火縄に火が点けられた。縄がじりじりと燻《いぶ》り、筒に触れた瞬間、想像を絶する爆音が轟《とどろ》いた。秀助の予想通り火薬を詰めすぎていたらしく、玉はその重さで飛翔することなく筒の中で暴発したのだ。拳大の火の玉が拡散して飛び交った。辺りは硝煙に包まれ、方々から悲鳴が上がる。その中で、皮肉にも鈴の音が美しい音色を奏《かな》でていた。

煙が薄らぎ視界が確保されたとき、秀助の慟哭《どうこく》が響き渡った。火の玉がお糸の胸に直撃し、身に着けていた衣服、髪から炎が上がっていたのだ。凡《およ》そ人とも思えぬ金切り声を上げる妻のお香を撥ね除け、秀助は覆い被さって火を消そうとした。

「水を持ってこい!!」

秀助が茫然自失の火消に悲痛な声で訴える。弥兵衛は腑抜けたように地に座り込み、清吉は狼狽えて泣き崩れた。火消は桶を摑んだが、水は張られていない。未だかつて事故など起こらなかったからか、あくまで形だけの出動であり用意を怠っていた

のである。

「火消！　動けえ！」

秀助の懇願とも罵声とも付かぬ叫び声がこだました。川で水を汲み、お糸に浴びせた。肉の焼けた臭いが漂い、お糸は鯉《こい》のようにぱくぱくと口を開閉させ白目を剝いていた。

「お糸、お糸、お糸、お糸」

秀助は憑《つ》きものがついたように連呼するが、お糸の意識は戻らない。胸や顔は爛れ、美しかった黒々とした髪は縮れあがっている。他にも腕を掠めた者などはいたが、直撃したのはお糸だけである。皆が恐怖に顔を引き攣《つ》らせる中、清七が駆け寄った。

「秀助！　早く医者に！」

素人目に見ても幼いお糸が耐えられる火傷の程度ではない。お糸の手を握ろうとすると、その手は腰に付けた鈴をしっかりと握り締めている。お糸が震える手を開く。火焔から守られた鈴は、陽の光を受け赤く輝いていた。秀助は急いで帯から外して、お糸の目の前に翳《かざ》し、小さく振ってやった。可愛らしい音が鳴ると、お糸は僅かに微笑んだあと、ゆっくりと瞼を閉じた。秀助はお糸を抱きかかえながら歯を鳴らし、低く地を這うような声で言った。

「許さん……たとえ地獄に堕《お》ちようとも、お主らも同じ目に遭わせてやる……」


平蔵宅で全てを聞き終え、話の凄惨《せいさん》さに源吾は生唾を呑んだ。

「吸うかい？」

平蔵が煙草盆をずいと前へ押しやった。自前の煙管《きせる》を取り出して刻みを詰めようとするが、手元が覚束ない。

「お糸は間もなく息を引き取った。泡を吹いて激しく引き攣り、見るに堪えなかったそうだ。不幸はそれだけではない」

源吾は顔をさらに曇らせた。平蔵は輪のような煙を吐き出し、続けた。

「妻のお香だがな。すっかり魂の抜けたようになり、間もなく井戸に身を投げた」

もはや絶句する他なかった。そのような話、神も仏もないではないか。

「秀助はその日に出奔《しゅっぽん》し、それからの行方は分からぬ」

書置きも無い、着の身着のままでの出奔らしい。これが今より六年前の秋、源吾が松平家を辞したのと同じ年のことである。

「下手人は火を知り尽くしている。秀助だと辻褄《つじつま》が合いますな。それにしても……」

「惨《むご》い話だ」

平蔵はその場に立ち会った火消を突き止めていた。だがいくら問い詰めたとしても知らぬ存ぜぬであり、鍵屋もそのような事は断じてないと言い張るのだという。一度失敗したとはいえ、清吉が天才であることには変わりない。ましてや主力である秀助を失った鍵屋は、何としても清吉を守る腹積もりと見える。そのために大金も飛び交っていることだろう。

そして源吾には、私的に気に掛かったことがあった。

「淡い緑の花火は、清吉にも作れるのでしょうか」

「いいや。秀助ただ一人の秘伝よ。さすがの清吉も真似られぬようだ」

昔、深雪と共に見た隅田川の花火に想いを馳《は》せた。確かにあの時、淡い緑の花火が上がっていたのを思い出したのである。いや、源吾は忘れられずにいた。

病んだ心にそっと寄り添うような優しさを感じたのだ。それは深雪にとっても同じだろう。大仰《おおぎょう》にいうならば、傷だらけの二人を結びつけた花火であった。

「しかし下手人が秀助であるとすれば、なぜ早々に鍵屋を狙わぬのでしょう」

半ば信じたくないという思いもあり、源吾は疑問を投げかけてみた。

「今や無宿人同然の秀助が、たやすく高価な材料を手に入れられるはずはない。裏で糸を引いている者がおると見ている」

「秀助の憎悪に付け込んで……というわけですか」

平蔵は確信には至らずとも、何かしら推測があるのかもしれない。

「俺に考えがある。力を貸して貰えるか？」

平蔵の目がぎらりと光った。源吾は即座に頷く。平蔵は煙管を打ちつけて掌に火種を出すと、ころころと転がして火鉢に放り投げた。

「たったこれだけでも熱いのにな……不憫《ふびん》なことだ」

重罪人の取締りをする火付盗賊改方は、決して下手人に同情の念を抱いてはならない。源吾には平蔵が感情を必死に圧し殺しているように見えた。

## 四

平蔵の腹案は火付盗賊改方と府下の火消による特別編成の一組を作るというものである。狐火に網を仕掛けたとしても、すでに火を付けていたならば厄介《やっかい》なことになる。そのため、その場で早急に鎮火出来る面々が必要というわけである。平蔵は腰の重い幕閣ではなく、懇意にしており柔軟な思考の田沼意次に直談判した。田沼の考えも同様で、公《おおやけ》に図れば反論が出ると見て内密に裁可を与えた。

秘密裡ということで、町奉行配下の町火消も、目付配下の定火消も使えない。そこで平蔵は常の幕府役人の枠からはみ出た奇策を考えた。捕物は信頼のおける火盗のみ。火消は全て合わせて最少人数の十名程度、いくつかの外様から二、三名を引き抜くことにしたのである。各家には火付けの手口を検証するために、熟練の火消をお貸し頂きたいと申し入れた。

源吾は真っ先に召集された。この火消連合に連れて行くのは機動力のある彦弥、知識のある星十郎の二人。新之助と寅次郎には新庄藩火消を取りまとめてもらう必要がある。

新庄藩三名の他に加賀藩四名、肥後《ひご》藩二名、仁正寺《にしょうじ》藩一名。彦弥と星十郎を除き、皆が番付常連者という錚々《そうそう》たる面々で、その中には大音勘九郎の名もある。

「さて誰が指揮を執る」

「お前が執れ。以上」

嘗《な》め回すように衆を見ながら言う勘九郎に、源吾は即答すると、煙管を取り出して面倒くさそうに煙草を詰めだした。

「それでは各々方が……」

「一丁前に慮《おもんぱか》るな。顔に己がなりたいと書いてある。誰もお主ならば文句はない」

「何を……衆議すべきことである」

「加賀様のような大藩に、我らや仁正寺様がどうして逆らえましょうや。ねえ」

源吾が愛嬌《あいきよう》たっぷりに話しかけたものだから、仁正寺藩の火消は噴き出した。

「しかし肥後様のご意見が」

「番付大関の大音様。我ら三下が文句はありませぬ」

肥後藩のみならず、加賀藩の残り三人までが笑い出す始末である。

「ならば、頭取並はお主が務めよ。それならば拙者は異存ない」

「好きにしてくれ。ただ……必ず一度で仕留めるぞ。後は無い」

真っ赤な顔をしていた勘九郎は、すぐに精悍《せいかん》な火消の顔に戻り、力強く頷いた。


府下全域を警戒するわけにもいかず、鍵屋のある日本橋に的を絞《しぼ》ることになった。番屋の一つを開けさせて、そこでその時を待つ。彦弥は茫として、時折思いついたかのように躰を動かし、星十郎は持ち込んだ書物を読みふけっていた。源吾は羅宇《らう》の脂《やに》を取っては、日がな一日煙草を吹かす。こうして五日の時が流れていった。

六日目の夜半、ついにその時が訪れた。日本橋横山町《よこやまちよう》の外れで呼子《よびこ》が吹かれたのである。その時も煙草を呑んでいた源吾は、慌てて火を落として煙管を煙草入れにねじ込むと、番屋を飛び出した。

「やはり風を読んでいますね。今宵、あそこに火を付ければ町全体に広がります」

現場に急行する途中、息を弾ませながら星十郎は言った。源吾は秀助には会ったこともないが、心のどこかで違う者の仕業《しわざ》であって欲しいと願っていた。現場は騒然としていた。さすが火盗と言うべきか、各地に散っていた捕方がわらわらと集まり、路地の両側を二十名ほどずつで塞いでいる。人だかりの向こうは明るく、すでに火は付けた後と見た。

「道を開けよ！　消火は迅速を貴《たつと》ぶ」

このような時、勘九郎の押しの強さは心強い。捕方を遠慮なく押しのけ前面に出ようとするが些か時が掛かる。源吾が顎で指示を出すと、彦弥は壁を蹴って、桟に手を掛けると素早く屋根に上った。

「御頭……狐火ってやつは沢山いるのですかい」

「何だと⁉」

前面に出てようやく意味を解した。頬かむりした男が七名もいたのである。

「火付盗賊改方である！　神妙に縛《ばく》につけ！」

平蔵が抜刀すると、捕方も一斉に刀を抜き払った。不快な金属音が鼓膜を揺さぶる。

(あちらを突破する。お主は貴重ゆえ……必ず落ちよ)

囁き声が聞こえた。それは源吾以外の者には聞こえぬほどの微かなものであった。

「来るぞ‼」

源吾が叫んだ時にはもう遅かった。下手人たちは腰の刀を抜くと、一個の塊《かたまり》と成ってこちらに猛進してきた。刀が交わり火花が散り絶叫が上がる。捕方の一人が袈裟《けさ》斬りで肩をやられたのだ。次々に叫び声が連なるが、すべて捕方のものである。向こう側の捕方は、燃え広がりつつある火に遮《さえぎ》られ、思うように挟み撃ち出来ずにいる。

「抜かるな。相当な手練《てだ》れだ」

こちら側で平蔵が怒声を発するも、旗色は決して良くない。勘九郎は加勢しようとしたが、それは却って邪魔になるだろう。蛇《じゃ》の道は蛇《へび》、火消が捕方の真似をしたところで高が知れている。火消の本分に邁進《まいしん》すべきである。

「勘九郎、我らの敵は火だ。たとえ背を斬られようとも火に向かおう」

「よし、わかった」

先にどうしても確認しなければならぬことがある。奇声の飛び交う現場で火消たちだけは妙に冷静であった。星十郎と視線が交わった。

「水で消せそうです」

一瞬詰まったが、星十郎は答えた。迷いがあったのだろう。判断を誤れば被害を拡大しかねない。それを聞いた勘九郎が咆哮した。

「屋根のぼろ鳶！　桶を投げる故、上から浴びせよ！」

「うるせえ馬鹿鳥《がらす》！　早くよこしやがれ！」

汚い言葉でのやり取りではあるが、お互いの目が笑っている。火を消すという一点で繋がれるのが火消というものである。玄蕃桶がどんどん屋根に向かって投げられる。投げているのはその道の達者ばかり、桶底が地と平行を保ったまま投げ上げ、一滴さえ水を溢さない。

「消えやがれ！」

彦弥はそれを見事受け止めると、天から降らせ、空き桶を放り投げて戻す。路地では鮨詰《すしづめ》で戦闘が行われ、屋根から雨のように水が注がれる。異様な光景である。

水を受け火の勢いは俄然《がぜん》弱まった。道が半ば確保され、背後の捕方が雪崩《なだ》れ込もうとしたその時、下手人の一人が屋根の彦弥をちらりと見た。源吾の背筋に名状しがたい悪寒《おかん》が走った。男は腰に付けた大振りの茶壺のようなものの蓋《ふた》を取ると、中に手を突っ込んだ。

源吾は叫ぶが、その声は喧騒にかき消される。男は丁度、お伽噺《とぎばなし》の花咲か爺《じじい》の如く空中に何かを散布した。次の瞬間、それは焔の竜のように姿を変え、撒いた水を伝って彦弥を襲った。不意を突かれた彦弥は仰向けに倒れる。

「彦弥！　逃げろ！」

「あれは妖術か……」

勘九郎は啞然となって呟いた。まったく同感である。平蔵ら火盗はもちろん、源吾や歴戦の火消すらあのようなものを見たことがない。現場が呆気にとられる中、ただ一人平静を保っている男がいた。星十郎である。

「あれは金物《かなもの》を限界まで削ったもの。体積に対し、ある一定の表面積を超えると……」

「結論を言え！」

「宙に撒くだけで発火。ましてや火事場となれば必至。水と交わると瓦斯を生みます」

予想ではこの下手人が秀助である。ならば徒党を組んでいる者達は何者なのか。

「こちらも準備したではないですか。同じようにすれば良いのです」

星十郎が差し出したのは一尺四方の木箱である。

「しかし……」

「私を信じて下さい！」

源吾は躊躇いながらも木箱を小脇に抱えて突出した。あの炎が来たらと思うと、やはり恐ろしく躰が強張る。それでも星十郎のことを信じて無心で叫んだ。

「おい！　こっちだ！　花火師崩れ！」

火を撒いた下手人は明らかに動揺した。

「黙れ……腐れ火消」

――秀助だ。

源吾は確信した。火消は革羽織を着用しているため、知る者ならば一目で火消と解る。

秀助は先ほどの粉を撒きつけた。同時に源吾も握りしめた拳から白雪のようなものを解き放ち、粉末どうしが宙で交わる。

「ははっ……いけるな」

恐怖から解き放たれて、源吾は引き攣った笑いを洩らした。

「なぜ付かない」

己の芸当を相殺《そうさい》されるとは思いもよらなかったのであろう。秀助が愕然とする番である。

「何度でもきやがれ！　こっちのほうが量は多そうだぞ」

源吾は木箱から掬《すく》い上げ、指の間からさらさらと落とした。

「塩……か」

秀助は早くも見抜いたようである。星十郎曰《いわ》く、瓦斯を生む炎には砂が有効だが、それよりもさらに効果的なのは、より粒子の細かい塩だという。これで熱を逃がすことが出来、発火を止め、消火を行えるというのだ。

「観念しろ！」

「お主ら火消が役目を全うすればお糸は……」

頬かむりの下の秀助は泣いているような気がした。次の瞬間、鉄壺にずぼりと手を入れると、粉末を頭上に舞い上げた。先ほどより大量のそれは宙を漂うと橙の粒へと変貌し、互いを刺激し合う。瞬く間に炎が降り注ぎ敵味方問わず焦がした。周囲の炎、阿鼻叫喚《あびきようかん》の人々に目を奪われると、やはり腹の底から恐怖が込み上げてきて身が竦んだ。その隙に路地の脇を切り開いた下手人たちはそのまま突喊《とつかん》する。

「大して続かぬ火だ。逃がすな！」

平蔵が叫ぶも、捕方は慌てふためいている。火を恐れるという生物の本能を覆《くつがえ》すことは、いかに勇猛であろうと容易ではない。ただ唯一それを克服《こくふく》するのが火消である。だが源吾はそれを超えられなかった。突破した者は秀助含め三人、すぐに残りの二人は踵を返して立ちはだかった。何が何でも逃がす気である。源吾も刀に手を掛けるが、腕が違いすぎ、到底倒せるとは思えない。護衛を盾にした秀助が振り返りぼそりと呟いた。

「火が怖いか火消。だが、その目の奥は輝いているぞ。俺と同類ではないか」

反論する余裕もなく手が出せないでいると、平蔵が駆け付け多勢に構わず斬りつけた。電光石火の煌めきに下手人の一人がどっと倒れ込む。

「これよりは捕縛せよ！」

ようやく落ち着きを取り戻した捕方が、数にものを言わせ、押さえ込んでいく。その間、源吾は闇の中に溶け込んでゆく秀助の背を見つめていた。

――ちりん、ちりん。

鉄壺が脚に当たっているのか微かな金属音が聞こえる。しかしそれも次第に小さくなり、夜風に流されて消えていった。


翌日、源吾は火付盗賊改方の本拠である御先手衆屋敷を訪ねた。

平蔵は美味そうに煙草を呑んでいる。煙管の雁首《がんくび》や吸い口は銀で出来ており、桜に雲雀《ひばり》が留まる見事な絵柄が装飾されている。また羅宇も竹ではなく、黒檀《こくたん》で出来た珍しい逸品であった。

「お主らのお陰で尻尾《しっぽ》を摑むことが出来た」

下手人七名のうち四名を捕縛、二名を斬殺し、一名を取り逃がした。逃がした男こそ、奇怪な術を見せた秀助と思《おぼ》しき男である。捕縛した者どもは一様に舌を嚙んで果てたことからも、特殊な訓練を受けた者と推測出来た。

「核心に近づかれたのですな」

「うむ……気付いておったか。狙われた商家の全てが、田沼様の理念に強く賛同し、献金している店である故な……」

やはり平蔵の頭にはこれと思う黒幕がいるようであった。しかしそれと結びつける証拠は未だ何もない。とはいえ此度のことで狐火が秀助である可能性が極めて高いこと、また単独犯ではなく、下手人たちの人数、個々の腕からしても背後に何らかの組織が絡んでいることは明白となった。それで高価な金物屑《くず》を精錬していることも納得がゆく。

平蔵は竹の灰吹きに吸殻《すいがら》を捨てると、間も空けず新たに刻みを詰め、すっと煙草盆を前へ押しやった。

「慮る必要は無い。呑まぬのか？」

「あの騒動の最中煙管入れを落としたようで。今日の帰りにでも小間物屋を覗いてみます」

「我らのような煙草好きには災難なことだ。己に合う煙管はそう見つからぬでな」

「私のものは安物ですよ」

平蔵は火箸《ひばし》で熾《おこ》った炭を挟むと、ゆったりと雁首に近づけた。平蔵は目を柔らかく瞑り、煙草を楽しんでいる。

「やろう」

平蔵は火の入ったままの煙管を指でくるりと回し、吸い口を源吾に向けた。

「ではお言葉に甘えて一服」

「煙管よ。受け取れ。世話になった礼だ」

遠慮を快く思う男でないことはすでに知っている。源吾は受け取ると口を付けた。煙草の燻される音が立ち、やがてぷかりと煙を吐いた。

「良い塩梅です」

「あとは我ら火盗に任せておけ」

火盗と火消を跨いだ特別組織は解散となった。ここより先は源吾らが踏み込めぬ領域なのだろう。それは平蔵の目の奥に見える決意が物語っていた。

炎をまともに受けた彦弥であるが、軽い火傷を負っただけで大事はなかった。何かに引火しなければ大した殺傷能力はないようである。

しかし、この一件で源吾は炎を克服出来ない己に絶望していた。どれほど気合いを入れても、条件反射で躰が怖がるのだ。無理に踏み込めば、お七を助けた時のような醜態《しゅうたい》を晒すのがおちである。この為体《ていたらく》ではまたあの日のように人を死なせてしまうだろう。現に彦弥も危険に晒したではないか。そう思えば思うほど、心に巣くう闇が広がっていくようであった。

年が明けて二月になり、梅の花が咲き誇っていた。そのような頃、またしても長谷川平蔵からの呼び出しがあった。是非とも源吾に会いたいという御仁がいるらしい。場所は、火付盗賊改方が借り受けている御先手衆の屋敷である。屋敷に足を踏み入れた時より、源吾は異様な雰囲気を感じ取った。誰もいないのかと思えるほど静寂を保っているのだ。狐に摘まれたのだとすれば、今案内をしてくれている初老の下男も狐《こ》狸《り》の類ということになる。奥の座敷に通されると、下男は去った。暫くすると、遠くから廊下の軋《きし》む音が聞こえてきた。跫音は二つ。廊下の上を歩くならば、それが一町先だとて聴き分ける自信がある。

すらりと襖が開くと、そこには平蔵と見知らぬ男が立っていた。年の頃は五十ほどであろうか、丸顔に丁寧に目鼻が配された男前である。惜しむらくは唇が少し厚く、それが些か貪欲《どんよく》そうな相に見えなくもない。

「長谷川様、ご冗談が過ぎますぞ。狐に化かされたのではないかと焦り申した」

源吾は軽口を飛ばした。最近の二人の関係ならば笑ってもよさそうなものだが、平蔵は表情を変えない。平蔵が何かを言おうとしたのを、男は制してどかりと胡座《あぐら》をかいた。

「よい面構えだ。なかなかの伊達男だな」

話しぶりは御家人のご隠居という感じであり、不思議と親しみを感じた。

「伊達男は御勘弁下され」

「ほう。褒めたのだが気に食わんかえ」

「元は江戸生まれ旗本家臣なれど、今は戸沢家の禄を食んでおります。伊達ばらと同様にされては、主君の雷が落ちます」

「かかか。なるほど、それもそうだ。口が達者なようだな」

戦国の世の折、奥羽の覇者を目指した伊達政宗《まさむね》に対し、戸沢家の先祖、戸沢盛安《もりやす》は小身ながら幾度も立ちはだかり、夜叉九郎《やしゃくろう》の異名を取ったのである。

「配下にもそう言われ申した。我が忌《い》み名《な》には『口』が二つ入るゆえ、口煩いのだと」

「さすがぼろ鳶。面白いやつが揃っているようだ。その理屈だと儂は口七つになる」

「申し遅れました。戸沢家中、松永源吾と申す」

「田沼意次じゃ」

「げ……」

驚きのあまり牛蛙《うしがえる》が潰されたような声を発し、源吾は眼を見開いた。目の前にいるのは開府以来、初めて側用人から老中にまで上り詰めた男、陪臣《ばいしん》の己など天地がひっくり返っても言葉を交わすことの出来ぬ貴人である。源吾は我を取り戻すと、畳に頭を擦り付けた。

「御無礼を致しました」

「よいよい。儂も元は紀州藩の足軽の血筋よ。平蔵があまりにお主を褒めるから、会《お》うてみたくなった」

田沼は呵々と笑い膝を打った。源吾が思い描いていたご老中様の像と大きく異なる。

「奥も愉快であるらしいな」

——余計なことを申されたのではあるまいな。

源吾の額を汗が走る。頭を下げながら平蔵を睨み上げた。田沼は続けた。

「肝の据わった女傑とか。それに算勘名人。儂の政策を褒めてくれているらしいの」

もう何も言葉が浮かばない。熱烈な田沼信者の深雪がいたならば歓喜することであろう。

「そのような女子が埋もれるのは勿体無い。いつか男女の境無く、悠々と働くことの出来る世を作らねばならぬ」

「今でも十分働く女子は――」

思わず口走ってしまった源吾は、はっとして畏まった。

「儂が申すのは商家だけではないぞ。公儀のお役目、例えば普請、勘定、そちのような火消を女子が行うのだ」

「女子が火消……」

「そうだ。土壇場での肝の据わりようなど、女子のほうが優れているやもしれぬぞ」

そのようなことは想像だにしなかったことである。田沼は革新的な理念の持ち主であるらしい。田沼はさらに続ける。

「女子が様々な職に就《つ》くことにより、銭の流れはより活発になる」

「拙者には難しいことは解りかねます」

「人には得手不得手があるものよ。火消ならば右に出る者はおるまい」

まさか本当に興味だけで会いに来たというのか。田沼の話の先が一向に見えてこない。


「私は何を為せばよいのでしょうか」

「狐火が付けた火を大火になるまでに止めよ」

「先に捕縛するほかありませぬ」

「それは長谷川が行う。しかし万が一の時、必ず止めて欲しい」

無論止める気でいる。しかし必ずと言われれば理論上不可能に近い。何時何処《いつどこ》に火を付けられるか解らない。それを完璧に防げるはずがないではないか。仮に火を見つけても、火を恐れる今の自分では期待に応えられそうもない。下唇を噛みしめて俯く源吾に、田沼は優しく語りかけた。

「狐火の背後には、儂を快く思わぬ勢力がいる。商業に重きを置く儂の政策を転ばせたいのであろう。人が集まりすぎた故に火災が起こると」

事実、田沼の重商主義により江戸の人口は爆発的に増加している。

「確かに府下の人の数は増え続け、それが火災の原因の一端を担っているかと」

「では一つ問う。お主に子が十人いるとしよう。子どもの悪戯により火事が起きたとする。それほど子を作らねばよかったと悔やむか。何故守れなかったのかと悔やむだろう」

「その通りでございます」

「府下に生きとし生ける者、我が子と同じである」

源吾は民を我が子と言い切る田沼を、惚れ惚れと見つめていた。

「火付けを止めることは極めて難しい。それでも全力で防ぎましょう。田沼様に転ばれては、子が不憫《ふびん》でござる」

「かかか。そうか」

田沼は嬉しそうに眉を開き、いつの間にか腰から抜いた扇子《せんす》で自身の腿を打った。

「田沼様を快く思わぬ者とは……」

「松永、出過ぎたことぞ」

政局を左右しかねない重大事項は話せぬということか、それまで置物のように押し黙っていた平蔵が突然口を開いた。

「よい。一つの橋では満足出来ぬと、二つ三つ架けたがる。そのような御方よ」

何のことを言っているのか源吾には皆目理解出来なかった。田沼は哀しそうに微笑むと、視線を中庭へやった。鶯《うぐいす》の鳴き声が聴こえてくる。その声が田沼の横顔に浮かぶ悲哀を際立たせているような気がした。

# 五

数日後、源吾の耳に看過できぬ話が舞い込んできた。

――火付けの下手人は火消。最も疑いが濃いのは、新庄藩士松永源吾である。と、いうものである。愚にも付かぬ噂だと一笑に附したのだが、自宅まで伝えに来てくれた左門の顔は真っ青である。そのことから事態は徒《ただ》ならぬことになっていると感じた。

「このような噂は当人に最も遅れて入るもの。江戸市中で知らぬ者はおらん」

「俺の無実ならば長谷川様が知っている。それに長谷川様の背後には御老中もおられる」

先日、幕閣の頂点とも言える田沼意次と面会したことを、左門だけには話していた。

「それが……黒幕は田沼様、長谷川様も一味だと噂されているのだ」

「馬鹿な！　何の為に田沼様が江戸を灰燼《かいじん》に帰する必要があるのだ」

左門は沈痛な面持ちで首を振った。左門が語るところによると、田沼は日頃から今の町割りではこれ以上の発展は望めないと自説を展開していた。縄張りの整理を行うことにより、商業を栄《さか》えさせ、それに伴う普請で雇用を確保、景気回復に繋げようという算段である。しかし既得権益を持った者と多くぶつからねばならず、暗礁《あんしょう》に乗り上げていたのだ。

「だから燃やすなど暴論だろう」

「明暦の大火のあと、江戸は今の縄張りになった。普請により町は大いに潤った。その前例があるのだ。再来を企んでいると噂されては、もっともらしく聞こえる」

「そのくだらん噂……出元はどこのどいつだ」

苛立った源吾は畳表を爪で掻いた。

「奇妙なのだ。突然降って湧いたかのように流れ、瞬く間に広がった」

視線が交わると互いに頷き合った。田沼は己を快く思わぬ者がいると言っていた。その者が何らかの意図を持って流言を流布させている可能性がある。

「だとしたら何故俺を狙う」

「火消同士が疑心暗鬼に陥れば狙いは誰でもよかったのかもしれぬ」

源吾は唸るほかなかった。短期間で広めたということは、相当な力を持った者だと想像出来た。そもそも田沼に盾つこうなど並の者ではあるまい。

「放っておくしかあるまい。いずれ立ち消えるだろう」

「だとよいのだが……」

生真面目《きまじめ》な左門は、楽観的な考え方は到底出来ぬらしく苦しそうに呟いた。

左門の不安が的中したのは三日後、如月（二月）十日のことであった。突如として大目付、池田政倫《いけだまさとも》の手の者が源吾の自宅を取り囲んだのである。政倫本人は新庄藩上屋敷に詰めかけ、詮議を強行し、江戸家老北条六右衛門が応対した。内容は昨夜、本郷で起こった小火が火付けであったということで、その下手人として松永源吾が疑われているのだという。

「旦那様……」

気丈な深雪もさすがに怯えており、声が上擦っている。

「心配ない。昨夜はずっと腕枕をしていただろう」

源吾は微笑みながら深雪の頭をそっと撫で、一枚羽織ると表に出た。

「新庄藩火消頭、松永源吾。詮議したきことがある。同行を願おう」

「俺は火付けなどしておらん。どのような次第ぞ」

「大目付様より聞け。我らは引っ立てるだけ」

「証拠もないのに引っ立てられて堪るか」

源吾が言い返したその時、複数の跫音が近づいて来るのを感じた。配下の者達である。

「おい！　どきやがれ！　何で御頭が火を付けなくちゃならねえ！」

怒鳴って大目付の手勢を掻き分けようとする鳶の顔面に拳が見舞われた。強《したた》かに打たれた鳶は、尻餅をついても叫び続けている。先ほどの侍が再び拳を振りかぶった瞬間、寅次郎がその襟を鷲摑みにした。侍はふわりと地から浮き上がり高く宙に吊るされた。

「手を出すんじゃねえ!!」

源吾の一喝を受け寅次郎は肩を窄めた。

「証拠はあるのですか！」

いつもは冷静沈着な星十郎でさえ、目が血走っていた。

「松永の煙草入れが現場に落ちていた」

確かに煙草入れは紛失しており探していた。前後の記憶から狐火と対峙《たいじ》した日に落としたのではないかと思っていたのだが、こんな形で使われるとは夢にも思っていなかった。何者かが現場に戻ったか、火盗の中に内通者がいることも考えられる。

「誰かが嵌めたのですよ」

新之助が今にも泣きだしそうな目で見つめてくる。

(御頭……後ろです……御頭ならば聞こえるでしょう……)

首を掻くふりをして天を見上げると、彦弥が屋根の上に這《は》いつくばっているのが目に入った。蚊の鳴くような声で囁きかけてきている。

(縄を投げます……一旦身を隠しましょう……)

源吾は鼻腔から思い切り息を吸い込み、吐き出すと同時に微かに笑んだ。

「もういい。詮議に掛けてくれ。俺は断じてしていない。連れて行け」

侍たちは源吾を囲みながら歩を進める。鳶たちの人だかりが割れ、銘々声を掛け、中には涙を流す者もいた。

「言いにくいことだが正直に話す。昨夜は……」

源吾がそう言いかけたので、侍も鳶も一様に息を呑んで見守った。

「深雪を腕枕していたので動けなかった。起こして雷が落ちると怖いからな」

思わず笑い出す者もいた。それでも目から涙を流している者もいた。顔で笑い、心で泣いている。そのような表現が最も適当であろう。

昼夜に拘わらず詮議は弛《たゆ》むことなく続き、五日目の朝、牢の前に左門が立っていたものだから、幻かと思ったほど心身は弱っていた。しかし、左門の一言で現《うつつ》だと悟った。

「長谷川様が大目付池田様に怒鳴りこまれた。取りあえず出られるぞ」

事の次第はこうである。平蔵は源吾が捕縛されたと聞くと、池田政倫の元に赴《おもむ》き、源吾の無罪を訴えた。しかし、証拠である煙草入れが事前に紛失していたものと証明するためには、狐火捕縛のために隠密に動いていたことを話さねばならない。江戸を守るためであったのだから、堂々と話してもよさそうなものであるが、政治の世界ではそうではない。田沼の肝煎《きもい》りであったと知れたならば、また様々な憶測を呼ぶことを平蔵は知っていた。故に己の独断で、田沼の名をちらつかせて火消を集めたと証言したのだ。

それにより平蔵は閉門処分となったが、多くの証人を得ることが出来た。行動を共にした加賀藩、肥後藩、仁正寺藩の者は、源吾と狐火は確かに対峙したと証言したのである。しかし、仲間を使った自作自演の可能性もあるという者もあり、源吾への嫌疑が完全に晴れたわけではない。

「御家老が屋敷に座敷牢を作り、そこで監禁すると大目付様に申し出られた。狐火が捕まるまでは出られまい。……すまない。私は無力だ」

「助かった。長谷川様に御礼を……あと深雪に無事だと伝えてくれ」

小刻みに身を震わせる左門に、源吾は掠れきった声で語りかけた。

源吾はその日のうちに新庄藩屋敷に移送され、座敷牢に押し込められた。部屋は八畳一間。住み込みの下男が三名で使用していたものを急造の座敷牢にするため、木枠が嵌められている。急遽《きゅうきょ》の決定であったのだろう。源吾が到着したときには、まだ大工が作業の途中であった。食事は常と変わらぬものが出され、大目付の牢とは雲泥《うんでい》の差がある。

交代で付く見張り以外には人との接触は無い。自然、己に問いかける時が多くなる。未だにやはり炎を見れば身が固くなり、時には震えまで起こる。それなのに、――秀助が火を付けることを望んでいる。そしてそれを止める俺を夢想している。のである。この矛盾の答えは、秀助という怪物を止めることによって、火を克服出来ると考えているのではないか。だとするならばこれほど身勝手なことはない。己が立ち直り、華々しく活躍する火消に戻るという利己的な理由で、火付けを心待ちにしているのだ。

俺と同類ではないか。あの日、秀助が放った言葉が頭を駆け巡る。助けられなかった人々が足に縋り、それを振り払い己が火を付ける酷い悪夢を見て、自らの叫び声で目を覚ますこともしばしばで、日に日に目の下に深い隈が浮かび上がっていった。

移されて六日経った如月二十一日、ようやく妻との面会の許可が出た。深雪は取る物も取りあえずといった様子で駆け付けた。深雪は格子の向こう側で絶句している。

「お躰に障《さわ》りありませんか。滋養のつくものを拵《こしら》えて参ります」

「いや、食事はまともなものが出る。ただ喉を通らない。夜が辛くてな」

「夢……でございますか」

夫婦というものは不思議なものであると思う。日常の中ではあれほど誤解を生みあうものなのに、危機に直面すれば阿吽《あうん》の呼吸で伝わる。

「俺はあの頃から何も変わってはいない。火事場でなければ生きていけぬ男だ……あの頃の俺に戻るために、火事が起こることを望んでいる……」

源吾がそう言ったものだから、見張りの者が慌てふためいた。それを深雪は押し止める仕草をすると、優しく語りかけた。

「しかし火付けなどしていないことは、この私が一番よく知っております」

暫し黙した後、源吾は嗚咽を堪えながらぽつりと零した。

「燃えれば燃えるほどに、それを消す快感を得られる。俺は奴と同類なのだ……」

源吾は吐露すると頭を抱えこんだ。火事は人が模倣することが出来る唯一の天災である。模倣であってもその猛威は神が行うものと些かも変わりない。それが人の悪意によって凄まじい頻度で起こる。消しても消してもきりがなく、抗うことは無駄ではないか。仮に火災を全て根絶すれば己の存在理由はあるのか。そうなれば自ら火を付けてしまうのではないか。あまりに自問自答する時があり過ぎ、源吾の心は蝕《むしば》まれていた。深雪は何も言うことなく格子の中に手を入れ、震える源吾の手を握りしめた。


「御頭が濡れ衣を着せられているのに訓練どころじゃねえだろう！」

訓練が再開されたとき、彦弥はそう言って新之助に食って掛かった。

「御頭がいない今だからこそ、さらに訓練しなければならないのです」

珍しく新之助も語調を荒らげたことにより、喧嘩に発展した。

「なんだ急にやる気になりやがって。御頭の後釜に座るつもりか」

「そのようなつもりは毛頭ありませんよ！　いつ次の火付けがあるとも分からない。その時に我々が止めずしてどうするのです！」

新之助は顔を赤らめて唾を飛ばした。

「町衆の声を聴いたか⁉　あんなにぼろ鳶が活躍するのはおかしいと思っていただ

の、信用して感謝した俺たちが馬鹿だっただの、皆が掌を返したように囀《さえず》ってやがる。仮に火事が起きようが、俺たちに出番はねえ！」

「それでもやらねばならないのです。文句があるならば彦弥さんは出て行って下さい」

新之助はそこまで言って、はっとしたがすでに遅かった。

「そうかい。世話になったな。俺は御頭だから付いて来たんだ」

彦弥は哀しげに言うと、皆が止めるのを振り払い、出て行ってしまった。新之助に非難の目を送る者もいた。

「それは私もですよ……」

新之助の微かな呟きに反応したのは、最も近くにいた寅次郎である。

「御頭が帰るまでは、頭取並の鳥越様の御指図に従う。それが道理だ」

普段から彦弥と最も仲の良い寅次郎がそう発言したので、皆が我を取り戻したが、新之助の表情は暗い。

「御頭が帰るまで、やれることをやりましょう」

新之助が気勢を上げると、皆がそれに続く。訓練の様は初めて見る者には勇壮なれど、日頃を知っている者からすれば、どこか儚《はかな》さと脆《もろ》さを感じるだろう。

座敷牢には一つだけ小窓があり、そこにも格子が嵌めこまれていた。そこから沈みゆく日の柔らかな光が目を細める源吾の頬を染める。西の山々の稜線を陽が縁取り、何気ない一日に終わりを告げる。闇が覆うのも束の間、東の海原より陽が昇り、何気ない一日が始まりを告げる。幾度となく繰り返されてきたことである。

ただその何気ない一日が、誰かにとって忘れえない日であることもある。それは婚姻や昇進、栄誉に与《あずか》るような晴れ舞台の日かも知れぬし、はたまた死別などの不幸が訪れた悲哀の日かも知れぬ。

寅次郎にとっては達ヶ関との大一番の日であろうし、彦弥にとってはお夏を見送った日であろう。星十郎にとっては庵から踏み出した日であり、また新之助にとっては父を亡くした日なのかも知れない。源吾にとっては深雪と共に花火を眺めたあの日であった。

もはや取り戻せぬ今日も、粛々と過ぎていくであろう明日も、江戸に住む百万の誰かにとって忘れえない日であろう。ただそれが、江戸に住まう全ての人にとっての忘れえない日になろうとは、誰も思いも寄らぬことであった。

明和九年如月二十九日も、何一つ変わること無い朝が訪れた。敢えて変わった事を探すとすれば、ここ数日の曇り空が嘘のような晴れ模様で、爽やかな風が吹き抜けていることだろう。常よりも暖かであったからか、唯一の小窓から見える桜もすでに八分咲きといったところで、春爛漫《はるらんまん》の日に江戸の人々の顔はきっと明るいものになっているに違いない。

一人の侍が駆け込んできて、見張りの者に何かを耳打ちした。見張りの交代にはまだ一刻以上も早い。横目でちらりと見ると、どちらの顔色も酷く蒼いのである。

「何かあったのだな……」

問い詰めようとしたその時、微かな音が鼓膜を揺らした。

「今のは何だ」

源吾ですら聞き逃しそうな音を、この者が捉えられるはずは無く、首を捻った。源吾はすでに新たな音を捉えている。聞きなれた金属音である。

「ありのままに話してくれぬか」

「お許しあれ。拙者は何も申せませぬ」

「半鐘が鳴っているではないか！」

何度も頼み込んだが、見張り番は心苦しそうに眉間に皺を寄せるだけである。見張りの者の顔を染めた蒼は尚も広がり、唇を紫に染めている。その時、大音を立てて引き戸が開け放たれた。息を切らした左門が立っている。左門の全身がわなわなと震えていた。

「新之助が……やられた」

源吾は目の前が真っ暗になった。瞬く間に血の気が引き、喉がひりつく。前後左右の平衡《へいこう》感覚が狂い、酔ったかのようにふらふらと後ずさりすると、音を立てて座り込んだ。

二十九日、鶏の鳴き声と共に目覚めた新之助は、まず文机に向かった。御頭の不在により書類が山積している。自身では学が無いと嘯《うそぶ》く御頭であるが、火消に関することならば実務、事務問わず驚異的な力を発揮する。しかし才だけで全てを回すことは出来まい。きっと昼夜問わず役目に向きあう鉄人的な精神力があってこそであろう。新之助は御頭が居なくなって初めてそれに気づいたことを恥じた。非番の日、新之助が美味い飯屋を探している時も、芝居小屋に足を向けた時も、きっと書類を処理し、町を見回っていたに違いない。

「朝餉の支度が出来ましたよ」

襖が開かれると、そこには母の姿があった。

「もう少しお待ち下され」

新之助は手短に答えると、再び書類に視線を落とした。父を失って二年が経つ。母は齢四十であるが、まだ溌溂としており、下女を雇わずに自ら食事を拵えてくれる。為すべきことが多いほうが、余計なことを考えずに済むらしい。膳の前に座った新之助は飯をかっ込み、汁を啜った。

「慌てずにお食べなさい」

「行かねばならぬところがあるのです。今の私にはいくら時があっても足りません」

漬物に箸を伸ばし、飯と共に口へ放り込んだ。

「父上にそっくりです。そのようなことをよく仰り、急いで食べておられました」

「そうだったのですか」

申し訳ないが、父の記憶は朧気《おぼろげ》であり、時にごっそりと抜け落ちている。特別厳しかったわけでもなく、だからといって可愛がられた覚えもない。お役目に勤勉であったことは記憶している。新之助にとっての父とはそれだけの存在であった。男子にとっての晴れの日である端午《たんご》の節句や、国元の藩校に倣《なら》って江戸屋敷で行われる学問、武芸のお披露目《ひろめ》の日も、父はお役目に駆り出された。父から詫びの言葉は遂に一度も聞いたことは無い。かといってお役目を誇る訳でもなく、粛々と繰り返していた。

元服した後、父は鳥越家のお役目を学ぶことを勧めた。だが、新之助はどうも気乗りがしなかった。火消という役目が武士の本道をいっているとはどうしても思えなかったのである。武士に生まれたからには武芸や学問で身を立てたい。幼い新之助はそう思っていた。

生返事ばかりでやり過ごしているうちに、いつからか父は口にしなくなった。父は無理強いするような性質の人ではなかった。最後に勧められたのはいつであったか、また適当に調子を合わせていたように思う。ただその時、父が哀しげな目をしていたことだけは、何故かまざまざと覚えていた。

新之助は朝餉を終えると町に出た。管轄内の大路から人一人がやっと通れるほどの小路まで、自らの目で調査しておこうと決めたのは、御頭が監禁された翌日のことである。

「お前らが火を付けていたらしいじゃねえか！」

「名誉のためにお武家はそこまでするのかい」

などと、心無い言葉を投げつけられたことも多々あった。その都度、新之助は弁明をするのだが、噂は尾鰭が付いて広がり、もはや手に負えぬ状態であった。

――彦弥さんの言う通り、誰も我らには従わないだろうな……

彦弥が出て行った日、彦弥配下の纏衆も憤慨して新庄藩を辞した。だが翌日には頭を垂れて帰参を願い出てきたから驚いたものである。訳を訊くと、彦弥が戻るように厳命したのだという。それでも上役に楯ついた責を取ったつもりか、彦弥は戻らなかった。

そのような中で僅かながら、異なった反応を見せる人々もいた。

「御父上にはお世話になりました」

と、慇懃に頭を下げてくれる旦那や、

「蔵之介さんの倅《せがれ》だな。しっかり気張りなよ」

などと、口悪く励ましてくれる職人がいるのである。聞けば父は何度も足を運んで、火が付きやすいものはしまえ、常に水を張っておけと、細やかに指示を出していたという。

父は御頭のような常人離れした聴覚も持ち合わせていなければ、寅次郎のような怪力も無い。彦弥ほど身軽でもなく、星十郎のような智嚢《ちのう》を持ってもいなかった。それを父も自認していたからこそ、地道なことを積み重ねて、町の安全を守ろうとしてきたのだろう。今の段になって初めて、父が何のために家を空けていたのかを知り、複雑な思いが芽生《めば》え始めていた。

日が高くなった頃、南方より腹に響くような太鼓の音、続いて半鐘がかき鳴らされる音が聞こえ、新之助は夢中で駆け出した。おそらく目黒《めぐろ》、あるいは品川《しながわ》あたりか。

——御頭ならば正確無比に当てるだろう。

ふと御頭のことが頭をよぎった。鐘の音を辿っていくと、どうやら目黒からの出火であるらしい。近づくにつれ藁《わら》を燻したような臭いが鼻をくすぐり、辿り着いたとき現場にはすでに煙が充満していた。煙が黒みがかっていることから、通常の火事とは様子が異なる。逃げようとする紙拾いを摑まえて問い質した。

「火元はどこですか⁉」

「どうやら火付けらしい。場所は行人坂大円寺《ぎようにんざかだいえんじ》」

行人坂は目黒不動への参詣客で、常に賑わっていた。恐ろしい被害が予想される。

「もう行ってもいいかい」

脚を空転させながら訊く紙拾いに、新之助は懐から財布を抜き取って握らせた。

「私は新庄藩の鳥越新之助と申す者。これを受け取って下さい。頼みがあります」

「あんたぼろ鳶かい⁉　さてはまた火を付けやがったか」

「我々は断じて火付けなど致しません。中屋敷に行って全火消を出すように伝えて下さい」

新之助は頭を下げ、縋るように懇願した。その様子に心を打たれたのか、気圧《けお》されたのか、紙拾いは渋々了承し走り去っていった。迫りくる火から逃げ惑う人々で、行人坂は恐ろしいほど混雑している。ひしめく雑踏の中、新之助の目は一人の男を射止めた。菅笠の下から一瞬覗き見えた顔に見覚えがあったのだ。

——あれは確か……

一気に記憶が蘇ってくる。男は黒衣に身を固めているが、錫杖《しゃくじょう》の類は持っていない。火事は先刻起きたばかりであるというのに、すでに葛籠《つづら》を背負って脱出しようとしていた。

——何かがおかしい。

葛籠の中身は仏具なのか。ならばなぜ手に数珠《じゅず》や杖がないのか。そもそも僧であるならば、個人的な仏具を持ちだす前に寺の仏像を避難させないか。考えるほど疑わしく思えた。

新之助は男を懸命に追いかけたが、人波に遮られ、思うように近づけない。

「おい、そこの僧よ止まれ！」

辺りを見渡しても他に僧などいないのに、男は振り返ろうとはしない。むしろ人込みに身を捻《ね》じ込んで、撒こうとしているように見えた。新之助は意を決し、尚も呼びかけた。

「待て、狐火！」

男はぴくりと肩をいからせたように思えたが、間もなく人海に紛れて消えた。しかし真偽を検証する間も、悔やんでいる間もなく、現場にまたもや変異が起こった。

「何だあれは⁉」

誰かが金切り声で叫んだのである。声の主である男の指差すほうに、寺院の塀越しに楠《くすのき》の大木が見えた。人々から奇声と悲鳴が上がった。

「どうなっている……」

大木のどこにも火は見当たらない。それなのに、幹から黒煙が噴き出している。楠は因縁の木とも呼ばれ、不用意に枝を払っただけで祟《たた》られると恐れられている。そのような神木から煙が上がっているのだ。全てを理知的に考える星十郎のような人でもない限り、神罰と信じるだろう。新之助は人波を掻き分け塀を越えた。楠は尚も煙を吐き続けている。新之助はそっと幹に手を添えすぐに離した。一時なりとも触れていられぬほどの高温である。

「中が燃えているのか」

そうとしか考えられない。だとしたら、これは偶発的なものか、それとも作為的なものか。そのどちらであっても何故こうなったのか、新之助には見当も付かなかった。

「火消が来たぞ！」

塀の外で声が聞こえた。刻一刻と目まぐるしく状況は変化していく。

――直違紋《すじちがいもん》……丹羽家か。

同じ桜田組の方角火消、丹羽家である。本日は番に当たっている。江戸城桜田門に迫る火を防ぐのが方角火消の本分、すると火は御城に近づいているということではないか。そう思い、木々の揺らぎを凝視《ぎょうし》する。風は南西から吹いている。それもかなりの風力である。

――何故気付かない。私はやはり未熟者だ。

自分を殴ってやりたい衝動に駆られた。御頭ならばまず確認する事項である。大事なことこそ口に出す。そうすれば連鎖して様々なことに気が付くものだと教わった。

「丹羽家の方々‼」

「戸沢家の鳥越殿か」

顔見知りの侍がこちらに気付き、返答してきた。

「この楠、中から燻されております。急いで消さねば桟に燃え移ります」

「中からとは面妖《めんよう》な。高々八十余名の少人数で、三手に分けるのはちと厳しい」

侍が早口で説明するには、大円寺での出火とほぼ同時刻、上大崎《かみおおさき》あたりの土蔵がおかしいという報告が入り、今より二手に分けるつもりであったと言う。

「当家も間もなく参ります。十名ほど御貸し願えぬか！　私が上大崎を押さえます」

この火事が徒《ただ》ならぬものと、熟練の火消ならば皆すでに感じている。藩の垣根をとやかく言っている場合ではない。侍は力強く頷くと、十名の鳶を割いてくれた。

土蔵は上大崎の中でも北端にあたる地に建っていた。偶発的に土蔵でも火事が起こったということなのか。すでに土蔵の周りには近隣の住人たちが集まり、人だかりができている。名乗ろうとした時、鳶の一人が袖を引いた。新庄藩の名声は地に落ちている。無用な問答を避けるために丹羽の名を出せと目で訴えかけている。

「丹羽家の火消だ！　道を開けよ！」

確かに土蔵には異常があった。木枠は隙間なく外から塗り込められており、壁が熱を持ち始めている。土と木の違いもあろうが、先ほどの楠と異なり、こちらは触れられぬほどではない。だがこれこそが、御頭から習った朱土竜の兆候である。中の炎は桶一杯で消えるほど小さなものであろう。しかし油断して木戸を開けた者を、朱土竜は容赦なく呑みこむ。

「皆さん、離れてください！　時を掛けて冷ますしか方法はありません」

「お侍さん……声がするのです」

女が新之助に語りかけてきた。だからこそ火消を呼びに走ったのだという。新之助は耳をそばだてた。女の言う通り確かに中から声がする。それも一つや二つではない。幾つものか細い声が折り重なっている。

「犬……ですか」

燻されて苦し気に鳴くのは犬である。それも十匹以上であることが解った。

「皆は離れよ！」

新之助は鬼気迫る表情で周りに呼びかけた。丹羽の鳶が血相を変えて止めようとする。

「まさか開けるおつもりですか！」

「開ける。朱土竜が失せるには二刻はかかる。今開けねば、万が一にも助からん」

「正気ですか……犬ですぞ！」

「それがどうした！　それに人がおらんとも限らん」

問答が繰り返されている間も、中からは悲痛な鳴き声が聞こえてくる。新之助が鳶口を奪ったものだから、鳶は顔面蒼白である。

「なぜそこまで……何度も申しますが犬ではないですか」

「御頭は命を救うのが火消の本分と仰った。たとえ犬でも、御頭も同様のことをされるはず」

新之助の目は血走っているのだろう。鳶たちは化け物を見るような目である。

「退きます……我々は確かに止めました」

「人を連れて下がってくれ。後始末は頼む」

人々が誘導され十分な距離を取った頃合いを見て、新之助は木戸に鳶口を突き立て、何度も振りかぶっては刺した。何故か脳裏に浮かんだのは、あの日の父の哀しげな顔である。

新之助は犬如きのために家族を残して死んだ父を、心の底から軽蔑していた。箝口令が布かれたらしいが、人の口に戸はたてられぬもの。しかも実の息子である。口さがない者がぺらぺらと必要もないのに父の死に様を教えてくれた。正直、全く理解できなかった。葬式の折も、胸の内で激しく罵っていた。だが、父の生き様は間違っていなかった。痛烈な後悔の念とともに、初めて父への畏敬の念が込み上げてくる。

——これが火消ということですか。

天の父に呼びかけたが、答えは返ってこない。木の繊維《せんい》が解《ほつ》れ、薄くなっていく。

新之助は歯を食い縛り、目一杯振りかぶった。

――やはり私は父上の子らしい。

自嘲気味に笑いながら渾身の力を込めた。乾いた音が鳴り、木戸に一尺四方ほどの穴が空いた。伏せる犬たちの姿が見えたのは束の間、紅蓮《ぐれん》が渦を巻き、人智を超えた速さで近づいてくる。目の前は朱《あけ》に染まり、一瞬の黄色を挟んで真っ暗となった。

六

左門は格子に取り付き、新之助の身に起きたことを説明した。

「鳥越殿には息がある。衣服に燃え移った火は、即座に丹羽家の方々が消してくれたので、火傷はそれほどでもない。だが爆風により飛ばされ、頭を強かに打った。出血が酷い」

「あいつは朱土竜を見抜けなかったのか……」

己の教え方に問題があったと後悔したが、左門は首を振った。

「ならばなぜ開けた」

「犬……が十数匹中に閉じ込められていたらしく、それを救うために……」

源吾の身の毛がよだち、肌が粟立《あわだ》つ。

「新之助の父……鳥越蔵之介殿と同じではないか」

微かに頷く左門の顔は血の気を失っている。

「朱土竜を仕込み、犬を押し込めて塞ぐなど確かに人にあるまじき残虐《ざんぎゃく》さだ。だが、蔵之介殿も新之助も危険を冒してまで開けるものか？」

源吾に限らず誰でもそう思うはずで、何か裏があるのではないかと勘繰ってしまう。

「待てば煙に巻かれて必ず死ぬ。御頭は、守るべき命は人に限るとは言っていないと……」

源吾が絶句すると、無言の時が続き、静寂が訪れた。それを破ったのは源吾の気が狂れたような叫び声であった。悲鳴のように喚くと、頭を抱えた。源吾が偉そうに語ったご高説を、新之助は守ろうとしたのだ。果たして今の自分が躊躇いなく同じことを出来たか。炎に怯えて見過ごすだけではないか。

気が狂れたのではないかと心配する左門は、何度も源吾の名を呼ぶ。

「新之助が守った犬たちは多くが命を落としたが、それでも三匹は命を取り留めた。だが大火の今、それに構ってもいられぬ。お主を解き放ちにきた。すでに配下は出た」

左門が解き放つといったが、その許可は出ていないと見張りが止める。

「腹を切ることになろうとも、責は私が取る！」

左門は見張りから鍵を分捕った。源吾がぽつりと呟いたのはそのときである。

「俺は、もう火は消せぬ……」

「ふざけるな‼」

左門が青筋を立てて怒鳴った。温厚な左門のこのような表情は見たことが無い。

「何としても引っ張りだしてやる……お主がいかねば誰が人を救う。命を一義と考える火消は我ら新庄藩のみぞ。宝暦八年、飯田町の火事を覚えているか！」

淀んだ目で見つめる源吾をよそに左門は唾を飛ばし捲し立てた。

「宝暦八年、俺が十八の頃……商家を次々と焼いたあの火事か」

「齢十九の私はそこに居合わせた。小間物屋は激しく燃え盛り、今にも崩れ落ちそうになっていた。中に子どもが取り残され、もう助からぬと皆が言った。だがどうだ、私と歳も変わらぬ若者が勇敢にも飛び込んでいった……それは誰だ！」

左門は目尻に涙を浮かべながら、尚も悲痛な声で語りかけた。

「怪我のせいで夢にもがく力士、恋のために身を滅ぼした軽業師、世を拗《す》ねて引き籠る学者、父を拒《こば》み無気力な火消……人は何度でも立ち直れる。そう教えたのは誰だ‼　火喰鳥！」

左門は牢中に響き渡る声で叫ぶと、錠前に鍵を差し込んだ。源吾の瞳は膜が剝がれていくように輝いてゆく。

「許可は出しておらんぞ」

開け放たれた木戸から入ってきたのは、北条六右衛門であった。見張り番は慄《おのの》き、左門は負けじときっと睨み据えた。

「御家老、松永は私が推挙した者。腹を切る覚悟で放ちます」

「ふん……お主の腹で足りるものか」

六右衛門は鼻で嗤いつつ、一歩ずつ近づいて来る。

「目黒行人坂の火は、様々な怪現象を巻き起こしながら北東に激しく広がっており、明暦以来の大火になるやもしれぬ」

源吾は黙して耳を傾けた。日々に比べ、六右衛門の声は僅かに上擦っている。

「楠の大木は幹の中から燃え、手の施しようもなかったという。やがて火に包まれて風を受け、煤落としの箒《ほうき》の如く火の粉を撒き散らした。それが落ちた瓦屋根に突如火が付く、塀が燃えるなど枚挙に暇ない。人々は田沼様の改革に天罰が下ったと逃げ惑っておる」

田沼に神罰が下ったように印象付けるため、様々な仕掛けを講じているのであろう。

「嫡子に不幸があり、今では北条家を継いでいるが、儂は妾腹、二百石取りの都築《つづき》家に養子に出されておった。鳥越蔵之介、お主の前任である眞鍋幸三とは同年の同門である」

　その話は源吾も度々聞いていた。親しくした二人のうち、一人が腹を切ってまで火消の待遇維持を訴え、一人がその後に殉職した。それでも顔色一つ変えぬ六右衛門は鬼のような御方であると、否応なく耳に入る。

「新庄藩の人口は最盛期六万、先代の失政により今では四万五千。何かを切らねば皆が飢え死ぬ。それが儂の役目。鳶を守り、命を賭して火と闘うのがやつらの役目。武士《もののふ》とはお役目に縛られ、まっこと不便なものよ」

　六右衛門は座り込む源吾を上から見下ろし目を細めた。その姿は、もう気力を失った「元火消」のものではない。

「お主の役目はなんぞ」

「一つでも多くの命を救うことにございます」

「よし行け。切り放つ」

　切り放ちとは、火事の折に囚人を一時放つ慣例のことを言う。囚人たちは思い思い落ち延び、火事の収束と共に戻らねばならない。戻れば罪を一等減じ、戻らねば死罪となる。

「しかし切り放ち中に公務につけば罪となるのでは……」

六右衛門は不敵に笑うと、目配せで見張り番に鍵を開けるように命じた。

「必ずやお役目を果たして参ります」

解き放たれた源吾が木戸に向かおうとすると、六右衛門が呼び止めた。

「お主の内儀に装束を持つように命じた。外に待っておる」

源吾は力強く頷くと、再び振り返ることなく飛び出していった。左門が顔を窺うと、六右衛門は片笑みながら再び鼻で嗤った。

「腹を切るのが儂の役目よ。のう折下」


門で待っていた深雪は装束が包まれているであろう風呂敷を持っている。

「俺は……」

源吾が言いかけるのを深雪は遮った。

「宝暦八年、飯田町の小間物屋」

左門から聞いたのであろう。檄を飛ばそうとしてくれているのだ。

「左門が見たらしいな」

「私も見ました」

「そうか……」

同じ家中の娘である。飯田町界隈にいても何も不思議ではあるまい。深雪はじっと目を見つめてきた。その瞳には薄らと涙の膜が浮かんでいる。

「誰よりも近く。旦那様の腕の中で」

一陣の風が吹き抜け早咲きの桜から零れた花びらが舞った。浅紅色の色彩に包まれた源吾は泣き顔になり俯いた。白雪のような色の手で、深雪はふわりと風呂敷を広げた。

「これは……捨てたはず……」

「あのような外道と旦那様は違います。十年以上前から私は信じております」

「すまぬ……此度を無事に終われば……」

「わかっております。余計なことを仰ると、また私が拗ねてしまいます」

微笑みをくれた深雪を、潰れるほど力一杯抱き寄せた。

襟にしがみつき、顔を埋めながら深雪は呟いた。

「お帰りなさいませ」

「ただ今。随分待たせた」

源吾はそっと身を離し、凜然と言った。

「行ってくる」

源吾は火消羽織を受け取ると、袖を通すため天に翻《ひるがえ》した。鳳凰は蒼天を悠々と翔け、源吾の背に吸い込まれていった。表地は藍、蔦《つた》の三つ紋。そのうち首の一つは友禅紋、いわゆる洒落紋である。蔦を取り囲むように数羽の鳶が描かれている。小さくなっていく源吾の背を深雪はいつまでも見つめていた。

# 第六章　火喰鳥

風が強い。新庄藩火消は広尾《ひろお》の手前で足止めを食っていた。火に遮られたわけではなく、先着の町火消と押し問答になったのである。町火消の言い分では、疑惑が払拭《ふっしょく》されていない新庄藩の面々を、火に近づけさせるわけにはいかぬと言う。

「それにしてもこれは……まさしく八幡《はちまん》地獄」

星十郎は手で口を覆った。我先にと逃れようとする人々はまるで地獄の亡者のようである。真に追い詰められた時、人は人であることをやめる。男が妊婦を蹴り倒して道を開き、坊主が子どもを乗り越えて屋根に上がろうとする。こうなれば火より恐ろしい存在である。

「ここはもうだめです。麻布に向かいましょう。寅次郎殿、先頭を頼みます。突っ掛かってきた者がいれば、跳ね飛ばして下さい」

「女ならばそっと分けますよ」

寅次郎の口ぶりは彦弥に似ていた。思い出しながら言ったのかもしれない。ようやく麻布に辿り着いたが、ほとんどの家に火が移り手の付けられぬ状況になっていた。

「ここでも間に合いません。火はこのまま北西に広がります。北には新庄藩はじめ武家屋敷、その先には御城。やや東に最も人の多い日本橋。守れるのは二つに一つです」

星十郎の顔には悲愴感が漂っている。炙りだされた火消達は、そのほとんどが御城を守るため北方に移動を始めている。

「方角火消が御城を見捨てるわけには……それに妻子を見捨てて、見ず知らずの者を守れと言っても士気があがるはずもない」

寅次郎の判断は至極真っ当に思われた。十人いれば十人がそう決するであろう。

「これより我らは御城、並びに武家屋敷を守ります！」

「馬鹿野郎！　我らはより人の多い日本橋の守護に当たる！」

鳶の喊声を押しのけて、良く通る勇壮な声が轟いた。皆が一斉に振り返る。

「御頭……」

煙の隙間から垣間見える江戸の空は、蒼く晴れあがり、日輪は源吾の姿を縁取っていた。

「皆迷惑をかけた。すまない。これより日本橋方面を防ぐぞ」

感涙して咽《む》せぶ者もいたが、寅次郎はぐっと堪えて反論した。

「御頭、我らは方角火消。御城を守らねばお咎めを受けます」

「あちらは大勢の火消が群がる。それよりも橋が焼かれれば、逃げ場を失った人々で日本橋は鮨詰《すしづめ》になる。少しでも時を稼ぐ」

「妻子を見捨てろと言えば士気に関わります！」

源吾は瞑目して深呼吸すると、目を見開いて声高に語りだした。

「日本橋の人々は他人だ。だがその他人にも、為《な》す術《すべ》なく祈るだけの親や夫がいる。その者らを救うのは我らしかない。我らの妻子を信じよう。俺は深雪を信じる！」

言い放った源吾の覚悟を感じ取り、皆の表情が一変した。どの目にも闘志が宿っている。

「奉書でござる！　ようやく見つけました」

駆け込んできたのは奉書を携えた幕府の使者である。使者はその場で開き、読み上げる。

「新庄藩は赤坂《あかさか》、紀伊《きい》徳川家屋敷を守護せよ。紀州《きしゅう》藩に合力すべし！」

「誰の指図だい。田沼様ではなかろう」

睨み付けたときの源吾の人相は滅法悪い。使者は後ずさりしながらも威容を保った。

「田沼様は御不在である。幕閣の方々の合議にて候《そうろう》。非礼は赦《ゆる》すゆえ直ちに赴《おもむ》くが

「無駄ですよ。御頭にそんなの通用する訳ないじゃないですか……ってところでしょう」

「星十郎、新之助なら何と言うかな」

よい」

「行き先に変わり無し。目指すは日本橋！」

源吾は寂しげに微笑んだあと、皆を見回すと今日一番の声で叫んだ。

鳶たちもさらに大きな鬨の声で応えた。

「幕命に叛《そむ》くつもりか！　正気ではあるまい！」

使者は茹蛸のように顔を染めて詰め寄ってきた。

「それで結構。何たって俺たちはぼろ鳶だからな」

鼻と鼻が触れるほど顔を近づけた後、眉を上げて源吾は言い返した。

「さあ行くぜ！　……俺たちが屠ってやる！」

新庄藩上屋敷のある半蔵門《はんぞうもん》周辺は南下して防火にあたろうとする八丁火消と、火から逃れて北上する人々が交わり混迷を極めていた。大八車が道を塞ぎ、中には御禁制のはずの車輪付き長持《ながもち》まで見られた。新庄藩の軽輩、その妻子にも家財を運び出す者が続出している。

「荷は捨てて下さい！　何も持たずにお逃げ下さい！」

深雪は長屋が立ち並ぶ通りに駆け込むと、精一杯の声で繰り返し叫んだ。その懸命な訴えに耳を貸そうとする者はいない。それでも深雪は諦めず、喉が潰れようかというほど叫び、白い頬も真っ赤に染まっている。

「当家は五人扶持《ぶち》、家財を失っては生きていけませぬ」

「我々だけではなく、他家の者も持って逃げているではないか！」

どこかの女房が恨めしそうに反論し、部屋住みの若い侍が怒鳴り散らした。

「決して大仰を申しているのではありません。そのようなことが生死を分けます」

どちらにしろ先は混雑しており前が空くまで進めない。その間に訴えが投げかけられる。

「銭や物が無ければ不安なのです」

先ほどの女房である。それに対し深雪は少し微笑みながら返した。

「私もそうでした。夫を守ろうと必死に貯め込みました。しかしせっせと貯めているうちにそれが目的に変わってしまいました。守るための手段であったはずでしたのに」

深雪はそこまで語ると、女房の傍らにそっと寄り添う夫であろう侍へ目を移した。

風采は上がらないが、なんとも優しそうな男であり、片手で幼い子を抱えている。

「旦那様とお子様より大切なものがございますか。私には旦那様以外にはございません」

女房は熱の籠もった視線を送りながら頷くと、どさりと荷を下ろした。

「お互いまた臍繰《へそく》りを貯めましょうね」

のっぴきならぬ状況にありながら、中にはくすりと笑う者も出た。

「俺は捨てんぞ！」

部屋住みは己の荷を守るような素振りを見せ、言い放った。

「他家はいざ知らず、当家の火消は命に勝るものなしと思い定め、今も奮戦しております。火消頭取並の鳥越様はそのため大怪我を負い、今なお予断を許さぬ状況です」

衆がざわつく。狭い江戸屋敷、大半の者が鳥越新之助のことを知っているのだ。

「戦絶えて百五十年、今の戦は火が相手。貴方様のお役目はか弱い者を守ることではありませぬか。新参の私どもはそれでこそ新庄の侍と思っていましたが、心得違いでございましょうか。お力添え下さいませ」

深雪が頭を下げるものだから、部屋住みは慌ててそれを制した。

「よし、皆家財を捨てよ！　新庄は度重なる飢饉にも負けずに来た。火難如きに負けぬ」

　頑強な姿勢を見せていた者が調子よく捨てたものだから、残りの者たちも苦笑いを浮かべながら、物を捨て始めた。

「後の人の邪魔にならぬよう、道の脇に寄せて下さい」

　その間も深雪は懸命に指示を出し続け、皆が身軽になったのを確認すると北へ向けて避難を開始した。手ぶらとはいえ身を擦るようにして行かなければならない。逆流する火消たちとぶつかり、思うように進めなかった。声高に叫びながらこちらに向かってくる八丁火消、家紋は七曜《しちよう》である。隘路《あいろ》であるためにすれ違いは困難を極めた。馬上の者が深雪に話しかけてきた。上等の羽織を着ていることから、かなり高貴な身分なのかもしれない。

「指揮は女子か。一際身軽であるな」

「余分な荷は無用、命を守ることに努めております」

「殊勝《しゅしょう》な心得じゃ。どこの家中であるか」

「出羽新庄、戸沢家の者でございます。わあ……」

　後ろからの圧で端に押され、素《す》っ頓狂《とんきょう》な声を上げてしまった。深雪の声が可笑しかったのか、男は少し笑ったような気がした。ゆっくりであるが流れは進み、すぐ近くまで来た。

「なるほど。松永の考えが行き届いておるか」

「夫をご存知ですか⁉」

「おお。そちが深雪殿か。お役目でな。松永はまだ囚《とら》われておるか」

「すでに赤坂に向かいました。お仲間とあればこれより火に向かわれるのですね」

「それが本来のお役目ではないのだがな。やっかみから陥れられ、全《まっと》うすることが出来ぬ。ならばせめて手勢を率いて火に立ち向かおうと考えたのよ」

厚い唇は、生き抜く貪欲を感じさせるのに、反対に男の目は酷く哀しげで、まるで死にゆく者のように見えた。火消羽織には一切の汚れが無く、それが本来の役目ではないことが窺えた。流れは進み、男との距離が離れつつある。

「差し出がましいことを申しますが、どうぞ苦境に負けないで下さい。我が夫にも、御老中田沼様のように逆境に立ち向かえと常々申しております」

「ほう。御老中をご存知かな」

「まさか……けれど己を信じ、民の為に生きる御方であると信じております」

「ふふふ。人気のない御老中も浮かばれよう」

「だからあなた様も……」

流れは速くなった。ようやく前の混雑が解消されつつあるのだろう。みるみる男との距離が開き始めた。男は振り返らなかった。手を掲げて左右に一度振ったのみである。次の辻で折れ、引き返すように男が指示しているのを深雪は確かに聞いた。

彦弥は翔けた。助走を付け、四間（約七・二メートル）近くの幅さえ跳んだ。かろうじて手が掛かれば身を引き上げる。一歩間違えば落ちるかもしれないことは解っていた。落ちて命を失っても構わないと思っている。先ほど新之助の身に降りかかったことを聞いた。今更戻れるはずはない。だからと言ってこの事態を見過ごすわけにはいかなかった。独力で出来ることを模索する。跳ぶ度にあちこちから歓声と悲鳴の入り混じった声が上がる。

「変な彦弥さん！」

宙を舞っている最中、呼ぶ声に気を取られ着地をしくじった。危うく屋根から落ちそうになり、腕を振って体勢を整える。

「私！　ここ！」

混雑の中で懸命に手を振っているのは、お七である。いつか助けた母親の姿もあった。

「逃げられるか？　何なら俺が二人を抱えて屋根をいってもいいぜ」

「皆苦しいんだから、私たちだけ特別扱いは駄目だよ！　彦弥さん、ちゃんと消してよね！　御頭や新之助さんにも伝えて！」

人に揉まれお七も苦しかろう。頬は林檎《りんご》のように染まっている。それでも笑顔で受け答えをしているのだ。

――馬鹿野郎……。

幾度も心で繰り返した。組に戻れず、手持ち無沙汰《ぶさた》でやることが無く、それでも何かを為さなければという焦燥感だけがあった。そんな己の心を救うためにお七を利用しようとする思いは無かったか。そのお七は彦弥が消防に当たっていると信じ、屈託《くったく》ない笑顔を送ってくれているのだ。胸に自責の念が込み上げてきて、思い切り自らの頬を殴った。驚きのあまり、声無く口を開くお七をしり目に彦弥は叫んだ。

「お七！　すまねえ。俺はずるくて恰好の悪い男だ」

それだけ言っても、お七には何のことだか当然解らない。

「そうかな？　空飛ぶ彦弥さんは恰好いいけど」

「ありがとよ。御頭と新之助に伝えるのだったたな」

「うん！　お願い！」

「承《うけたまわ》った。女の頼みは断れねえ」

彦弥はそう言うと、純白の歯を見せ、腰に巻いていた法被《はっぴ》を舞い上げて羽織った。法被を翻し、大空へと翔け上がった彦弥の背にお七の黄色い声援が注がれた。

新庄藩火消は堀を背後に陣取り防火に努めていた。背後が水の手であれば、意識を前面に集中でき、給水にも事欠かない。源吾は炎に包まれゆく町を見て生唾を呑んだ。

「日本橋はもう持たねえ。星十郎、風向きはどうだ」

星十郎の零れた髪が汗に濡れて赤い光沢を持っている。

「おそらくこのままでしょう。さらに北上し、上野や浅草まで到達するやもしれませぬ」

日本橋の南半分はすでに手に負えない。崩す速度よりも火の進む速度のほうが圧倒的に速いのだ。北進を防げぬとあれば、東方だけでも確保しなければ、人々は逃げ場を失う。

「東のあれを壊す！　纏、行け！」

彦弥不在のため、代わりの纏師が上ろうとするも、梯子を取り回せず手間取っている。

「御頭……あれは……」

鳶の一人が怯えた声で訴えてきた。その指のさす先にはあり得ぬ光景が広がっていた。焔が堀を走ってくるのだ。一瞬の出来事に皆が躰を強張らせ、身動きが取れない。火は怨嗟《えんさ》に似た低い声を発すると、一瞬のうちに水面を駆け、新庄藩火消を襲ってきた。最も堀の傍にいたのは源吾である。刹那《せつな》のことでとても避けるに間に合わない。

その刹那、堀を飛び越える飛翔体があった。それは陽を一瞬遮り、光に縁取られ、源吾の頭上に舞い降りた。強い衝撃を受け、それと一つになって源吾は地を転がった。堀を走った炎は目の前を抜けて行く。過ぎ去った後も水面には火がちらついているが、危険は去ったと見える。

「御頭、無事ですかい」

「荒っぽいやつだな。やっと戻ったか彦弥」

「へい。真打は遅れてやってくるものです」

二人が立ち上がると、梯子を運ぼうとする寅次郎が声を掛けた。

「しっかり休んでいたのだ。働いてくれ。目標はあれだ……もう梯子はいらねえよな」

「当たり前だ」

彦弥は不敵な笑みを浮かべると、目標の棟に向かって猛進した。そして火の移りつつある隣の棟の壁を蹴ると、その反動を利用して一気に駆け上がった。

「纏を投げろ！」

屋根の彦弥は人差し指で招く仕草をした。纏は急な放物線を描いた後、彦弥の手に戻る。

「寅！　そのでかい図体、きびきび動かしやがれ」

「あっという間だから、飛び退く支度をしてろよ」

寅次郎は嬉々とした表情で鳶口を取ると、配下の者を引き連れ突進していった。彦弥は他の纏師に手を差し伸べ、上に導くと大団扇でもって火の粉を払うよう指示している。

「これで揃ったな」

「はい。即座に仕留め、東側だけでも時を稼ぎましょう」

「それにしても、危なかった。さっきのは何だったのだ」

「察するに臭水《くそうず》（石油）でしょう。水面が燃えたように見え、怪奇だと騒がれているはず」

「手の込んだことを仕込んだようだな」

明暦の大火は政や経済にも大打撃を与えた。狐火はその再来を目指しているのだ。柱が唸って割れ、彦弥が素早く降りたとき、瓦が崩れ落ち音を立てて飛散し、星十郎は柄にもなく拳を握りしめた。しかし、一刻の猶予すら生まれなかった。八丁火消が血相を変えて駆け込んできたのだ。

「至急応援を頼む。急ぎ人を回してくれ！　隅田川の水面に火が付き、永代橋《えいたいばし》に燃え移った。橋が使えず、川べりに人が溢れている。このままでは後ろから押され溺《おぼ》れてしまう」

一難去ってまた一難の状況であるが、新庄藩火消の士気は頗《すこぶ》る高い。皆が早く次の指示を出せと目で訴えかけてきた。

「次から次に……混雑を避け、永代橋まで北から回り込むぞ！」

配下は乾布で空を叩いたかのような弾けた声で応じる。近づくと遠目にも永代橋が炎上し、川面のあちこちに残り火があった。それはまさしく妖狐が発する狐火に見える。川べりには人が溢《あふ》れ、川に投げ出される者も出ている。隅田川は大人ならばさしたる苦も無く渡れよう。しかしそれは常の時だからこそで混雑すれば将棋倒しになり、踏まれ、蹴られ、二度と起き上がることは出来まい。混乱すれば膝上程度の水嵩《みずかさ》でも溺れることはある。良い打開策は浮かんで来ず、星十郎に諮《はか》ってみたものの、そちらも空振りに終わった。

「舟橋はどうですか？」

恐る恐る配下の一人が、越前人特有の語尾が上がる調子で尋ねて来た。配下は愚策だったかと引き下がろうとしたが、源吾は詳しく話すように迫った。

「故郷越前には九頭竜川《くずりゅうがわ》舟橋というものがあります。橋を架けても急流であるため、水嵩が増えればすぐに流されてしまいます。外してしまえる舟橋が有効なのです」

「それなら急造の橋が作れる。しかし何をもって作るかだな。舟はあの通りだ」

避難したのか、停泊している舟の数は少なく、残っているものも火が付いている。

話を聞いていた寅次郎がずいと進み出た。

「散乱している雨戸や板塀を使いましょう」

「それでは浮かべても人が乗ればすぐに沈んでしまう」

「儂ら壊し手が下で支えます」

「馬鹿な……そう長く耐えられるか。火もまだ残っているのだ」

「火は間もなく消えます。順々にならいけます。上で人の整理を頼みますよ」

絶句する源吾に対し、寅次郎はそう言うと口を真一文字に結んでおどけて見せた。

危険すぎる方法である。一気に押し寄せれば圧死しかねない。かといって他に策も無く、強弁する寅次郎の策が採られることになった。板一枚に対し三名で支える。流れの速い中央には寅次郎はじめ力自慢を配した。星十郎や彦弥、比較的非力な者が誘導に当たった。

急造された橋に長蛇の列が出来た。寅次郎を筆頭に歯を食いしばって支えている。四半刻かかってもまだ半数も渡りきれていない。火は徐々に迫り来る。辺りの黒煙が濃くなってくると、人々はさらに焦り押し寄せた。

「落ち着け！　火が来るまでまだ半刻はある！」

そう宥めるものの人々は鎮まらない。混乱は混乱を、憶測は憶測を呼び、まともな心理状態を壊していく。疲れ始めていたところに加え、戸板一枚当たりに乗る人が増えたことで、支柱たる鳶たちの中にはがくんと力が抜け、ひと時水中に身を沈める者も出てきている。

「隣を手伝え！」

寅次郎が自身の板に付く二名を、弱りつつある箇所に回るように指示を出す。

「あの馬鹿……」

心配をよそに寅次郎は一人で一枚を支えた。十人が渡河する間に、五名が並ぶといった有様で、なかなか数は減らない。鳶たちも限界に近づいてきた。暫く休ませねば危険である。

「寅！　代わりを送る。休め！」

「儂は結構ですから他を頼みます」

他の三倍の負荷のかかる寅次郎の顔は真っ赤に染まっている。いくら怪力といえど、力にも限りがある。源吾が新手の鳶を繰り出そうとした時、対岸で何やら騒ぎが起こった。渡河し終えた者たちの人だかりが分かれ、そこから遠目に見ても判るほどの巨軀を持った者達が現れた。その者達は脇目も振らず、川に足を踏み入れていく。あれは何だと訊くが、星十郎も判らず口に手を添えながら首を傾げた。巨軀の一団はざぶざぶと波を立て、中央の寅次郎の元に迫った。源吾は何者か確かめるべく川べりぎりぎりまで駆け寄った。

「兄さん！」

先頭の者が寅次郎に呼びかけた。その者は一団の中でも一際大きい。

「どうしてこんなところに……」

「深川《ふかがわ》で場所だった。逃げようとした時に、隅田川で無謀なことをやっていると耳に入ってね。どこの馬鹿だと思ったが、なるほど新庄藩火消だと聞いて納得しましたよ」

「お前は怪我しちゃならねえ。早く退け！」

寅次郎は首を振って水飛沫《みずしぶき》を避け咆哮した。

「やせ我慢言うんじゃねえよ。折角、若い衆連れて助っ人に駆け付けたのによ」

男が顎で指示を送ると、一団は散開してそれぞれの戸板を支えた。橋はぐいともちあがり、当初よりも頑強になったように見える。

「達ヶ関か……」

源吾は呟き、身震いした。地獄に仏とはまさにこのことである。川の中より達ヶ関が大音声で呼びかけてきた。

「御頭！　どんどん送って下さいよ。やわな鍛え方していませんからね」

「すまねえ。いくぞ！」

源吾はより多くの人々を誘導し流れを速めた。

「兄さん、なまったんじゃねえのか」

「素人が減らず口叩いてねえで、黙って支えろ」

温厚な寅次郎が罵声を飛ばす。しかし言葉の中には喜びが満ち溢れていた。

「すっかり火消玄人面かい。俺が憧れた力士はどこへいったのやら」

「お前の目は節穴か。今もここにいるさ」

寅次郎は凜と言い放った。舟橋はびくともせず、次々に対岸に避難していく。

「御頭！　後は俺たちに任せて行って下せえ。まだ為すべきことがあるのでしょう？」

達ヶ関が呼びかけてきた。口元には笑みが浮かび余裕すら感じられる。

「何から何まですまねえ。恩に着る！」

源吾の指図を受け、鳶たちは川から上がり始めた。

「兄さん、御頭が呼んでらっしゃるぜ。来場所は大関さ。晴れ舞台を見に来ておくれよ」

寅次郎は板から手を離し、達ヶ関の肩を叩くと、振り返ることなく陸に上がってきた。

「寅、ご苦労だった。あいつら最後まで耐えられるか」

「腕力と辛抱《しんぼう》にかけて、天下にあいつらの右に出る者はいません」

ずぶ濡れの寅次郎は愚問とばかりに笑い飛ばした。その様は何とも誇らしげである。

川を背に再び火中に戻ろうとする新庄藩火消に、舟橋に並ぶ者から声が飛んできた。

「ありがとう！」

口火を切ったのは無垢《むく》な笑顔の少女であった。それに続いて皆が口々に、

「本当に助かった。ありがとうよ。頼むぞ！　ぼろ鳶！」

　などと、感謝の言葉を投げかけていく。新庄藩火消は目礼しながら行く。涙もろい者などは泣き顔を見せ、頬についた煤を濡らして酷い顔になっていた。

「止めるぞ！」

　源吾は高らかに言い放ち、鳶たちは悲鳴に似た声でそれに応える。それ以外に余計な言葉を弄さずとも、皆の思いは一つに違いない。

二

　炎の北端を探り、蛇行を繰り返して江戸城北へ向かう。炎や流れる人波を避けていかねばならぬ為、それもやむを得ない。飯田町界隈は源吾の古巣である。そこならば抜け道も特に熟知していた。

「これほどの大火なのに、燃えていない箇所もありますね……」

　寅次郎が不思議そうに尋ねて来た。

「いくら大火といえど、全てが燃え上がるわけではない。早期に火除け地を作れば、そこだけが浮島のように残る。しかし一箇所でも取りこぼせば、炎は数珠つなぎに広がる……その北端を探るのだ」

本郷に出て、西側から浅草を押さえれば火勢は弱まると見ていたが、火は飯田町を掠めてすでに北東に進んでおり、浅草に触手を伸ばしている。他の火消も浅草で食い止めると考えているのか、そちらに向かって移動している。

――果たして浅草でもつか……。

炎は数々の浮島を残しながらも、立てた紙に墨《すみ》を垂れ流したかのように、枝分かれに猛進している。どれか一つでも逃すわけにはいかないのだ。

「助けて下され！」

浅草方面に進路を変えようとした源吾の袖にしがみついたのは、華美な法被を纏った鳶である。

「飯田町ではもう止まらん！　お主らも浅草へ行け！」

「そこを何とか……そこを何とか……皆々様に断られて当家だけではもうどうしようも……」

鳶は懇願して袖を離さない。聞けば現場まで僅か二町（約二二〇メートル）、目と鼻の先であるという。

――頭は何をしている。

ここに居座っては配下の命も危ないのに、一所《ひとところ》に拘る頭は火消失格といえよう。源吾は面と向かって罵ってやりたくなった。

「案内せよ。お主らの頭に物申してやる！」

見覚えのある路地を導かれ、見覚えのある建物の前で鳶は足を止めた。

――あの馬鹿野郎か。

天を焦がすように燃え盛っている建物。炎に包まれているのは、源吾の古巣であり、この地区の防災の象徴、松平定火消屋敷なのだ。一方は道、一方は火除け地、一方は広大な庭、残る一方のみ隣家と接している。三方に移り火の心配はなく、一方のみに気を配れる比較的易しい現場といえる。半刻もあれば消し止められそうなものを、杜撰《ずさん》な消火により大いに手間取っていた。松平の火消が懸命に水を浴びせているものの、狙う位置が悪すぎて一向に火の勢いは弱くならず、中には動顚《どうてん》して逃げ惑う者もいる。

「御頭……あいつ……」

いつもは仏のように穏やかな顔つきの寅次郎が、憤怒の形相となり猛然と駆け出した。

「誰か寅を止めろ！」

彦弥が真っ先に腕にしがみ付いたが、寅次郎が腕を払うと軽々と宙を舞い尻餅をついた。次々に鳶たちが摑みかかるがこれも次々に振り飛ばされていく。大関にも力負けせぬ力士に素人が敵うはずはない。源吾は後ろから飛びつき寅次郎の頸にしがみついた。

「どうした！　落ち着け！」

「あいつが儂の脚を！　脚を！」

「お前の脚に怪我を負わせた喧嘩の相手は松平家か！」

寅次郎の視線の先には指揮を執る鵜殿の姿があった。

「絶対許さねえ……」

「寅！　落ち着いてくれ。頼む！」

「御頭、止めないでくれ！」

「寅、俺がいる……俺がいる！」

意味不明なことを口走っていると思った。しかし最後にはそれしか出てこず、必死に繰り返した。諸手を振って暴れていた寅次郎の躰からすっと力が抜けていく。

「御頭……」

寅次郎はか細い声で呟いた。しがみついているため項《うなじ》しか見えないが、それでも全身が小刻みに震えていることは分かった。

「離してよいか」

源吾は手を離すと大地に足を付いた。腕の筋が強張り、力が入らぬほど疲弊《ひへい》していた。

「怨んでもしかたないと忘れようとしていた。それなのに……」

寅次郎は止めどなく流れる涙をそのままに項垂れていた。

「よくぞ踏み止《とど》まった。あとで俺が借りを返してやる」

源吾は綿のように感覚の無くなった腕を上げて寅次郎の肩を叩き、鵜殿の元に歩んだ。

「おい。飯田町から火の手は分かれ、北を焦がしている。ここは放って下がれ」

「松永……何としても消し止めねば……門を残せばお咎めは無いのだ……」

鵜殿は奥歯をがたがたと鳴らしながら答えた。鵜殿が門を残したがるのには理由がある。武家が火事を起こした場合、門が残ればお咎め無しという変わった慣習がある。故に他が全焼しても門だけは死守するという、町人から見れば何とも滑稽《こっけい》な行動に出る。

「その目で見てみろ。火が回っているこの門をどうやって残す。この大火ならばお上

る。

「なぜそう言い切れる……辺りの火消は自家の周りを消し止めた後、北へ向かっている。当家だけが燃やしてしまえば……助けてくれ……」

縋るように言う鵜殿に対し、源吾は内心で舌打ちをした。あまりにも都合が良すぎる。

「一人でも命に関わる者がいれば助けるさ。だが中に人はおらぬとあれば、ここに拘る必要はない」

「怨んでおるのか……それならば謝る。この通りだ」

鵜殿は下卑た笑みを浮かべながら、機嫌を取り結ぼうと必死である。

「怨んでいる。だがそれとこれは別だ。お主も今は火消の端くれならば解るだろう」

「嘘を申すな！　お主は拙者を怨んでいるからそのようなことを申すのだ‼」

鵜殿はわなわなと震えながら今度は罵り始め、源吾の肩を揺すった。

「黙れ！　そもそも俺に頼めた義理か！　離せ」

源吾は鵜殿の両手を振り払った。鵜殿の口元には細かい泡が沸いており、もはや茫然自失に近い。確かに鵜殿が言うように、後にこれを失態と捉え、切腹になる可能性も孕《はら》んでいる。

もお許しくださるさ」

ふと深雪の言葉が思い起こされた。前の飯田町での火事に駆け付けたすぐ後のことである。夕餉の支度で、小気味良い音を立てて菜を切っていた深雪がふいにこぼした。

「鵜殿様はあれからすぐに奥様を迎えられたそうですね。お子様もお生まれとか」

話しながらも深雪の手は止まることなく、てきぱきと支度をしていく。

「それがどうした」

まさか鵜殿に嫁げば良かったなどと申す訳ではなかろうが、その名を聞くだけでも不快で、源吾は頬をつるりと撫でた。菜を切る音がぴたりと止まる。

「旦那様らしく生きて下さい。望んでいるのは私だけではありません」

振り返って微笑んだ深雪の意図が、今ははっきりと解った気がする。

「深雪にしても、寅次郎にしても……お前も見習いやがれ」

源吾はそう言い残すと胸一杯に息を吸い込んで、大音声で号令を出した。

「いいか。元来なら引火せぬようにすぐさま壊すところである。しかし人命が懸かっておる」

「まだ中に誰かいるのですかい⁉」

彦弥が驚きの声を上げた。

「違う。あの門を残す。そうでなくては結果的に一人が命を落とすことになる。我らは命を守ることを一義にしてきた。それがどんな命であろうと変わらぬ。最後まで諦めぬ」

火に照らされた寅次郎の目はまだ少し濡れているように見えた。寅次郎はしかとこちらを見つめて頷く。源吾の合図とともに一斉に散開し行動を開始した。新庄藩火消は苦境であればあるほど上手く噛みあい、まるで一個の生き物のように躍動する。一刻を争うため星十郎自ら玄蕃桶を使う局面もあった。彦弥は因幡《いなば》の兎のように屋根から屋根へと移り、寅次郎は火傷を恐れず体当たりで柱を折る。そして源吾は過去に決別するかのように、声を張って指揮を執った。

半刻足らずの時が流れ、母屋は全焼全壊。四方の棟は火が付く前に取り壊され、塀や櫓も全て取り払われた。辺り一帯にぽっかりと焼けた浮島が出来た。柱は消炭のようになった。瓦は崩れ落ちた。それでも門だけは形を止《とど》めて聳《そび》え立っている。

これで鵜殿は罪を不問とされるだろう。ありがとうと泣きすがる鵜殿を一瞥《いちべつ》し、源吾は投げやりに言い放った。

「我らはたとえそれが犬の命であっても見捨てはせん」

侮蔑の言葉に取られたかも知れないが、それでも茫然自失の鵜殿は、洟《はな》を垂らしながら、感謝の言葉を繰り返していた。

新庄藩火消は北を目指して疾駆《しっく》した。本郷にまで出ると、すでに東の浅草は火の海と化していた。多くの火消が奮闘しているであろうが、この分だと千住《せんじゅ》まで行かねば止められそうにない。千住のどの地を最終防衛線に選ぶべきか思いを巡らせた。

疲弊《ひへい》し切っていた乗馬は、すでに飯田町で解き放っている。裕福な火消であれば替え馬を何頭も用意しているが、新庄藩火消にそのようなゆとりは無い。

——今、動かねばいつ動く！

源吾は痛む脚を鷲摑みにして、先頭に躍り出た。先程より考え、一つ思い当たる地は、人が好んで足を踏み入れるような地ではない。

「千住に雪崩《なだ》れ込むぞ。目指すは小塚原《こづかつぱら》刑場だ！」

千住宿には本陣、脇本陣に加え、主だった旅籠《はたご》だけでも五十数軒、家数は二千軒を優に超え、一万人ほどが居住している。さらにやっちゃ場と呼ばれる青物を取り扱う御用市場もあり、普段の賑わいは大層なものである。辺りに火消は全くいなかった。

「火消はまだ浅草を捨てきれてねえ。よほど思い切りがよくねえとここまで下がれない」

「我々だけでは間に合わないのでは……」

「先生、ぼやいていても始まらねえ。次々行きますよ」

いつになく愚痴《ぐち》をこぼす星十郎を寅次郎が励ます。確かに火が来るまでに完遂の二割ほどしか崩せそうにない。圧倒的に人員が不足している。

「星十郎は指揮を執れ。俺は浅草まで下り、火消を引っ張ってくる」

町の構造、火の進行速度から推測するに、府下全域の火消がすでに浅草に集結していることであろう。浅草でもたついていると、千住はおろか川を越えてさらに火は広がる。

その時、こちら目掛けて走ってくる火消装束の一団が目に入った。数は十ほどであろう。浅草はもう炎上した故に火消が撤退を開始しているのだ。源吾は全身から力が抜けてゆくのを感じた。額や頰にべったりと煤が纏わり付いた先頭の男が、新庄藩かと問うてきた。

「そうだ。あなた方は？」

「戸田因幡守《とだいなばのかみ》家臣、池本与五郎《いけもとよごろう》」

「島原《しまばら》藩の御方ですな」

源吾に代わり、間髪入れず星十郎が答えた。

「浅草は落ちたか……」

肩を落とす源吾に対し、男は苛立ったような素振りを見せた。

「何を……お主らがいるはずだから助力しろと言われて駆け付けたのではないか」

「真でござるか⁉　誰がそのようなことを……」

驚く源吾の元に次々に火消が駆けつけてくる。

「備中庭瀬《びっちゅうにわせ》藩、板倉《いたくら》家家臣、藤井十内《ふじいじゅうない》以下十七名。御指示を承りたい」

板倉家といえば譜代である。指示を出していいものかと躊躇うのを察した池本は続けた。

「譜代外様は無い。火消の中においては先着が指揮を執る習わしでござろう」

「戸田家の方々はあの奥の四軒、板倉御家中は西方、あの五軒をお頼み申す」

源吾の指示を受け、両家は散り散りになっていった。二家だけでない。

「峯山《みねやま》藩、京極主膳正《きょうごくしゅぜんのかみ》家中、山下又兵衛《やましたまたべえ》。二十名にて馳走致す」

「と組の喜八《きはち》です。組頭の命を受け三番組十五名を割《さ》いて参りました」

「常陸牛久《ひたちうしく》、山口但馬守《やまぐちたじまのかみ》が家臣、荘司三太夫《しょうじさんだゆう》推参」

などと、続々と応援に駆け付けた。新庄藩の皆が歓喜に震え、士気は大いに高まった。欲を言えば駆け付けた火消は小藩が主でまだまだ人手が足りないことである。

星十郎と協力して割り当てていたその時、砂埃を巻き上げて向かってくる集団が現れた。燃える浅草の明かりを背負っているからか、砂で視界が遮られているからか、影は色彩を失っていた。もう少し近づけば、幟《のぼり》の家紋や柄、羽織の色から大凡どこの火消か判るだろう。しかし影がいくら近づいても漆黒に染まっていることに気が付いた。

「来やがったか」

不覚にも口元が緩んだ。次に発する言葉は、火消のみならず、庶民にとっても、まるで魔法のように士気を高めることを知っている。源吾は目いっぱいの声で叫んだ。

「加賀鳶だ!!」

方々から声が上がり、それは大渦《おおうず》のうねりのようになり、辺りに響き渡った。先頭が分かれ、後方から馬を駆って現れたのは黒の革羽織の男、大音勘九郎である。

「松永、えらいことだな。あやつの仕業だろうな」

馬上の勘九郎は火消頭巾を外しながら言った。これも黒を基調にした見事な作りである。

「そうだろう。それにしても助太刀《すけだち》ありがたい」

源吾は頭を下げた。その頭上を勘九郎の舌打ちが走る。

「つまらん。いつからそのように丸くなった。俺も千住しかないと思ったまで。気づくのは俺を除いてはお主しかおるまい。西半分は我らが受け持ってやる」

勘九郎は額の煤をつるりと撫で落とし、配下に手短に指示を与える。加賀鳶は放たれた矢の如く目標に向かった。馬首を廻らせた勘九郎が背中を見せながら語りかけてきた。

「これ以上舐めた真似をさせぬぞ」

そう言い残すと、手綱を捌《さば》き配下を追った。源吾はにやりと笑い、皆に指示を出した。

「一気呵成《かせい》にかたをつけるぞ！　加賀鳶に負けるな」

千住宿には武家火消、町火消合わせて二十を超える数の組が躍動した。

「当家は壊し手、纏が討死しました。川より水の補給を致します」

「我々は竜吐水を浅草にて失った。貸しては頂けぬか」

「こちらにある故持って行け！」

次第に源吾の指示を受けずとも、火消たちは組織の枠を超えて協力し始めた。不謹慎ではあるが笑いが込み上げてくる。明暦の大火以後、今の火消体制が出来た。つまり火消にとっては古今未曾有《みぞう》の火災なのだ。その苦難に立ち向かうという一点で、普段はいざこざばかり起こしている火消たちが一つになっている。源吾の胸は熱くなった。

源吾らが千住に着いて一刻半が過ぎようとし、陽は西に沈みつつある。斥候《せっこう》に出した配下が言うには、火はもうすぐそこまで迫っており猶予はなかった。

「御頭！　あれが東方では最後です」

星十郎が指差す方向には一軒の大宿があり、その屋根には大銀杏の纏が揺れていた。掛け声と共に鳶口が打ち込まれると、柱が鈍《にぶ》く軋み、棟は倒壊していく。移る屋根が無い彦弥は、垂直に立てられた梯子にふわりと飛び移った。

「よし！　これであとは西方だ」

「先刻全て終えた」

前方に気を取られていて気付かなかったが、振り返るとそこには勘九郎が立っていた。馬からおり、最前線で采配を振るったのであろう。少しばかり声が嗄《か》れている。

「このまま南へ押しまくるぞ！」

申《さる》の刻も終わろうとした頃小雨が降ってきた。そのことによりさらに炎は縮んでいく。

「これはひと時の通り雨。しかし今が勝機です」

星十郎の言葉にも熱がこもる。源吾は深く頷くと、前線へ駆け入り喉が潰れるほど叫んで鼓舞した。軽傷の者は勿論、腕の折れた重傷と思える者も、片手で玄蕃桶を引っ提《さ》げて奮闘している。

水を浴びせていた建造物が、公春院《こうしゅんいん》であることに気が付いたのは鎮火した後のことであった。小塚原から実に四町（約四四〇メートル）も押し返していたことになる。また浅草では方々で燃えている箇所はあろうが、これ以上の広がりは無いと確信した。

「各々方……火は止まりましたぞ！」

源吾が叫ぶと皆が歓喜に沸いた。見知らぬ火消同士、抱き合って感涙に咽《むせ》ぶ者達もいた。しかしいつまでも喜んではいられない。各所に残る火を鎮《しず》めていかねばならないのだ。

「南下して浅草を攻めるか」

勘九郎が諮ってきたことをきっかけに、公春院跡地で即席の評定が開かれた。

「逃散《ちょうさん》した人々が集まる場所は？」

源吾の問いに真っ先に答えたのは星十郎である。

「東では隅田川を越え両国《りょうごく》、本所《ほんじょ》、遠くは亀戸。西では駒込《こまごめ》辺りと思われます。当家の者たちもそのあたりに逃げたかと。意識の無い鳥越殿も戸板に載せられていました」

打ち所が悪かったのか新之助の意識は一向に戻る気配がなかったという。脳裏をあの愛嬌《あいきょう》のある笑顔がかすめていった。そのとき雷鳴のようなけたたましい音が響き渡った。

「何だ⁉」

勘九郎は立ち上がり音の元を探した。

「あいつは鬼か」

「あれは単純明快……火薬を使ったものです」

南西に広がる光景に源吾は眦《まなじり》を決して怒り、星十郎が分析する。高々と上がった火柱は次第に高さを下げ、塩で山を作ったように裾に広がりつつある。

「御頭！　おそらく火元は本郷だ」

彦弥が支えられた高梯子の頂点から叫ぶ。勘九郎の拳が震えている。

「加賀藩邸は本郷だったな」

「うむ。類焼は免れぬ。だが大火になると踏んで、すでに繋ぎを出して退去させている」

屋敷が焼かれるのは屈辱であろう。勘九郎は唇を噛みしめている。

「本郷……まずい……」

星十郎の顔からさっと血の気が引き、少し遅れて源吾も理解した。

「先ほども説明したように、普通ならば火の進行は南向きに変わるのですが、今宵はさして変わりません。火は主に北向きに、むしろやや北東を目指します。本郷より北東には……」

「駒込。新之助らが難を避けているであろう地だな」

源吾はぐっと堪えて深雪の名は出さなかった。すぐにでも駆け出して守ってやりたい気持ちであるが、それは配下の者も一緒である。

「駒込方面はかなり火消が不足しているでしょう。今向かわねば大事になります」

星十郎が進言してくる。いかに対策を講じるべきか、思考を最大限に回転させる。脳漿《のうしょう》に刺激が駆け抜け、茹だるような心地である。何を思うか勘九郎は無言でそれを見守った。

「浅草に向かおう。駒込は近隣の火消に任せるほかあるまい……」

源吾は苦渋の決断を下した。浅草全域の鎮火にはかなりの時を要するし、逃げ惑う人の数も多い。最低でも明朝、遅ければ明日の昼ごろまで掛かるかもしれず、途中で放り出すわけにはいかない。

「これより拙者が指揮を執る。お主らは駒込へ向かえ」

「お前……」

源吾は二の句が継げずに勘九郎を凝視した。

「新庄藩を慮ったわけではない。駒込には碌《ろく》な火消はおるまい。お主らが消してこい」

「我らが行かずとも、他の藩に任せるというのは……」

「鈍《なま》ったか火喰鳥。一方面を単独で防げる火消など、我ら加賀を除いてそうはおるまい」

「手柄を譲っていいのかい？」

「こちらが浅草の手柄を頂くのよ」

口元を緩める源吾に対し、勘九郎は腕を組むとわざとらしく鼻を鳴らした。ここに至るまでに新庄藩はすでに馬を捨ててきている。そこで加賀藩から三頭の馬が提供された。

「拙者の替え馬を使え。名は碓氷《うすい》、気が荒く次席に甘んじているが、頗《すこぶ》るよい馬だ」

勘九郎が差し出した馬は、堂々たる体軀の黒毛である。源吾は碓氷の肩を優しく撫でた。毛並だけでも名馬ということが判る。源吾は颯爽と鞍に跨り、勘九郎を見下ろした。

「これから手柄を立てなきゃならねえって時に、馬まで貸してくれるとはな」

「この大火だ。記録も残るまい。残ったとて家屋が幾ら燃え、人が何人死んだかという数のみ。この凄惨さをもいずれ忘れる。ましてや誰が消したかなどすぐに忘れ去るものだ」

府下最強と呼ばれ、小憎らしいほどに颯爽としている勘九郎であるが、この時ばかりは弱々しく見えた。源吾だけではなく火消は大なり小なり矛盾と悩みを抱えているらしい。

「お前らしくもねえ。手柄を立てやがれ」

「手柄を立てても世間や幕閣は忘れる。しかしお主が助けた者は、お主のことを生《しよう》涯《がい》忘れぬのであろうな」

「お前にもそんな人がいるはずだ」

「もう行け」

勘九郎は急に興ざめしたかのように手を払って捲し立てた。源吾は出発の号令を発し、配下は駆け足になる。源吾は乗馬の手綱を操り発進させ、蹄が小気味良い音を奏でた。ゆっくり数歩進ませたところで、源吾は身を捻り背後に呼びかけた。

「明和九年の今日、未曾有の業火に挑んだ男がいたことを、俺だけは忘れねえよ」

勘九郎はちらりと見て再び鼻を鳴らした。それは源吾だけがようやく聞き取れるほどの小さなものであった。源吾は前を向くと短く気合いを発して馬を駆った。背後から勘九郎の猛々《たけだけ》しい鼓舞が聞こえてくる。

「加賀鳶よ、一人でも多く救いて手柄とせよ」

再び振り返ったが、勘九郎はすでにこちらに背を向け、指揮棒を杖代わりに仁王立ちしていた。黒羽織が黄昏《たそがれ》時に浮かび、股から指揮棒が覗き見えている。その姿はまるで人々を安寧《あんねい》へと導く八咫烏《やたがらす》のように見えた。

三

深雪が突如として上がった火柱を目撃したのは、ようやく駒込まで逃げてきた時であった。火柱はすぐに収まったが、素人目に見ても火災を引き起こしたことは容易に想像出来る。南方より逃げてきた者が言うには、火元は本郷丸山町《まるやまちょう》、道具屋与八《よはち》宅だという。四方八方に飛んだ火は、折からの強風に煽られて安全圏であった駒込に向かっているらしい。

迫って来る煙は白と黒が混濁《こんだく》し、中には灰殻《はいから》も舞っていた。何を焼いたのか、知るのも恐ろしい異臭まで漂って来る。

つい先刻ここまで来れば大丈夫だと宣言し、緊張から解き放たれた安堵の表情は一瞬にして再び強張りを見せた。藩士の殆《ほとん》どは、公文書の持ち出しなどのために上屋敷に駆け付けていった。共に駒込に逃げているのは中屋敷、下屋敷に住まう中堅、下級藩士が僅かとその家族。それでも、その数は百名を超える。新之助は藩士の子弟が四隅を摑んだ戸板に横たわり未だ昏睡《こんすい》しており、頭に巻かれた包帯には血が滲《にじ》んでいる。深雪は眠る新之助に目をやると、深呼吸して息を整えた。

「落ち着いて退去しましょう」

一同は合わせたかのように頷いた。この一日で一団の深雪への信頼は厚いものになっていた。深雪の冷静で果断な気質、困難な状況でも笑みを絶やさぬ姿に皆が勇気づけられたことが大きい。さらに北上しようとするのだが、どうやら先の西《にし》ヶ原《はら》で完全に詰まっている。人壁が牛の歩みよりも遅く進むといった状況で、もはや逃げ場がないのだ。

深雪は生唾を飲み下した。皆が薄々感じていることであるが、口に出せば一縷《いちる》の望みさえ溶けてしまいそうで誰も言葉にしなかった。深雪は一つだけ手立てがあると考えている。その方法はこの場にいる誰もが考えつかぬものだろう。

——ここで防ぐ。

素人が防ぐなど無謀極まりないことは解っている。しかしどう考えても人の歩みよりも、火焔の肉薄のほうが速い。深雪はくまなく辺りを見渡した。辺りに火消の姿は見あたらない。それでも新庄藩一行の三、四割は男である。力を合わせたならば、家屋を引き倒すことも可能なのではないか。

「各々方、お聞き下さい」

深雪が覚悟を決め、打開策を語り始めると、皆の顔色は見る見る変わっていった。

「さすがにそれは……」

皆がそう言うのは当然である。深雪の黒々とした零れ髪が突風に流されている。

「相当な強風です。間に合いません。このままでは座して死を待つだけです」

「火消もいない。水もなければ、道具もない。素人の拙者たちに何が出来よう」

特に頑強に反論しているのは男であった。女の多くは押し黙っている。

「少しでも遠くへ逃がすため、子は人波に乗せ、私たちだけで踏み止まるのです」

別の侍が反発しようとしたそのとき、童と手を繋いだ、肉《しし》置きの豊かな女が声を上げた。

「わかりました。やりましょう」

「あなた様は？」

「江戸詰徒士目付森川房次郎《もりかわふさじろう》の妻、昌《まさ》と申します」

お昌は息子の目線まで屈んだ。

「聞きましたね。あの列に並んで行きなさい。母は後から行きます」

日常から厳しく躾《しつ》けられているのだろう、子は目にいっぱいの涙を溜めてこくりと頷く。

「子のために闘えぬ親がどこにおりましょう。そうでございましょう？」

お昌は膝を伸ばして皆に呼びかけ、女たちは互いに目を合わせて力強く頷く。

「ええい。女ばかりに任せておけるか。何をすればよい」

半ばやけっぱちに叫んだのは、先程反論を唱えた侍である。

「早《はよ》ういけ。兄が防いでみせる」

前髪を落としたばかりの若侍が、弟の手を離す。

「皆様、ありがとうございます。まずは……」

深雪は深々と頭を下げ、役目に就いている夫の姿を脳裏に思い起こした。

「置き捨てられた大八車などから縄を集めて来て下さい。柱を折りましょう」

詳しいやり方など深雪にも解らない。それでも長屋の柱に括り付け、男が中心になりそれを引いた。胸板の薄い若侍や、白髪の隠居が多いからであろうか柱はびくともしない。縄がするりと解けて一斉に尻餅をついた。

「やはり素人の我々では……」

「弱音を吐かないで下さい。もう一度結び直しましょう。何度も試みるのです」

再び同じ作業に没頭する新庄藩の者たちを、逃げゆく人々は奇異なものを見るように一瞥して通り過ぎていく。今度はさらに人を加えて一斉に引くが、縄がぶつりと切れてしまい、将棋倒しに倒れた。

「諦めないで！　まだ縄はあります！」

深雪が叫ぶが、皆の顔には悲愴感が漂っている。

「だめです……それでは倒れません」

声の方向に視線が集まり、皆は仰天した。道の脇に寝かせておいた新之助が起き上がり、覚束無い足取りで歩いているのだ。

「新之助さん……」

深雪の目から涙が溢れ、たちまち零れ落ちた。意識が戻ったことを喜ぶのも束の間、新之助は呆然としている一同を顧《かえり》みず、お昌の元に行くと縄を受け取った。

「柱が違います。火事に備えて長屋には折りやすい二寸（約六センチ）幅の柱があるのです」

「顔色が真っ青です！　寝ていないと……」

深雪は駆け寄ったが、新之助は目当ての柱を見つけ出すと手早く縄を縛っていく。

「一点に力をかけると縄が持ちません……このようにしないと」

力が分散して切れにくいように結ばなければならないのだろう。結び方は一見では真似できないほど複雑であった。新之助の顔は青を通り越して、土色のようになりつつある。

「駄目です。死んでしまいます！」

「命懸けは今に始まったことではありません。それが火消というものですよ」

新之助は儚く微笑み、深雪の目からは止めどなく涙が落ちている。

「さあ皆さん、南から引いて下さい。北の家に倒れかかれば次が面倒です」

顔を濡らした女も、唇を絞って熱い眼差しを送る男も、一様に頷き縄を摑んだ。

「三で引いて下さい。一、二……三！」

先程までの苦労が嘘のように柱は折れ、長屋が僅かに傾く。

「次はあれです。行きますよ」

深雪には直ぐに縄を回収して次の柱を求める新之助の姿が、源吾に被って見えて仕方がなかった。新之助は縄を括りながら手招きし、深雪が近寄ると囁いた。

「よく決心されましたね。聞こえていましたよ。夢かと思っていましたけど」

「何も出来ずに申し訳ありません……」

「正直申し上げると、このままで間に合いそうもありません。しかし府下一諦めが悪いのがぼろ鳶です。次の手を考えましょう」

その横顔はいつも軽口を飛ばしている新之助とは別人のように精悍《せいかん》である。結び上げた新之助は、にこりと微笑んだ。

「上手くいったら一度ご馳走して下さいね」

「百度でも千度でもご馳走します」

新之助の号令で縄が引かれると瞬く間に柱は折れ、音を立てて長屋が崩れ落ちた。

「すごいですよ。皆さんひょっとしたら私より火消に向いているかもしれません」

皆は歓喜しているが、新之助は次の対象目がけて、ふらつきながら駆け出している。出火を聞いたときには長い影が西に寄り添っていた。それはとっくの前に消え失せ、北東に伸びる影が生まれつつある。闇に抗うかのように燃え盛る炎は五町先まで迫っていた。火が爆ぜる小さな音も、千や万ほども重なればそれは地獄へ誘う呪詛《じゅそ》の如く聞こえる。

「諦めませんよ」

鼻の頭に汗の珠が浮かぶ新之助は、抜くべき柱を見繕《みつくろ》っている。

「旦那様に似てこられましたね」

「私はあんなに口煩くありませんよ」

包帯は真っ赤に染まっているが、新之助は笑顔を絶やさない。深雪はもはや止めることはしなかった。新之助は紛れもなく火消になっており、火消という生き物がどういうものか深雪は痛いほど知っていた。もう火は三町ほど先であろうか。突風により熱波が肌を撫でている。汗で髪が肌に貼り付くのもそのままに、深雪は瞼を閉じ、縄を思い切り引いた。

思い起こしたのは、若き日の源吾の姿であった。迫る業火を分けながら、幼い自分の元に辿り着くと、しっかりと抱き寄せてくれた。

「もう心配ない」

源吾は白い歯を見せて微笑んでくれた。その胸に顔を埋めると、それまで我慢していた涙が一気に零れたのだ。

夫はもう昔のようには戻れないのかもしれない。世の誰もがそう思ったとしても、深雪だけは何度でも立ち上がる火喰鳥を信じていた。

——旦那様。

深雪は心で夫を呼んだ。細柱はぼきりと折れて屋根が沈む。柱が軋み、土壁が音を立てて崩れていく。瓦礫が散乱する音に混じって、夫の呼ぶ声が聞こえたような気がした。死が近づいている極限の中、遂に幻聴まで聞こえてきたのか。それとも祈りが通じ、神が魂魄《こんぱく》だけでも連れて来てくれて、今生《こんじょう》の別れをさせてくれようとしているのか。

背後が騒がしくなる。火の手が一気に近づいているのかも知れない。そう思って振り返ると、辻から煤に塗れたぼろぼろの一団が折れて来た。火の明かりを背負った一団の先頭を、墨で染めたような馬に跨り疾走してくる者がいる。新庄藩の者は逃げ惑う人々に誇示するかのように、当家の火消ぞ、皆が罵っていた当家の火消ぞ、と口々に叫んだ。

「深雪！」

「旦那様……」

「もう心配ない！」

いつから私はこれほど弱くなったのか。何度泣けば気が済むのか。自分を引っぱたいてやりたくなるほど涙が溢れてくる。視界は濡れて曇り、はっきりとしない。疾駆する夫はまるで灯籠《とうろう》流しの川面を掻き分けてきているようであった。

本郷はすでに火の海で、源吾は駒込で迎え撃つという判断を下した。火を抜き去るため辻々を何度も折れながら駒込を目指し、最後の辻を折れたときに広がっていた光景に驚嘆した。数町先に人壁が犇《ひし》めき、その手前で火消でもない者達が防火に当たっているのだ。さらに驚いたのは着衣から見るに、半数以上が女であることである。たった二町ほどを駆ける間に何度驚かされればいいのだと思う。それが新庄藩の者だと気づいたのである。目を凝らせば中には深雪の姿もあるではないか。よほど恐ろしく、不安だったのだろう。呼びかけると深雪の目から一気に涙が溢れ出た。

「新之助……」

柱に縄を掛ける新之助の姿があった。頭に巻かれた乾布は赤く染まっている。

「遅いですよ！　死ぬところだったじゃあないですか」

「馬鹿野郎……任せて休んでいろ」

「御頭が私の立場ならば何と言い返します？」

新之助は見事な手並みで縄を縛り付け終え、剽軽《ひょうきん》な笑みを投げかけてきた。

「うるせえ、お前に心配されるほど落ちてねえよ……」

「そういうことです。一気に決めますよ」

苦笑せざるを得ない。背恰好が似ているわけでもない。性格に至っては正反対であろう。それなのに何故か新之助の姿が、若い頃の自分に重なって見えた。

「素人で火消とは無茶しやがる」

「私じゃあありませんよ。発案は勇敢な奥方様です」

新之助が掌で発起人を指す。深雪は天を仰いで涙を隠そうとしていた。

「田沼様の仰る通り。いつかお株を奪われてしまいそうだ」

「一つお願いがあります」

視線をやると深雪は袖で涙を拭い、こちらをきっと見つめてきた。

「火の神様に、人の強さを思い知らせて下さい」

「ああ。喰ってやる」

源吾は馬首を転じると、集まり終えた配下の者を一通り見渡した。昨日までが夢であったかのように、不思議と恐ろしくなかった。恐ろしさが付け入る隙もないほど、心中には怒りが満ち溢れていた。

「世には多くの天災がある。神には何かご意志があるのかもしれねえが、人にとってはただの理不尽でしかない……その全てに指を咥えて黙っていられるほど、俺は人が出来ちゃいねえのさ。いい加減にしろって横っ面殴ってやる。いくぞ！　俺に続け！」

　源吾は咆哮すると、碓氷を駆って炎へ目がけて突喊《とっかん》した。皆が雄叫びを上げてそれに付き従う。向かい風に羽織の裾が翻る。それは両翼を広げた鳳凰の姿を彷彿《ほうふつ》させた。

　新庄藩の家中の者でも、実際に消火活動を目の当たりにしたことのある者はごく稀である。出火から六刻以上休みなしで働き、どこにそのような力が残されているというのか、新庄藩火消は獅子奮迅《ししふんじん》の働きを見せた。それは王城の守護者であるというよりも、地獄の牛頭馬頭《ごずめず》が憎悪を抱く罪人を狩っているようにも見え、中には身震いする者もいた。素人では四半刻かかって二棟倒すのがやっとだったが、同じ時間ですでに三十以上の建物を破壊している。やはり疲れはあるのだろう。鳶たちの頰はこけ、目の下には薄い隈も浮かんでいる。喉もひりつくのか、僅かな水が流れる水路に桶を突っ込み、一口呑んで建物に浴びせる。

「皆さん負けないで下さい！」

　思わず声に出てしまったのであろう。声援を送ったのはあのお昌である。

「頼むぞ！　がんばれ！」

「松永殿、よろしくお頼み申す！」

　皆が次々に声を張って応援する。それにより心なしか鳶たちが活気づいたように見えた。

駒込の消火開始から一刻経過した頃、七十以上の棟を打ちこわし、火除け地の帯が広がった。炎は迫り来たが、燃焼物がないためにそれ以上は進めず、恨めしそうに揺らめいている。

気が付けばいつの間にか逃げていた人々も足を止めて鎮火作業を眺めていた。人々から感嘆の声が上がり、それは大きな歓声へと変わった。源吾は馬から降りると、新之助を伴ってゆっくりと深雪の元へ向かった。人々は羨望の眼差しでそれを追ってい
く。

「安心していい。これ以上は来ない」

「ご苦労様です」

深雪は手を膝の前で合わせ深く頭を下げた。

「まだ火は消えておらん。止めを刺すまで喰い漁《あさ》ってくる」

深雪が不安げな面持ちになるが、すぐに気丈さを取り戻した。

「美味しいものを作ってお迎えしたいのですが、家も燃えてしまいましたね……」

「また建てればいい。人は心さえ決めれば何度でもやり直せる」

「はい。やり直せます」

源吾の真意を汲《く》んでくれたのであろうか、深雪は微笑んでこくりと頷いた。

源吾らは陽が高くなった頃、本郷一帯を覆っていた火を消し去り、ほぼ同時刻に加賀藩を中心とした火消が浅草方面を鎮火したと伝え聞いた。行人坂の出火から丸一日経った二月三十日未の刻、遂に府下を恐怖に陥《おとしい》れた炎を取り除いたのである。

隈に縁取られた目を擦って残り火の見回りを開始した。少しでも燻っている所があれば念入りに水をかけていく。それだけでも大変なのだがそれよりももっと堪えることがある。黒焦げの遺体を物のように積み上げねばならぬことである。身元も判らないものが多く、いずれ無縁仏として弔《とむら》われるであろうが、まだ油断出来ない今、無造作に扱わざるを得ない。中には赤子を抱いたまま息絶えた母親らしき遺体もあった。

「このような惨《むご》たらしいことを……奴はどこに……」

源吾が手を合わせたとき、新之助が驚愕の一言を放った。

「私、多分ですけど狐火を見ました」

新之助は目黒行人坂で見かけた僧の風体や、一連の状況を説明した。

「疑うわけではないが、それでは確かとは言えまい」

「もう一つ……あの男以前に会ったことがあります。御頭も、寅次郎さん、彦弥さんも」

新之助の記憶力は一同の中でも群を抜いている。しかし名指しされた三名とも、その面子《めんつ》で会ったことのある者が思い出せないでいた。

「小諸屋で激昂した坊主を覚えていますか？　やつですよ」

確かにそのような僧がいたことを思い出した。当初は温厚そうな印象を受けたが、女将との会話で態度を一変させ、激しく怒鳴り散らしたのを覚えている。

「その男の気性がそのようだからと言って……」

言いかけた源吾を遮り、新之助は首を横に振った。

「小諸屋の土蔵に朱土竜が仕掛けられたのは、その数日後のことです」

新之助はしたり顔で言うが、源吾はまだ得心出来ないでいた。確かに僧は憤っていたが、だからといって火付けまでするとは話が飛躍しすぎではないか。

「あの時、男が興奮した理由が分かりますか？」

「確か女将が馴染みのために席を取っており、それで僧に他の席が空くまで待っていてくれと言ったのではなかったか。それを身なりが悪いため断られたものと勘違いして……」

「私もそう思っていました」

「もったいぶらずに言え」

「もう少しで旦那様が来るからと席を取りに来た手代、あれは鍵屋の者です」

源吾の脳裏にその時の光景が徐々に蘇ってきた。記憶では新之助だけが蕎麦に夢中であったような気がする。それでよくそこまで覚えているものだと感心した。

「鍵屋の名が出て取り乱したのではないでしょうか。女将さんは鍵屋の主人は毎日のように小諸屋に来ていると。それを狙ったものだとすれば全て辻褄が合います」

言い切れずとも、かなり説得力のある話である。源吾はその仮説に乗って話を進めた。

「行人坂で見た僧はその男で間違いないのだな」

「はい。間違いありません」

「今頃は府下から逃げ出しているか……」

「いえ、お城の方角へ向かっていました。狐火……いや秀助はまた鍵屋を狙います」

# 四

翌日、如月が終わり弥生の一日となった。昨日までのことは悪夢であり、夜が明けると町は元通りになっているのではないか。そのような人々の淡い願いを無情に打ち砕くように、東の空に陽が昇っていく。見渡す限りの焼野原に消し炭となった瓦礫が並んでいる光景に、源吾は歯を嚙みしめた。星十郎は徹夜で土に描いた府下の地図を睨み付けていた。

「お前一人に背負わせてすまない。狐火の居場所は分かったか……」

「かなり絞れましたが……はきとは」

もともと体力のあるほうではない星十郎の疲れは頂点に達しており、こけた頰を擦りながら答えた。星十郎曰く、そもそも火を付ける場所がほとんど残っていないという。故に地を先に決めて、適当な風向きになったのを見計らって付けると予想される。

「ぴしふぇろ何とか……だっけな。それを修めた先生でもあいつの心は読めねえのかい?」

彦弥がそう言って歩み寄って来た。

「このような暴挙に出る狐火は、常軌を逸しています。とても並の者と同様には量れません……」

頭を振る星十郎の肩に、源吾は手を添えた。

「こうしている間にも秀助は動くかもしれねえ。まずは日本橋へ行こう」

当初は同情もあった。しかし今抱いている感情は、憤りだけである。日本橋の西側半分は町の原形を留めていないが、隅田川という水の手に近い東側は残存している。鍵屋はこの東側の地区にあり類焼を免れている。この段になっても星十郎は結論を出せずにいた。

「絞ってくれ。俺はお前を信じる」

「信じる……ですか。父上ならば何と仰るでしょうか」

星十郎が後れ毛を弄り始めた。これは集中しているときの癖である。

「どうだろうな。親爺ならば読み切ったとでも言いたいのか」

「御頭にそう言ってもらえた私を見たら、父上は何と仰るかという意味です」

星十郎は源吾の目を見据えながら続けた。

「私ならば……という地があります。しかし命の懸かった今、自信を持てずにいました」

「それでいい。お前に無理ならば誰にも無理だ」

星十郎は紙縒《こよ》りのような赤髪を払いのけると、皺もない口回りを指でつるりと撫でた。

「馬喰町。ここと見ます」

馬喰町に入ったときには辰《たつ》の刻も正中（午前九時）を過ぎていた。この時点で新庄藩火消は五十名を割っていた。怪我人は避難させ、狐火捕縛を考えて長谷川平蔵を捜すために昨夜二十名を放った。さらに探索に出た者との繋ぎとして十名、野営をしていた本郷に残してきた。

「この数で網羅出来るか」

「厳しいでしょうね。ましてや我々は捕方ではなく、見つけた所で押さえられるほど腕の立つ者はおりません。刀を差している者とて御頭、鳥越殿、私の三名のみ」

町人身分の鳶は当然帯刀を許されない。鳶口や角材を用いて戦うほかないのだ。五人一組で町を見廻っているが、今のところ変化はない。見廻りを開始して四半刻した頃、新之助が馬で駆けてきた。体調の優れぬ新之助には加賀藩から借り受けた馬を使用させている。

「繋ぎが参りまして、目黒にて長谷川様と出会えたそうです。緊急時ということで謹慎を解かれ、行人坂で検証をなされていた模様。こちらに人を回して下さるとのことです」

「目黒ですか。今暫し時が掛かりますね」

星十郎は瞬時に計算してそう判断した。馬喰町はその名の通り、昔は馬市場以外ない町であった。それが明暦の大火以後、近くに関東郡代の屋敷が置かれ、地方から集まる公事《くじ》師を目当てにした大小の旅籠が立ち並び、今では江戸一の旅籠街として賑わっていた。

「管轄のに組が奮戦したのでしょうね」

新之助はすでに町火消の割り当ても覚えている。に組は三百九十名、府下有数の町火消である。故に馬喰町は守られたのであろう。過去には花纏の甚助もここに所属していた。

「そう言えば見かけませんね」

「あいつらの管轄は広い。ほぼ無傷の馬喰町以外に重点を置いているのだろうよ」

に組の守備範囲は通塩町《とおりしおちょう》、横山町、村松町《むらまつちょう》、橘町《たちばなちょう》、米沢町《よねざわちょう》、豊島町《としまちょう》、久右《きゅう》衛《え》門町《もんちょう》、吉川町《よしかわちょう》、柳原町《やなぎわらちょう》、馬喰町と実に広大である。

「噂をすれば何とやらだ」

　こちらに向けて駆けてくる火消たちがいる。町火消は十名。組頭と思われる者は源吾が馬上にいないため、新之助を頭と勘違いしたようでそちらに話しかけてきた。

「いずれの藩の御方でしょうか」

「方角火消桜田組、新庄戸沢家です」

「ああ。ぼろ鳶……」

　組頭は失言してしまったと思ったのか、慌てて口を押さえた。よく見ると組頭は若い。まだ十八、九といったところであろう。新之助はにこりと微笑んで返答した。

「ええ。そのぼろ鳶です。あなたは？」

「馬喰町を預かる二十三番小組頭の宗助《そうすけ》と申します。場を荒らされては困ります」

「ここで新たな火付けがあると見て、見廻っている最中です。ご助力願いたい」

「申し上げにくいのですが、巷では新庄が火を付けたという風聞もございますが……」

「また出ましたよ。星十郎さん」

「に組には我らの動きは伝わっていないようですね」

　新之助が源吾に話を振らなかったのには理由がある。源吾のこめかみに青筋が浮き出し、苛立ってきているからである。仏頂面で成り行きを見ていた源吾だが、遂に口を挟んだ。

「おい。こっちは勝手にやらせてもらう。若造と呑気《のんき》に言い争っている余裕はねえ」

「何だ。いきなり出てきて偉そうに。配下の躾がなってねえな」

宗助もむっとして語調を強めた。

「あの……お心得違いなさっているようですが、こちらが頭です」

新之助が告げると、宗助は面食らったが、過ちをごまかすかのように捲し立ててきた。

「ならば尚更通せねえ。こんな仁義の無い火消に縄張りを荒らされてたまるか」

喧嘩腰で眉を釣り上げる宗助の顔に見覚えがあった。

「お前、不退の宗兵衛の縁者か？」

「親父を知っているのか」

「やはりな。顔がそっくりだ」

宗兵衛はに組の大組頭の一人で面識がある。不退の異名から分かるように、如何なる猛火にも退かず名を馳《は》せた火消である。

「宗兵衛はどこだ。行って訳を話す」

「へえ……じゃあ行ってきなよ」

宗助は天に向けて人差し指を立てた。

「そうか……それはすまなかった」

「哀しむ間もないがね。預けられたこの町を守りきるのが供養《くよう》になると思っている」

宗助は指でつり眉をこすった。そんなところも熱血漢の宗兵衛によく似ている。

「宗助、聞いてくれ」

源吾は全ての経緯を洗いざらい語った。話を聞くにつれ宗助の顔に怒気が満ちてきた。

「そいつがこの町に来るならば、あんたらの力は借りず俺が仕留めてやる」

宗助の説得に掛かろうとした矢先、新之助がぽつりと呟いた。

「遅かったみたいですね」

源吾は毬《まり》が跳ねるように駆けだした。予《あらかじ》め呼子で連絡を取ることになっている。鳴っているのは今いる北東の対に当たる南西の地区である。呼子は馬喰町全域に響き渡った。源吾の後ろを星十郎、宗助ら町火消も追う。暫し駆けると遠くからでも炎が見えてきた。

「あれは……天魔の仕業か」

宗助は絶句している。

「あれが狐火の手口だ。ありったけ使いやがったな。お前は無理せず後から来い！」

後ろを走る星十郎に呼びかけた。星十郎は何かを伝えようと口を苦し気に開閉させた。

「わかっている！」

振り返ると星十郎は脚の回転を緩めて大きく頷いた。黒煙は出ていない。代わりに卵の腐食したような悪臭が漂っている。そして何より特筆すべきは、建物から上がっている炎は、冥府から呼び寄せたように青白く猛っていることである。

「附木《つけぎ》に塗られている硫黄《いおう》は分かるか？　あれだ。もっとも桁《けた》違いの量だがな」

硫黄は火を付けると黒煙を発することなく、凄まじい勢いで一気に燃え上がる。

「あれは火が付きやすく、回りも速い」

「なぜそのようなことをご存知で」

宗助は打って変わって言葉丁寧に尋ねた。

「俺は学はねえが、火に関することなら大抵は知っている。後ろの赤髪はさらに詳しい」

目標はもう少しである。火元はなおも青白い炎を立てているが、類焼した家屋は通常通り赤い火を放ち、黒煙も吐き出していた。

今日ほど府下に火消が出ている日はない。再出火を確認した火消が堰を切ったが如く流れ込んできている。馬喰町を対角線上に走る源吾らよりも、隣町から向かう火消のほうが早いだろう。新之助が馬を駆って追いついてきた。

「これじゃあ、馬は入れられませんね」

「手柄のためじゃねえ。二度と惨事を起こさぬ一心で来たのだ。だが完全に乱れている」

火元まで一町、明かりにたかる蛾《が》のように火消が群がってきている。中には上役に相談もせずに来た者もいるのだろう。駆けつけたはいいが、二、三名で右往左往している。

「に組の宗助だ！　馬喰町は我々の持ち場。指揮を執る！　道を開けてくれ！」

宗助は叫んだが、どの者も聞く耳を持たない。

「新之助……馬で突っ切れ！」

「はいはい。承りました」

一度は鐙《あぶみ》から足を外した新之助が再び足をかけた。宗助は目を丸くして見上げている。

「言い出したら聞くものですか。しっかり後ろをついて来て下さいよ」

新之助は勇んだ声を上げ、手綱を引き絞った。

「方角火消新庄藩罷り通る。道を開けられよ！」

新之助は繰り返し喚きながら馬を走らせ、その後を源吾と宗助が続く。火消たちは馬に跳ねられてはかなわぬと道を開く。

「いずれの者だ！　名を名乗れ」

追い縋って問い詰めようとする火消もいた。それに対しては源吾が吼《ほ》えて回答する。

「ぼろ鳶だ！　悪いな」

火消は妙に納得した顔になる。ぼろ鳶ならばこの暴挙も納得出来るというのであろう。

「ぼろ鳶の悪名は効《き》きますね」

新之助は馬上でくすりと笑ったが、火事場で不謹慎と思ったのかすぐに唇を結んだ。火元まで辿りつくと、隣家数軒に火が回っていることが視認出来た。

「どれから行きますか」

ふと見上げると屋根の上には纏を肩にかけた彦弥が、燃える家屋を凝視している。

「大銀杏の纏。あれが彦弥……」

「に組か。甚助よりも俺のほうが男前だろう」

宗助の一言に彦弥が白い歯を見せた。

「遅くなりました！」

隣の辻に目をやると、壊し手連中が突き進んできている。先頭は寅次郎、肩には星十郎が担がれている。たどり着いた一同に新之助が声をかける。

「置き忘れた荷までお運び頂きありがとうございます」

地に降ろされた星十郎は顔を赤らめて髪を整えた。

「そこで寅次郎さんに会いましてね」

「先生は体力が無いですからな。担いで参りました」

降ろした寅次郎は真顔で言った。

「よし。揃ったな」

源吾は羽織についた火の粉を払った。五十人とはいえ今この界隈での最大勢力である。

「お手伝いします」

凜と言い放った宗助に笑みを投げかける。源吾は天を仰ぐとありったけの声で叫んだ。

「今回の大火では多くの命が消えた。弔《とむら》い合戦だ！　最後の力を振り絞れ！」

鳶たちは散開して作業にかかり、苦境に陥れば陥るほど躍動する新庄藩火消の真骨頂を見せた。青と赤の焔が巻き、重なり合うと紫にも見える。この上なく凶暴であり、何故か艶《あで》やかにも見える。天魔の炎に群がるは煤けた鳶の群れ。それは一幅《いっぷく》の仏画のようにも見えた。他の火消も息を吞んで手を止め、示し合わせたわけでもなく桶に水を汲んで渡すなど、新庄藩の援護に回った。源吾は指揮を半ば新之助に任せて、周囲に注意を払っていた。

――まだ近くにいるはずだ。

秀助はまだ周辺にいると見ていた。これほどまでに四方八方から火消が流れ込んでくることは源吾ですら予想していなかった。狐火にとっても想定外であったはずである。火を付けても上手く逃げられずに、この近隣に潜伏しているはずである。

蚊の鳴くようなか細い金属音が源吾の鼓膜を揺らした。自身でも分からぬが何故だか全身が総毛立つ。どこかで聞いた音だと思った。新之助のような超人的な記憶力はなくとも、音に関してだけは別である。それがいかなる音であろうが、旋律《せんりつ》として捉えて憶える。それは源吾の幼い頃からの癖である。だが聞いたことがあるか無いかという判別しか付かず、それがいつどのように奏でられた音かということまでは判らない。

——ちりん、ちりん。

やはりどこかで鳴っている。そのとき源吾の脳裏に走馬灯のように、ある光景が蘇ってきた。一つは暖簾の掛かった小諸屋の入り口、もう一つは漆黒の闇である。

「あいつだ……」

源吾は取り憑かれたかのように歩み始めた。その表情は鬼気迫るものがある。皆が炎に気を取られている中、いち早く新之助だけがそれに気が付いた。

「彦弥さん！　しばらく指揮をお願いします」

屋根上の彦弥は訝しみながらも、手を挙げて了承の意を示す。すかさず星十郎が尋ねる。

「どうしました？」

「ただ事じゃあない！」

新之助は一目散に走りだし、星十郎は慌ててそれに続いた。その甲斐あって源吾が足を止めた時には追いついた。源吾が睨み据えているのはどこぞの大名火消である。数は九名、皆が立派な火消羽織、防火頭巾に身を固めていることから士分と推測出来る。

「いずれの御家中か」

　源吾の声は常の調子よりも低く、地を這うかのようであった。

「我らは青木《あお き》甲斐守の家中。このたびの難儀、ご苦労なことでござる」

　進み出てきた男は丁重に返答した。頭巾から覗く両眼も垂れ下がり人懐っこく見えた。


「青木甲斐守様……拙者学が無いものでご無礼仕《つかまつ》るが、国元は何処《いずこ》ですかな」

「摂津麻田《せっつあさだ》でござる」

　男は間髪入れずに答えた。この時点で源吾も新之助らが後ろに侍《はべ》っていることに気づき、星十郎に目で確認を取った。星十郎は素早く頷いて肯定する。源吾は質問を止めない。

「その御家紋は何と呼ぶものですかな」

「おやおや、これは何か詮議でござるか」

「そう取って頂いても結構。如何《いかが》」

　あまりの喧嘩腰に星十郎は慌てたが、新之助も目を細めて一団を見渡している。

「新庄の御方は無作法ですな。いいでしょう。富士に霞《かすみ》、裏紋は三《み》つ盛州浜《もりすはま》でござる」

　再び頷く星十郎に、何か他に問いを投げかけよと合図を送った。

「確か大坂の陣の折には、些か趣向を凝らした家紋を使われたとか」

「武勇を示すため富士が噴火したものを使いました。そちらの御方はよくご存知で……」

こうなればどのようなことでも訊いてくれと言わんばかりに即答する。新之助が問う。

「あまりお召し物が汚れておられぬようですが」

「大した働きも出来ずお恥ずかしい限りで。今しがたも水汲みでも参ろうと思った次第」

さらに何か問い詰めようとする新之助を遮り、源吾は頭を下げた。

「それはありがたい。火付けが紛れておらぬかと過敏になり過ぎていたようです。すでに疑いは晴れ申した。ご無礼の段、平にご容赦下され」

「いやいや。この度のような次第ならば、ご無理ないこと。気になされるな」

男は寛容さを見せ鷹揚に話した。それに源吾もようやく笑みを取り戻した。

「ところで赤馬を見かけませんでしたか？　残念ながら見失いまして……」

「それはご愁傷様《しゅうしょうさま》ですな。新庄の奥州馬ならばさぞかし良い馬でしょうに」

その刹那、源吾は刀を抜き放つと問答無用で男を唐竹割に切りつけた。男は後ろに飛び、それを紙一重で躱す。切り裂かれた頭巾が落ち、男の顔が露わになった。髷《まげ》は町人風の変わり本多《ほんだ》。武士でないことは明白である。

「なぜ判った」

「赤馬を知らぬ火消などいませんし」

そう言う新之助も腰を落として刀に手を掛けている。赤馬とは火消の隠語で放火犯を示す。これを知らぬ火消などいないと言い切れるほどの入門的隠語であるとは、過日新之助にも教えた。

「切り抜けるぞ」

男の一言で一団は一斉に刀を抜き払ったが、一人だけ刀を抜かぬ者がいる。

「秀助!!」

源吾は虎のように咆哮すると、脇目も振らず遮二無二突撃した。たとえ死すとも秀助だけは逃すわけにはいかない。源吾を護衛の凶刃が襲う。

——腕は捨てる。

そう覚悟して左腕を白刃に向けて突き出した。次の瞬間、鉋《かんな》で木を削るような音がし、続いてけたたましい金属音が鳴り響いた。新之助の腰間《ようかん》から刀が放たれ、敵の一撃を撥《は》ね除けたのである。新之助は返す刀で斬りつけ、男はどっと地に沈んだ。

「私のほうが上のことが他にもありましたね」

新之助の口元には笑みが浮かび、余裕すら感じる。あまりの腕前に敵味方呆気に取られていたが、いち早く秀助は駆けだし、それに続いて先ほど問答していた首領格も遁走《とんそう》する。

「すみません。二人逃がしてしまいました。ここは私に任せて追って下さい」

新之助は正眼に構えて牽制《けんせい》し、ゆっくりと位置を変える。秀助ら二人の逃げた先を遮り、これ以上追わせぬようにした。

「先生。下がって下さい」

一人で残る六人を相手にするというのか、その言葉には有無を言わせぬ威厳が感じられた。

「早く。ここで逃がしては、すべてが台無しです」

「頼む」

源吾は一言を残し秀助を追った。

「初めて御頭に頼られましたね」

聞こえていないつもりだったのだろう。新之助の呟きが聞こえてきた。源吾は振り返ると、新之助は白刃を掻い潜り兇徒の一人に逆胴を決めていた。倒れる男を蹴り飛ばすと次の刃を受け流している。源吾は再び前を向き、もう二度と振り返ることは無かった。

三町ほど追うと秀助は道を左に折れ、少し後ろを走る首領格は直進した。別々に逃げて撒こうと考えているのだろう。源吾は迷うことなく秀助を追った。秀助は辻から辻に何度も折れて逃走する。火消が抜き身の刀を手に握って追いかけているのは、これまた火消。すれ違う町娘は悲鳴を上げ、すわまた出火かと勘違いした火消が集まってくる。

「何があったか知らぬが落ち着け！」

「ぼろ鳶だ！　下手人を追っている！」

この時ほどこの蔑称に感謝したことはない。説明せずとも直ちに身分を証明出来る。

――この道をこのまま進めば……。

源吾は暇さえあれば消防に役立てるため江戸をくまなく歩いている。当然この辺りの地勢にも明るい。長い一本道が続き、一町ほど先の突き当たりが丁字路になっており左は行き止まりである。源吾は先回りすべく手前を右に折れた。行き止まりを引き返してきた秀助は、目の前に突如源吾が現れたので急停止し、砂埃が立った。

「ようやく追いついた……秀助、観念しろ！」

もはや顔を隠す必要もないと見たか、それとも息が苦しかったか、秀助は頭巾を脱ぎ去った。髷は無い。三分ほどの坊主頭である。まさしく小諸屋で出逢った男であった。

「あの夜の火消か」

秀助は頭巾をぽとりと落とすと、胸を膨らませて息を整えている。源吾は首にかけた呼子を目一杯吹いた。応援はおっつけ駆け付けるであろう。今暫く時を稼がねばならない。

「何故判った」

「何か高い音のする物を身に着けているだろう。それと同じ音を二度聞いた。初めは小諸屋だ。お前は暖簾を撥ね除けて出て行き、軒先の風鈴に布が触れた音だと思っていた」

秀助はそろりと腰の鉄壺に手を近づけていく。

「二度目はあの夜。お前が走る時、その鉄壺が脚に当たって鳴っているのだと思った」

「何の音だと？」

意外や秀助も間を延ばす。会話を交わす中で逃げ出す機会を探っているのだろう。

「おそらく鈴。作りが同様でも一つ一つ微妙に音は違うものさ。今まで聴いたどんな鈴よりも澄んだ音色だ」

「中帯に縛って動かぬようにしているのだぞ……どんな耳をしておる。化物め」

「お前に言われたかねえ。それは……お糸のものか？」

「火消がその名を口にするな‼」

秀助は鬼の形相で睨み据えながら唾を飛ばした。源吾は正眼に構えたまま語り掛ける。

「お前の花火を見たことがある。薄く緑がかった花火だ。あれほどまでに切なく、美しい花火を見たことはない。あんな花火を作れる者が根っからの悪人であるはずがない！」

「仇を討たねばならない。鍵屋にも、役者のように気取った全ての火消にも思い知らせてやらねばならぬ。その為に全てを焼く！　いくらとて殺す‼」

秀助は脂汗の浮いた顔を歪《ゆが》め、着物の衵《みごろ》を勢いよく開いた。中帯に付けられた赤い鈴が揺れ、微かに音色を発する。

「この鈴を焦土となった江戸に埋めてやるさ。それが二人の供養になる……」

目を血走らせる秀助に、源吾は正眼に構えたまま優しく語り掛けた。

「これが本当にお香や、お糸の願いなのか……」

「黙れ火消!!」

「黙って堪るか！　お糸はなぜその鈴をお前に託した……これからも人を笑顔にして欲しいと願ったのではないのか！　それが何故分からねえ！」

秀助は泣き顔になって、少し俯くと鈴に目をやった。

「分かっているさ……でももう戻れねえ……何もかも戻らねえ！」

秀助は鉄壺を腰から毟《むし》り取った。源吾も意を決し突き進む。剣術は中の下、刀を抜いたのも生涯《しょうがい》の中で此度が初めてである。それでも恐怖は感じなかった。秀助は鉄壺の中身をぶちまけた。

すぐ横に身を竦める己がいた。確かに見えたのだ。心の中で別れを告げ、それを置き去りに、一歩踏み出した。もう炎を恐れはしない。人の暮らしの隣人である彼らの中に、牙をむく者がいれば、喰らうのが己の役目である。

目の前が赤に染まり、橙の中を泳いでいるかのような心地であった。髪がじりじりと焦げる音が聞こえ、特有の悪臭が鼻を衝《つ》く。

「秀助!!」

橙の海を掻き分けると、恐怖に顔を引き攣らせた秀助が見えた。刀を引き擦るように振りかざした。次の瞬間、地に物が落ちた鈍い音が一つ、高い音が二つ鳴った。

呆然とする秀助の視線が足元にゆく。先ほどまで主に繋がっていた右手は地に落ち、鉄壺は弧を描いて転がっている。衝撃で中帯が切れたのか、同時に鈴が零れ落ちた。手首から泉のように血が噴き出す。秀助は苦悶の表情を浮かべるが、未だ闘志に蔭《かげ》りは見られない。余程器用なのか、口で袖を引き裂くと、残る左手と歯を使って瞬く間に腕に処置を施した。

「秀助……もう終わりだ。それではもう復讐《ふくしゅう》は出来まい」

源吾は脚元まで転がってきた鈴を拾い上げながら言った。

「返せ……」

秀助は歯を食いしばりながら睨み付けて来た。

「分かった。返す故、大人しく……」

源吾が鈴を手に近づこうとしたとき、秀助は何故か驚きの表情を浮かべ、背後から伸びた手が源吾の首を絞めた。首筋に鉄の冷たい感触が走る。

「お前は……」

先ほど問答を繰り返した首領格である。別方向に逃げたと思わせて後を尾けられたということか。耳元に生ぬるい息が吐きかけられた。

「秀助。こやつを盾に逃げるぞ」

「何故戻ってきた。藤五郎《とうごろう》」

藤五郎と呼ばれた男は如何なる表情か源吾には窺い知れないが、溜息をついたことから恐らく呆れ顔なのだろう。

「お主の才は貴重だ。こんなところで失うわけにはいかぬ。城が灰燼と化すまではな」

「もういい。俺は鍵屋を焼いて終わりにし……あと一つ、為すべきことをして死ぬ」

「馬鹿を言うな。お前の復讐に力を貸してきただろう。最後まで成し遂げろ」

「俺の仕掛けに犬を押し込めて手を加えたのは誰だ。昼に爆ぜるはずの小諸屋の仕掛けを、勝手に夜に変えたのは誰だ。細工そのものを真似て方々に火を付けたのは誰だ！　それはお互い様だ」

何故だか分からぬが仲間割れしている。その隙をついて再度呼子を吹こうと、源吾は首元に手を近づけた。

「おい!!　何をしている。刀を捨てろ。左手に握り込んだ寸鉄もな」

藤五郎は場慣れしており、目敏《めざと》く左手にも気づいた。源吾が両の掌を開くと、刀と鈴が地に落ちた。

「こんな汚らしい鈴で何をしようと……秀助、裏道を行くぞ」

藤五郎は鈴を踏みつけて足をにじらせると源吾を強く引いた。血を隠すためか秀助は両手を懐に隠しながら歩み寄ってきた。

（火消……屈め）

蓮《はす》の花が弾けるような微かな声を秀助が洩らしている。化物のような耳を持つ源吾でなくては到底聞こえないだろう。それと同時にこれも小さく何かが燻《くすぶ》る音がする。

「辺りに捕方がおらねば盾も必要ない。そうなれば殺して――」

藤五郎がそこまで言いかけたとき、秀助の左手が藤五郎の口に押し付けられた。手には玉が握られ、そこから伸びた導火線にはすでに火がついている。源吾は屈んで地を転がった。藤五郎の目には涙が溢れ、がたがたと身を震わせた。

「黙りやがれ」

秀助がぼそりと言ったとき、玉は破裂して薄紅色の炎を撒き散らした。煙が晴れたときそこには顔を焦がした藤五郎が横たわっており、膝を突く秀助は、残る左手が肘《ひじ》から先が吹き飛んでいた。火炎で肉が爛れたことにより血は出ていない。

「鈴を拾ってくれないか」

源吾は地に埋まった鈴を拾い上げると、秀助の元へ駆け寄った。渡そうにも秀助の両手はもうない。懇願する秀助の言う通り、外帯に縛りつけてやった。

「何故助けた」

「野郎が鈴を踏みにじったから殺したまでだ……命の恩人と思うなら一つ頼みがある。少しの間でいい。俺を見逃せ」

「それは……お前は多くの命を奪った。償《つぐな》わなければならねえ」

「償うさ。こんな手だ。もう誰も殺せねえ……それでもやらねばならないことがある」

源吾の耳に口を近づけ秀助は囁いた。

「用意していたものを俺が使わせてしまったというわけか……しかしその手では」

「二月《ふたつき》くれ。必ずお縄について地獄へ行く。頼む」

哀願する秀助の目をじっと覗き込み、源吾は頷いた。秀助は血の跡を残さぬためか、腕組みするかのように両手を脇に挟み、ふらつきながら歩み出した。己の判断は果たして正しいのか。源吾は自問自答しながらその背を見送った。

源吾が戻った時、出火現場は騒然としていた。火はすでに消し止められており、これ以上の拡大の恐れはない、理由はそちらではなく火付盗賊改方が下手人たちに縄をかけている最中だったからである。集団の中に長谷川平蔵を見つける。

「松永か！　ご苦労であった。遅くなってすまぬ。七名中、三名は捕えた。残り四名はお主のところが止む無く斬ったらしい」

下手人は自害せぬように猿轡《さるぐつわ》を噛まされて縛られ、その横に絶命した四人の死体があった。

「お前……剣を遣えたのだな。正直に驚いた」

新之助はばつが悪そうに頭を掻くが、忘れていたのか包帯に指を引っかけて慌てている。

「知らなかったのか。新庄の麒麟児《きりんじ》、鳥越新之助といえば府下十指には入る剣客だ」

平蔵はそのことのほうが驚きといった様子である。聞くところによれば、新之助は一刀流《いっとう》剣術に加え、林崎新夢想《はやしざきしんむそう》流居合術も修めた達者であるという。齢十四で江戸の剣術大会に出場した折には、十も年上の者達を完膚《かんぷ》無きまでに叩きのめしていき、その世界では語り草になっているという。

「どこかで聞いた話だ」

源吾は記憶を探りつつ首を捻った。

「子どもの頃から好きでしてね。剣で身を立てるつもりでしたから、父から火消について学ぶことをしませんでした。今となっては後悔しています」

「人は見掛けによらんな」

「それは御頭も一緒です。厳《いか》めしい顔のわりにお優しい」

すっかりいつもの調子に戻った新之助の一言が胸に刺さった。

「長谷川様……お話ししたいことが」

源吾は居住まいを正すと、事の顚末《てんまつ》をすべて語った。

「そうか……信じてよいのだな」

「はい。もし何か起これば拙者が腹を切ります」

「黒幕はこやつらから聞き出してみせる」

平蔵は丸太のように地に横たわっている下手人を見下ろした。下手人の一人は狂気の目で睨み据え、何やら言おうとしているが猿轡でよく聞き取れない。

「我らはその道の玄人。決して話さぬ。大方そのように言っているのだろう。だが……」

平蔵の穏やかな顔が一変し、氷のように冷たい目になった。

「儂もこの道の玄人。死んだほうがましと思ったことはあるかえ?」

下手人の目が酷く怯えたものになり、あまつさえ小刻みに震えだした。玄人だからこそ平蔵の恐ろしさが解るのかもしれない。下手人たちは火付盗賊改方に連行されていった。

「終わりましたね。気が抜けると、空恐ろしくなってきました」

新之助は細く息を吐き、肩の力を抜いた。

「新庄の麒麟児らしくもない」

源吾が冗談交じりに言うと、新之助ははにかみながら天を見上げた。

「いいえ違います。私はただの火消侍です」

空から視線を外さない新之助は目を細めて笑った。これで天を翔ける鳶の一羽でもいれば絵になることであろうが、生憎《あいにく》澄み渡った空には雲一つない。あるものといえば横顔を照らす陽の光のみである。

## 五

三日間に亘り江戸を恐怖に陥れた大火は収束した。類焼は九百三十四の町々、百九十六の大名屋敷、寺社三百八十二に上り、死者一万四千七百人、行方不明者四千人余の犠牲者を出した。明暦の大火に次ぐ被害である。明暦の大火の死者は十万人を超えると言われている。同規模以上の火災でありながら、死者が少ない理由の第一に、やはり火消の奮闘が挙げられるであろう。

だが源吾はこれでもまだましなどと、露ほども思えなかった。家を失い、肉親と逸《はぐ》れた人々が路頭を彷徨《さまよ》い、江戸の町は収拾がつかない。ここからの復興作業は幕閣の仕事であり、瓦礫の撤去などに明け暮れる自分などはあまりに無力である。

長谷川平蔵が訪ねて来たのは卯月《うづき》も半ば過ぎた頃である。

「吐いたぞ。まず首領の名は藤五郎。まあ嘘かもしれぬがな」

平蔵の第一声はそのようなものであった。舌を噛んで自害するような連中からどうやって聞き出したのか。訊くのも空恐ろしい思いである。そちらの顔と、源吾や深雪に見せている顔、どちらが真実の顔なのか。そのようなことを考えながら話を聞いた。

「黒幕は一橋《ひとつばし》公よ。まだ若いにも拘わらず大層腹黒い」

一橋家は八代将軍吉宗の四男・宗尹《むねただ》により興り、将軍になる資格を有している。現当主は二代目である徳川治済《はるさだ》である。これが相当な野心家で、我が子を将軍にすると言って憚《はばか》らない。

「他の幕閣はともかく、英邁《えいまい》な田沼様だけは一筋縄ではいかぬ。今のうちに摘み取っておこうという腹だったのだろう」

「して一橋公は？」

「知らぬ存ぜぬ。藤五郎など聞いたこともないと突っ返された。田沼様は今の証拠では糾弾《きゅうだん》することもかなわぬ。牽制《けんせい》にはなった故、放っておけと」

　平蔵の言葉から口惜しさが滲み出ていた。

「それはそうと、北条殿が幕閣に呼び出されたのを知っておるか？」

　初耳であった。話にも上らぬことから家中ほとんどの者が知らないのではなかろうか。

「紀州様への応援を無視したことで、お主に腹を切らせよとな」

「そうですか……覚悟はしておりました」

「しかし北条殿は松永にそのように仕向けたのは自分。故に己が腹を切ると申された」

「何ですと⁉　して御家老は！」

　源吾は身を乗り出して詰め寄った。

「田沼様が現場ではそのような判断もあろうと取り成し、北条殿は閉門で済んだ。いずれそれもすぐに明けるであろうよ」

「なぜ御家老が私を……」

「北条家に入る前の都築喜之助《きのすけ》と名乗っておられた頃、蚊も殺せぬような御仁で、仏の喜之助と呼ばれていたそうだ」

平蔵はそう前置きして語り始めた。

あくまで議論であった。にも拘わらず、真鍋は己の立場から言うべきことを言ったにすぎない。あくまで議論であった。にも拘わらず、藩政を担う家老となってもその出生から六右衛門を軽んじる家中は、真鍋の発言を皮切りに家老の座から引きずり落とそうとした。それを善しとしない真鍋は、従わねばこうなる、と死を選んだのである。

「そこまでしてくれたとあらば、変わらざるを得なくなったのであろう」

平蔵は煙草入れをまさぐると、丁寧に刻みを詰めて火を付けた。源吾も以前平蔵から譲り受けた煙管を持ち上げる。煙草の煙が二筋。天井まで昇ってふわりと広がり消えていく。

「飯でも食っていきますか？　見ての通りぼろ屋なので大したものは出来かねますが」

いつか平蔵が深雪の手料理を食べてみたいと言っていたのを思い出したのだ。

「またにしよう。今日は孫と遊ぶ約束をしている」

「孫……ですか」

普段、平蔵からは家族の匂いといったものが一切せず、少しばかり意表を突かれた。

「鉄次郎《てつじろう》でも子がいるのだ。お主もそろそろ考えよ」

「鉄次郎？」

「我が子だよ。不肖の息子であったが、子が出来て随分とましになった。人は良くも悪くも変わりゆく生き物だ」

先ほどの六右衛門の話か。それとも、源吾が見逃した秀助のことを暗に念を押したのかもしれない。紙縒りを用いて煙管掃除をする平蔵が妙に年老いて見えたのは、鬢に混じる白いものが目に入ったからか、はたまた孫の話をされたからか。穏やかに微笑む平蔵、これが真実の顔なのであろう。


明和九年卯月晦日戌《いぬ》の刻、江戸府下に乾いた大音が響き渡り、床《とこ》に入ったばかりの源吾はすわ火付けかと飛び起きた。深雪も不安げな眼で見つめてくる。鐘はおろか太鼓もまだ鳴っていない。不思議に思っていると、先ほどの音が再び府下を包み込んだ。

「ちとおかしい。空から鳴っていないか……」

そこまで言ったときに閃《ひらめ》くものがあり、源吾は屋外に飛び出した。出動と勘違いした深雪は革羽織を手に取り後を追った。三度《みたび》音が鳴り渡る。

「ついにやったか」

「赤みがかっていますね……」

東の空に花火が上がっている。それは薄らと赤みがかっており、夜空に桜が咲いたかのよう見える。花火は美しく輝くと、本物の桜が散るかのように夜空に溶け込んでいく。

「綺麗……」

深雪が思わず零すのを合図としたかのように、四度目の花火が打ち揚がった。その乾いた音の奥には僅かな潤いがあり、夜空に均等に飛び散る火花は、雪の一粒を思わせるかのように美しかった。

「今頃、長谷川様が率いる火盗が隅田川に向かっているだろう」

赤色の発色。過去に清吉が試みて失敗したものである。五発目の花火が打ち揚がる。

「旦那様……あれは」

「淡い緑。あの日と同じだな」

それが消え去っても二人は天を見上げ続けていた。夜空には花火なぞに負けてはならぬと星々が瞬いている。

「真っ当な武士が星なら、火消はさしずめ花火と同じ。一時《いっとき》輝きを放ち消えていく」

源吾が空から視線を外さぬままにそう言うと、深雪も同じ恰好のままに答えた。

「それでも人の心に残るのは案外その花火であったりするものです」

「忘れてくれればいいさ。嫌な想いもひとくくりに溶かし込んで消えればいい」

源吾は首を上げたまま目を瞑り、夜風を吸い込んだ。青葉と土の香りが入り混じった匂いは夏の訪れを告げていた。六度目の花火が打ち揚がり、薄紅色で夜空を彩った。それは春を名残《なごり》惜しむかのように消えていくと、再び姿を見せることは無かった。


翌日、平蔵より秀助を捕縛したという連絡が入った。隅田川に駆けつけた平蔵はその光景に息を呑んだという。河原に寝そべった秀助の口には附木が咥えられ、今まさに導火線に火を付けるところであった。周囲には花火玉、火打石などが散乱していた。これら全てを口のみで取り扱っているのだ。

着火した秀助は河原を転がり退避する。同時に秀助の躰から鈴の音が奏でられる。筒から一条の光が打ち揚がった。平蔵らの存在に気づきながらも、秀助は意に介さぬ様子で次の打ち揚げ準備に入ろうとした。その狂気の姿に平蔵は躊躇いつつも捕縛の号令を発した。秀助は無抵抗で捕まり、現在は詮議の途中らしい。

供述によれば、己は真秀《しんしゅう》という僧であり、秀助などという者は一切知らぬ。他人の空似であろうと言い張っているらしい。動機は何だと問い詰めても、大円寺の寺僧に邪険にされただの、今の世相に対しての不満だの供述が定まらず、大凡信じがたいものであるという。黒幕を庇《かば》っている訳でもない。藤五郎なる者の誘いにより、火を付けたということはあっさりと認めている。ならば語らぬ理由は何らかの矜持《きょうじ》であると思われた。

平蔵から届いたものは文だけでなく、草色の袱紗《ふくさ》が添えられていたのである。秀助が、

「あの火消に渡してくれ」

と、懇願したらしい。そこは清濁《せいだく》併せのむ平蔵、秀助のあまりの必死さにそれを認めた。

――この一品、件《くだん》の火消へ。

それだけの短い文が添えられた、可愛らしい鈴であった。

水無月二十一日、狐火こと真秀は市中引き回しの上、小塚原で火刑に処された。未

曾有の大火を起こした下手人を、人々は挙《こぞ》って見物に押し寄せた。怨嗟の声が溢れ、役人の制止を振り切って礫《つぶて》を投げつける者もおり、予定よりも早く小塚原に連れてゆかねばならなくなったという。

源吾は行かなかった。なぜかと訊かれても明確な答えを持つわけではない。ただ見たくないというのが本心であったように思う。

明けて安永《あんえい》二年一月四日、出初式《でぞめしき》が行われる。これは今より百余年前の、万治《まんじ》二年（一六五九）一月四日。定火消四組を時の老中稲葉《いなば》正則《まさのり》が率い、上野東照宮《とうしようぐう》にて気勢をあげたのを起源とする。それは明暦の大火後、先の見えぬ復興作業に苦しんでいた民衆に対し、明日への希望を与えた。今日《こんにち》の消防の組織、掟《おきて》、習わしなどを辿れば、そのほとんどが明暦の大火に繋がるのである。出初式ではそれぞれの特色を出した消防演習、加えて梯子乗りなどの曲芸染みたこと、木遣《きや》り歌などが歌われ、それを目的に集まる見物客も多い。客の多寡こそ火消の人気を表すのだ。

源吾は予定時刻より随分早く火消屋敷に行ったが、珍しく配下がすでに集合しており、車座になって何かを覗き込んでいる。

「どうした。御家老がお越しになるのは一刻も後だが。今年から心を入れ替えたのか？」

茶化しながら尋ねると、百ほどの目が一斉にこちらへ向き、新之助が嬉々として言った。

「御頭！　やりましたね！」

「ああ。番付か」

「愛想のねえこった」

ぶっきらぼうに言う彦弥も目が笑っている。

「誰でもなれるわけではありません」

番付の本家本元、角界出身の寅次郎は大真面目で感心している。

「話には聞いたがまだ見ておらん。皆はどうだ」

「丁度今から見ようと思っていたところです」

待っていましたとばかりに新之助が番付を手に進み出る。番付表には庶民受けするように二つ名のようなものまで記載されている。

「何でこうなるのですか！　御頭はいいにしても、頭取並の私が彦弥さんや寅次郎さんの下。しかもこの二つ名は何ですか！　悪意が……版元に訴えてきます！」

新之助は一気に捲し立てて、今にも飛び出しそうである。

「番付の上下はともかく、二つ名に関しては訊きに来るはずですが……」

星十郎が怪訝そうに首を捻った。それで思い出したかのように彦弥が手を打った。

「そういえば、俺が当番の日に読売のやつが来たぜ」

「何でこんな名を言ったのですかぁ……」

何とも忙しい男である。新之助は打って変わって泣き出しそうな声を上げた。

「言ってねえって！　番付も決まっていた。『赤火事』は嫌がるから止めてくれ。『山彦』は山城座に迷惑を掛けるから止めてくれって言っただけだ。新之助の二つ名は訊かれたが、しっかり無いと答えておいたぜ」

「それですよ！　何で機転を利かせてくれないかなぁ。適当に付けられていますよ。これは」

「いいじゃないですか。我らの誇りの名です」

寅次郎は目尻を下げながら新之助の肩を優しく叩いた。

「彦弥殿。お気遣い痛み入る」

星十郎は深々と頭を下げる。

「嫌な名を塗り替えるいい機会だ。火の舵《かじ》を取る。いい具合だろう」

「何故その気遣いを私にしてくれないのですか……」

「鳥越殿にはいずれ火喰鳥を襲名してもらわねばならぬ。彦弥殿の深慮でありましょう」

星十郎が恩を返すとばかりに助け舟を出した。

「そうなのですか⁉」

「そりゃ……当たり前じゃねえか！　鳥越の姓で火喰鳥を継がねえでどうするよ」

「気張らねばなりませんね！」

皆の口元に笑みが浮かぶ。新之助はすっかり機嫌を直し、再び番付表に目を落とした。

――ぼろ鳶組の出初式はすごい！

噂が噂を呼び、多くの観客が押し寄せた。後に聞いた話だが、観衆の数では加賀鳶と双璧をなしていたという。出初式に合わせて、揃いの衣装が新調されたことも話題となった。北条六右衛門が主君に掛け合ってくれたのである。

士分は紺地の刺子羽織、己《おの》が家の家紋が入っている。源吾ならば松永氏の多くが使用する蔦紋である。蔦紋を見るたびに源吾は奇妙なものだと思う。蔦と鳶という字は酷似している。まるで先祖が火消に導いてくれているような錯覚を受けるのだ。士分でない鳶は、同色の刺子法被、背には共通で「羽州新庄」と白で染め抜かれ、それぞれが望んだ一字、二字が染められている。寅次郎ならば「荒」、彦弥は「花纏」の二字を選んでいた。

出初式の始まりとして、普段行っているような訓練風景を世間に披露した。ある者は見ているだけで吐きそうだと表現したほど、過酷な光景に観客は瞠目した。梯子乗りでは、寅次郎が諸手で宙に立てた長梯子に彦弥が軽々と取り付き、てっぺんで宙返りをして見せた。威勢のいい木遣り歌と合わさり観客は感銘を受け、拍手喝采であった。

その後、他家で見られない取り組みもした。子どもたちを中心に容易《たやす》く出来る消防、心構えなどの講座を行ったのである。火の熾る原理を滔々《とうとう》と話す星十郎は、大人にこそ感心されたが子どもにはそっぽを向かれ、反対に各々が出来る火の用心を面白おかしく話す新之助は大人気であった。

深雪や鳶衆の妻も加わり、竈《かまど》や行燈などの身近な道具の安全な使い方も教えた。観客の中にはお七親子の姿もあった。前から新庄藩火消を知っているお七は、

「あの方が御頭の松永様で、隣が慌てんぼうの新之助さん、あれが変な彦弥さんで……」

などと、他の子どもたちに先輩風を吹かせて笑いを誘っている。

「お。あの美しいのは誰かの奥方かい？」

彦弥が新之助に尋ねる。

「あれは、信太《しんた》さんが国元の越前より呼び寄せた妹さんですよ」

「よしよし……」

彦弥の目がぎらりと光る。火消としても名を馳せた彦弥はその容姿が端整であることもあって、町娘にもてにもてており、声を掛けずともより取り見取りのはずである。

「いいのですか？　その木札。お七ちゃんから貰ったのでしょう？」

彦弥の胸元に少々歪《いびつ》な木札がぶら下がっている。大火のあと、母と共にお七が火消屋敷を訪ねてきた。奔走した火消たちにどうしてもお礼を言いたいとのことであった。そこでもじもじとしていたお七が彦弥にだけ手渡した木札である。己が死んでも身元が判るようにと、鳶の中には木札を身に着けている者も多い。そのような意図のものとお七は知らぬであろうが、近所の大工に廃材と道具を求め自ら作ったものだという。

「いつか彦弥さんのお嫁さんになるっていいながら、夜なべして作っていたのですよ」

顔を赤らめて手渡すお七の後ろから、母が微笑みながら彦弥に語り掛けた。彦弥はお七の頭をぐしゃりと撫ですぐに首にかけた。新之助はそのことを言っているのである。

「大人になれば男を見る目も養われるってもんだ。乙女心は何とやら……ってな」

「女の執念を侮《あなど》らぬほうがよろしいですよ。ねえ?」

話に分け入った深雪が源吾に振る。源吾は慌てて肯定すると、話題を変えた。

「そういえば寅次郎、達ヶ関は秋場所も全勝したらしいな」

「あれはきっと名を遺す大関になります」

「お前も負けずに火消の大関を目指せ。お袋さんに孝行しろ」

寅次郎は火消として生涯を終える覚悟を決めた。それに伴い近江から母を呼びよせることになり、来月にでも江戸に着くことになっている。今度は左門が近づいてきた。

「よくぞここまで持ち直してくれた。感謝している。例の件は御家老の裁可を頂いた」

落ち着いたら国元を見てみたいと願っていたのだ。同時に新庄城下の防災がどのようになっているのかを見て回るつもりでいる。傍らの深雪が軽く袖を引いた。

「城下にある英照院《えいしょういん》は、子授けの御利益があるそうです」

「そのようなことよく存じておるな」

「折下様が教えて下さいました」

「ならば二人で参ろうか」

その答えに満足したのか深雪は熱っぽい視線で見つめてくる。源吾は少し気恥ずかしくなって、頰が熱くなった。寒天の下吹く風も、些か火照《ほて》る躰には心地よい。

左門は思い出したかのように、一通の巻文《まきぶみ》を取り出した。

「国元にもそなたらの活躍を伝える為に、御家老自ら筆を執られた。その写しを頂いた。式を終えた後、ゆるりと目を通すがいい」

手渡そうとしたとき、一陣の風が吹き抜け、文が開いて手元から飛ばされる。

深雪は駆けだすと、宙に舞った文を追いかけて諸手で抱きしめるように捕まえた。

「大切なものを……」

紙に付いてしまった皺を伸ばそうとする。文面に目に落とした深雪はくすりと微笑んだ。


明和九年、未曾有の大火起こる。多くの命を失いしこと真に遺憾《いかん》である。国元でも決して他人事と思わず、火の用心に心配るべし。しかし壊滅の憂き目を免れたのは火消の働きが大きい。国元の火消を増員し、防火に費《つい》えを割くことを決めた。
当家の火消も八面六臂《ろっぴ》の奮闘を見せ、多くの尊い命を救いえた。国元の励みとなるように見附番付を抜粋し、ここに名を記す。

西の大関、「火喰鳥」松永源吾久哥。
東の前頭筆頭、「赤舵」加持星十郎光春《みつはる》。
西の前頭七枚目、「谺《やまびこ》」彦弥。
東の前頭八枚目、「荒神山」寅次郎。
東の前頭十三枚目、「襤褸鳶」鳥越新之助正勝。

彼の者ら、品行方正とは到底申せぬども、火を憎む心、火を鎮めたる手並み比類無し。煤に塗れて人を救う様を見て、府下に住まう者は畏敬と愛着を込めてこう呼ぶなり。

――羽州ぼろ鳶組。

# 解説——日本人の強さが託された物語

文芸評論家　細谷正充《ほそやまさみつ》

今年（二〇一七）の歴史・時代小説界は、いったいどうなっているのだ。まだ三ヶ月も経《た》っていないというのに、次々と有望な新人がデビューしているではないか。『お師匠さま、整いました！』の泉《いずみ》ゆたか、『木足《もくそく》の猿』の戸南浩平《となみこうへい》、『花天《かてん》の力士《ちからびと》 天下分け目の相撲合戦』の天野行人《あまのゆきと》、『さなとりょう』の谷治宇《たにはるたか》……。初のオリジナル小説『躍る六悪人』で、本格的に時代小説に挑んだ竹内清人《たけうちきよと》も、これに加えていいだろう。どの作品も面白く、まさに新人祭り状態なのだ。そこに、さらに祭りを盛り上げる、注目すべき新人が登場した。本書『火喰鳥《ひくいどり》 羽州ぼろ鳶《とび》組』がデビュー作となる今村翔吾だ。作者の経歴については本書カバー袖を見てもらうとして、さっそく物語を紹介していこう。

主人公は、かつて鉄砲組四千五百石の御旗本・松平隼人《まつだいらはやと》に仕《つか》えていた松永源吾《まつながげんご》である。松平家の定火消《じょうびけし》として活躍し、〝火喰鳥〟の異名で持て囃《はや》されていた源吾だが、ある事情から主家を辞して浪人に。妻の深雪《みゆき》（なんとも愉快なキャラクターである）と共に、市井《しせい》に逼塞《ひっそく》していた。そんな彼のもとを訪ねてきたのが、出羽新庄《でわしんじょう》藩戸沢《とざわ》家に仕える折下左門《おりしたさもん》である。主君の命を受けた彼は、新庄藩の火消頭取として、源吾をスカウトしにきたのだ。ちなみに大名が私設の消防隊を抱えるのは義務であり、新庄藩は「方角火消」と呼ばれる。

松平家を去ることになった一件で、火事に対するトラウマを抱えるようになった源吾だが、火消頭取になることを承知する。しかし戸沢家の火消の内情は酷《ひど》いものであった。江戸家老の北条六右衛門《ほうじょうろくえもん》とともめた前火消頭取が切腹したことで、火消たちが離散。百人の人員が必要なのに、二十数人しか残っていない。さらに火消方頭取並の若者・鳥越新之助《とりごえしんのすけ》には、やる気が感じられない。二ヶ月前に新之助の父親が火事場で殉職《じゅんしょく》したそうだが、そのことについても余所余所《よそよそ》しい態度をとっている。また、その火事は二ヶ月前から横行している〝狐火《きつねび》〟という火付人の仕業《しわざ》らしいのだが、父親が朱土竜《あけもぐら》（バックドラフト）で死んだことに、不審な点があった。

さまざまな事情に困惑しながら、足《た》りない人員を補充しようとする源吾たち。算勘に明るい深雪のおかげで、少ない資金で人数を確保できた。さらに中核となるメンバーを集めるべく、源吾は奔走《ほんそう》する。

といった調子で、本書の前半は、主要メンバー集めが中心になっている。膝《ひざ》の故障を抱える相撲取りの荒神山寅次郎《こうじんやまとらじろう》。惚れた女のために借金をした軽業師《かるわざし》の彦弥《ひこや》。博覧強記の天才だが、異人の血を引き、世を拗《す》ねている加持星十郎《かじせいじゅうろう》。それぞれ一章を費《つい》やして、彼らが方角火消に加わるまでが綴《つづ》られていく。これがとにかく面白い。独立した短篇にしてもいいのではないかと思うほど、読みごたえのあるエピソードになっているのだ。なかでも加持星十郎については、ある史実を絡めながら、意外な生《お》い立ちが明らかにされていく。ネタの出し惜《お》しみなど考えてもいない、作者の創作姿勢から、新人らしい気概が伝わってくるのだ。

かくして主要メンバーを集結させた作者は、続けて、主人公の松永源吾の過去に焦点を合わせる。なぜ彼は、松平家を捨てることになったのか。唾棄《だき》すべき事件と、源吾が火事に対してトラウマを抱くようになった理由が、慟哭《どうこく》と共に描かれる。なるほど、こんなことがあったのでは、火を恐れるようになったのも無理はない。作者のエピソードを創る才能と、それを描写する才能が合わさり、強い説得力が生まれているのだ。

このように主要メンバーのキャラクターを掘り下げながら、作者は江戸の火消のシステムについても、手際《てぎわ》よく説明していく。ここで留意したいのが、主人公の属する方角火消が、大名火消から派生したものである点だ。あらためていうが、江戸の火消を大別すれば「町火消」「定火消」「大名火消」の三通りになる。火事に立ち向かう火消は、江戸のヒーローであるが、なかでも庶民に愛されたのが「町火消」だ。「定火消」「大名火消」が武士のためのものであるのに対して、「町火消」が町人のためのものであるから、そうなるのは仕方がない。したがって時代小説や時代劇でも、ヒーローになるのは「町火消」であり、「定火消」や「大名火消」はよくてライバル、悪くすると敵役として登場することが多かった。

それを作者は、「大名火消」に属する方角火消を主役としたのだ。しかも資金不足で火事装束も満足に整えられず、町の人々から〝ぼろ鳶〟と揶揄《やゆ》されるではないか。でも彼らには、江戸のすべての火消の中で、唯一、人の命を助けることを優先しているという誇りがあった。その誇りに支えられた行動が、しだいに周囲に認められていく。ここが実に気持ちのいい読みどころになっているのである。

また、要所で〝狐火〟による火付が起こり、ストーリーを緊張させる。後半になると、源吾たちの火事との戦いに加え、狐火の正体がクローズアップされるのだ。この部分はミステリーとしての楽しみが横溢《おういつ》している。

消防士から火災捜査官助手になった主人公が火災事件を追う、ロン・ハワード監督の映画『バックドラフト』が一九九一年に公開されて以降、火災を題材にしたミステリーが増加したような気がする。日本でも、日明恩《たちもりめぐみ》の「消防士・大山雄大《おおやまゆうだい》」シリーズ、中野順一《なかのじゆんいち》の『想い火』『カチョウ 火災原因調査官』、佐藤青南《さとうせいなん》の「消防女子!!」シリーズ、福田和代《ふくだかずよ》の『火災調査官』など、幾つもの作品が生まれている。そうした火災ミステリーに匹敵《ひつてき》する面白さが、本書にはある。たとえば鳥越新之助の父親が死んだ朱土竜について。映画『バックドラフト』でも使われていた、密封された火災現場に空気が入ると、火が爆発するように燃える現象――いわゆるバックドラフトが、さらにえげつなく進化した形で使用されているのだ。その他にも狐火が繰り出すあの手この手と、それを防ごうとする源吾たちの戦いは、手に汗握らずにはいられない。火事現場に残されたある物から、狐火の正体を推理するところも、火災ミステリーならではの面白さがあった。

しかも狐火の正体が判明しても、事件の奥底までは分からない。火付盗賊改方頭の長谷川平蔵《はせがわへいぞう》(かの鬼平の父)や、老中格の田沼意次《たぬまおきつぐ》まで絡んで、一連の事件は幕閣の抗争にまで発展。それに巻き込まれた源吾と〝ぼろ鳶〟たちが、ついに起きてしまった明和《めいわ》の大火(目黒行人坂《めぐろぎようにんざか》の大火)の渦中《かちゆう》で、火消の意地と心意気を爆発させる。人の命を守るため、どこまでも突っ走る源吾。窮地《きゆうち》の中で火消として覚醒《かくせい》する新之助。立場を越えて彼らに協力する、男たちと女たち。これは凄い! 疾走《しつそう》する物語に煽《あお》られるように、心が昂《たかぶ》る。興奮が収まらない。ノンストップで、ページを捲《めく》ってしまうのである。
さらに本書は、胸に響く言葉が多い。源吾がスカウトしようとする男たちと交《か》わす会話は、男同士の心が共鳴したかのような、気持ちのいいものだ。そして終盤、大火の混乱の渦中で、深雪に「火の神様に、人の強さを思い知らせて下さい」と願われた源吾は、

「世の中には多くの天災がある。神には何かご意志があるのかもしれねえが、人にとってはただの理不尽でしかない……その全てに指を咥《くわ》えて黙っていられるほど、俺は人が出来ちゃいねえのさ。いい加減にしろって横《よこ》っ面《つら》殴《なぐ》ってやる。いくぞ！　俺に続け！」

と、咆哮《ほうこう》するのだ。この叫びこそが、作者の書きたかったことではないのか。地震や津波、颱風《たいふう》に火山の噴火など、自然災害の多い日本は、まさに天災国家である。でも私たちの先祖は、この国で生きてきた。私たちも、今、生きている。東日本大震災のような、巨大な天災に見舞われようと、立ち上がり、新たな日常を取り戻すための闘いを始める。そうした日本人の強さを、作者はこの物語に託した。そんな風に思っ

ているのである。

近年、出版業界は縮小傾向にあり、昔ほどの余裕がなくなっている。デビューする新人も、即戦力になることを期待され、最初から高いレベルの作品を求められているのだ。その期待に今村翔吾は応えた。高きハードルを鮮やかに飛び越えた作者が、どこまで翔《と》んでいくのか。出発点となる本書から、リアルタイムで作家の軌跡を追っていけるとは、こんなに嬉しいことはない。

火喰鳥

一〇〇字書評

切り取り線

**購買動機**（新聞、雑誌名を記入するか、あるいは○をつけてください）

□（　　　　　　　　　　　　　　　　　）の広告を見て
□（　　　　　　　　　　　　　　　　　）の書評を見て
□ 知人のすすめで　　　　　　　　□ タイトルに惹かれて
□ カバーが良かったから　　　　　□ 内容が面白そうだから
□ 好きな作家だから　　　　　　　□ 好きな分野の本だから

・最近、最も感銘を受けた作品名をお書き下さい

・あなたのお好きな作家名をお書き下さい

・その他、ご要望がありましたらお書き下さい

| | | | | | |
|---|---|---|---|---|---|
| 住所 | 〒 | | | | |
| 氏名 | | 職業 | | 年齢 | |
| Eメール | ※携帯には配信できません | 新刊情報等のメール配信を 希望する・しない | | | |

この本の感想を、編集部までお寄せいただけたらありがたく存じます。今後の企画の参考にさせていただきます。Eメールでも結構です。

いただいた「一〇〇字書評」は、新聞・雑誌等に紹介させていただくことがあります。その場合はお礼として特製図書カードを差し上げます。

前ページの原稿用紙に書評をお書きの上、切り取り、左記までお送り下さい。宛先の住所は不要です。

なお、ご記入いただいたお名前、ご住所等は、書評紹介の事前了解、謝礼のお届けのためだけに利用し、そのほかの目的のために利用することはありません。

〒一〇一‐八七〇一
祥伝社文庫編集長 清水寿明
電話 〇三（三二六五）二〇八〇

祥伝社ホームページの「ブックレビュー」からも、書き込めます。
www.shodensha.co.jp/
bookreview

祥伝社文庫

火喰鳥《ひくいどり》 羽州《うしゅう》ぼろ鳶組《とびぐみ》

平成29年3月20日　初版第1刷発行
令和7年3月10日　第27刷発行

著者　今村翔吾《いまむらしょうご》

発行者　辻　浩明

発行所　祥伝社《しょうでんしゃ》
東京都千代田区神田神保町3-3
〒101-8701
電話　03（3265）2081（販売）
電話　03（3265）2080（編集）
電話　03（3265）3622（製作）
www.shodensha.co.jp

印刷所　萩原印刷
製本所　ナショナル製本
カバーフォーマットデザイン　中原達治



Printed in Japan ©2017, Shogo Imamura ISBN978-4-396-34298-2 C0193

# 祥伝社文庫の好評既刊

**今村翔吾　火喰鳥《ひくいどり》　羽州《うしゅう》ぼろ鳶《とび》組**

かつて江戸随一と呼ばれた武家火消・源吾《げんご》。クセ者揃いの火消集団を率いて、昔の輝きを取り戻せるのか⁉

**今村翔吾　夜哭烏《よなきがらす》　羽州ぼろ鳶《とび》組②**

「これが娘の望む父の姿だ」火消としての矜持を全うしようとする姿に、きっと涙する。最も〝熱い〟時代小説！

**今村翔吾　九紋龍《くもんりゅう》　羽州ぼろ鳶《とび》組③**

最強の町火消とぼろ鳶組が激突⁉　残虐な火付け盗賊を前に、火消は一丸となれるのか。興奮必至の第三弾！

**今村翔吾　鬼煙管《おにきせる》　羽州ぼろ鳶《とび》組④**

京都を未曾有の大混乱に陥れる火付犯の真の狙いと、それに立ち向かう男たちの熱き姿！

**今村翔吾　菩薩花《ぼさつばな》　羽州ぼろ鳶《とび》組⑤**

「大物喰いだ」諦めない火消たちの悪あがきが、不審な付け火と人攫いの真相を炙り出す。

**簑輪　諒　うつろ屋軍師**

戦後最大の御家再興！　秀吉の謀略で窮地に立つ丹羽家の再生に、空論屋《うつろや》と呆れられる新米家老が命を賭ける！